东风吹来

周宝宏 著

北京联合出版公司
Beijing United Publishing Co.,Ltd.

东风畅想

　　甲辰春月，受青年作家周宝宏之邀为他的小说《东风吹来》作序。我有些惶恐，不知说些什么，唯恐才能愧于作者的盛情邀请和这部激情浪漫的作品。

　　我是一位老兵，二十世纪六十年代入伍。那时的我们有大量的长篇小说可以阅读。像《青春之歌》《野火春风斗古城》《铁道游击队》《林海雪原》《烈火金钢》《红日》《红岩》《金光大道》《欧阳海之歌》等，读起来如痴如醉，激情澎湃。回想起来，那真是一个激情燃烧的岁月。火红的年代，火红的生活，火红的文学！

　　我总觉得，人们尤其是年轻人，生活中需要读书，特别是多读一些文学作品，从中认识社会，丰富知识，增长智慧，得到激励和成长的动力，抑或是生命的前进方向。

说来惭愧，随着岁月流逝，年龄增长，我已经很长时间没读长篇小说了。但当周宝宏把他的名为《东风吹来》的小说放在我面前的时候，还是引起了我极大的阅读兴趣。

我和小说的作者，都曾在战略导弹部队服过役，有一种天然的亲切感。所以，当我看到书名有"东风"这两个字时，立即就想到了我们的大国长剑——英雄的中国战略导弹部队，想到了这支部队组建四十周年时推出的一部音乐舞蹈史诗《东风颂》。幸运的是，我退休前的四年时光是在这支部队度过的，并有幸参与了这部获得国家文华奖荣誉作品的创作全过程。因而我深深地了解了"东风"对于这支部队的创建、发展具有的所有重要含义，为"东风"所关联到的历史时代和众多人物而震撼！

我们为"东风"自豪，我们为"东风"骄傲。"东风快递"也成为国人和军迷对中国战略导弹最美的昵称。"东风"作为一种特殊的军旅文化，已经浸透到火箭军官兵的生活之中。

反映中国战略导弹部队的文艺作品众多。比如，有徐剑的长篇报告文学《大国长剑》、陈可非的长篇小说《天啸》、辛茹的长诗《火箭碑》，还有电视连续剧《导弹旅长》《石破天惊》《天啸》等。这些作品都较为深刻地描绘和揭示了中国战略导弹部队的历史，都是"东风"文化的代表作，值得一读。而青年作家周宝宏的长篇小说《东风吹来》，着重描述了中国战略导弹部队年轻一代官兵的从军生活。尽管他们是在前一代人所取得辉煌成就的基础上，也可以说是站在前人的肩膀上继续前行的，但他们作为中国战略导弹部队的新鲜血液，作为新一代的火箭军人，他们与他们前辈的"东风"情怀是血脉相连、薪火相传的。和平的年代为了永久的和平，这是新一代导弹官兵的家国情怀。作为中国战略威慑核心力量的一员，崇高的历史使命、强军强国的战略目标，使年轻的他们站得更高，看得更远，血更热，情更深。他们满腔的情和爱，都凝聚在《东风万里长》的歌词里：

东风万里长／长过黄河／长过长江／那是我们用知识铸起的长城／那是我们的民族智慧在飞扬！

我觉得，周宝宏的《东风吹来》是又一部好看的东风畅想曲，值得众多的青年军迷和"东风快递"粉丝阅读。读了《东风吹来》，你就会了解何为"东风"！何为"东风快递"！何为"东风万里长"！

程宝山

2024.3.27 日于北京

一

目
录

一

第一章
只要能当兵就行 / 001

第二章
参军不是选"快男" / 021

第三章
父亲的背影 / 043

第四章
新兵连初印象 / 055

第五章
强军路上安放的青春 / 064

第六章
铁血"男儿沟" / 122

第七章
山外的军机关 / 136

第八章
探秘"男儿沟" / 149

第九章
"男儿沟"里的男人们 / 159

第十章
"男儿沟"的秘密 / 168

第十一章
真金不怕火炼 / 179

第十二章
"男儿沟"里的老伙计 / 191

第十三章
百年好合 / 206

第十四章
军人情更深 / 224

第十五章
"无情"哨长砺精兵 / 239

第十六章
大国重拳 / 248

第十七章
年轻的心 / 258

第十八章
负重前行 / 272

第十九章
传承"红色基因" / 279

第二十章
大爱无声 / 289

第二十一章
虎口逃生 / 298

第二十二章
噩梦重重 / 314

第二十三章
男儿有泪 / 323

第二十四章
家国抉择 / 329

第二十五章
亮王者之剑 / 340

第二十六章
梦圆 / 356

尾声 / 358

后记 / 361

第一章
只要能当兵就行

2005 年，河北清水村，夏。

以陶渊明的视角来看，清水村像是镶嵌在燕赵大地上的世外桃源。

清水村的李寒雨叼着狗尾巴草，躺在船头上，跷起的二郎腿来回晃荡。他盯着水下长城，嗅着栗花香，在碧波环绕的蟠龙湖中央，乍一看像是一位进入冥想境界的散仙。

父母都是厚道本分的农民，尽管他们会因为自家网箱养的鱼没有别人家的个头大时而拌嘴，但农村人家家都是比着过日子，也没啥大不了的。

大姐李芳菲、二姐李芳芳像她们出生的顺序一样，一个挨着一个考上了铁道学院和天津大学。年满 18 周岁的李寒雨也正式迈过了高三的门槛。按中国的传统，他已经从一个单纯的少年升级到青年了。

无论是在农村还是城市，18 岁都该独立了。

李寒雨寻思，尽管没把握考上清华北大，但凭自己后天养成的耳聪目明的本事和文学方面的一点才华，考个三本应该没什么问题，运气好，二本也不是没有可能。退一步讲，就算是考不上大学，与女友秦丽也能过上小康的日子。在阿 Q 式的不断自我安慰中，李寒雨咧开了嘴，以至于另一只徐徐驶来的小船靠近他都没有被发现。

"李寒雨，梦到大鱼上钩了？幸福得像花儿一样。"

憧憬被打断的李寒雨一个激灵，叼着的水草如飞镖般射向了来者的面门。

"孙超，别给我秀你的孤魂水上漂，要是在晚上，非给你尝尝我的必杀技。"

"啥？"

"清水村原创——滦河风神脚。"

"威力如何？"

"超度你完全够用。"

"我生死早已看淡，死之前我只想弄明白，是什么原因让你笑成了花儿？"

"要不说你是咱学校的尖子呢，善于抓重点，确实，电视剧《幸福像花儿一样》的女主都得输给我。"

"你赢的底气来自何方？"

"与生俱来的运气，舍我其谁的自信。"

"自信你绝对有，绝对的自信就是要足够的'不要脸'。"

“找抽呢吧你，我在这儿给你答疑解惑，你对我人身攻击，尊重懂不懂？在这青山绿水下，我送你一句话。”

　　“啥？”

　　“我们只有一个地球，所以你一定要好好保护地球，地球上只有一个我，所以你一定要好好地尊重我。”

　　“李寒雨，恳请你移民火星吧，地球已经容不下你了，这牛吹的，根本不用牛，阿Q足矣。”

　　“移民火星只是概念，要去的话我再难也会带上你，阿Q我不认识，决不带他。”

　　“既然你装大尾巴狼，我就帮你温习温习，阿Q，男，文学家鲁迅先生笔下‘不要脸’的精神代表。做人可以偶尔阿Q，但你不能天天阿Q，你懂我意思吗？眼看高考了，如果我是你，就没工夫阿Q了，以你目前的水平，想考个二本，不定得多好的运气呢。”

　　听了孙超的话，李寒雨感到不可思议。

　　“你小子难不成能掐会算，你倒是说到了我的心坎上，不过话说回来，高考的时候你要是能在我身边，我考个一本都富余。”

　　“人一定要靠自己。”

　　“看来兄台喜欢《鼠胆龙威》这个电影？”

　　“你怎么知道？”

　　“你刚刚盗用了里边黑道大哥‘医生’的经典台词。”

　　“电磁波也没有白辐射你，没错，这话就是‘医生’说的。”

　　“我怀疑你小子价值观有问题，为什么要崇拜反面人物？如实招来。"

"李寒雨，这种'莫须有'的罪名我不接受，只不过我觉得越是坏人，临死前越是会讲出一些经典的话来。"

"你说得没毛病，做坏事同样需要智商，一些平台反复播放同一部电影，播放的频率就和肾虚的人去卫生间的频率一样，记不住才怪，说什么经典好片，百看不厌，说到底是舍不得还算可观的收视率，你敢说某些黑道的系列电影，对一些犯罪没有影响？"孙超见李寒雨开始较真儿，不再发表意见，熟练地把两只船并行地拴在了一起。

孙超遇事心里有数，通常不与人争，但是遇到原则问题又决不让步，锱铢必较。李寒雨和《西游记》中的孙悟空有点像，如果问题得不到一个确切的答案，就是如来佛祖带座五指山来压他，他都不会闪。

虽然李寒雨凡事爱较真儿，但他却不记仇。李寒雨有时也觉得自己更像爱迪生多一点。爱迪生和孙悟空的区别在于，当他们同样是面对"五指山"的时候，孙悟空是想躲躲不开，爱迪生则是能躲不想躲。

大清早儿，岸上的炊烟像是有神仙领路，直冲云霄。清澈的蟠龙湖如一面玉镜嵌在天地间，而这一刻，身为"镜中人"的李寒雨和孙超，并排着躺在船头上，安逸得像度假的游客一般，孙超的眼睛瞄向了蓝天白云，而李寒雨依旧盯死了水面上一浮一沉的鱼漂。

鱼漂上下浮动得很有节奏，像是水中隐藏着一位老琴师不断地拨动鱼线，身为垂钓"老手"的李寒雨很清楚，此刻正有一条馋嘴的大鱼在咬钩。

一般来讲，大鱼进食都是这个特点，先对鱼饵进行试探性的进食，等确定鱼饵没有危险的时候，它会猛的一口将全部鱼饵吞下。大鱼之所以大，是因为它和小鱼小虾相比见多识广，经验丰富，所以存活时间长。然而再狡猾的狐狸也斗不过一个出色的猎手。在钓鱼这件事上，李寒雨一反常态，变得十分有耐性，也只有在这个时候，他才体现出稳重的一面。

突然，鱼漂猛地一沉消失在水面。前一秒躺得还挺安逸的李寒雨，一个鲤鱼打挺儿，迅速抓起了手竿，猛地往后一拽，弯成一条弧线的鱼竿间接地告诉他，鱼不但上钩了，而且确实是一条大鱼。

"孙超，你瞎啊——"

"来了。"经过了十几分钟的极限拉扯，垂死挣扎的大鱼最终还是败下阵来。在看到大鱼的脊背露出水面的时候，孙超一抄网下去，这条大鱼被准确无误地捞了上来，从此，大鱼进入了短暂的"水陆两栖"生活。

这是一条纯野生鲤鱼，鲜红的鱼鳍，金黄色的鱼鳞，煞是可爱。李寒雨从船舱中取出小秤，一称，足足有8斤重。他掩饰不住的微笑像是在对孙超无声地说："小爷能钓上大鱼来不是在做梦，而是不容置疑的事实。"

这条野生鲤鱼如果在市场上出售，起码能卖得一张百元大钞，要是卖给游客，价格还要翻一倍，但是李寒雨不打算"为五斗米折腰"，因为这条鱼就扮演着中午聚餐时下锅的"五斗米"角色。

山连着水，水依着山，在这山水相依的地方还坐落着人类最伟大的工程之一——万里长城（喜峰口段）。

喜峰口长城犹如一条巨龙沿着连绵起伏的群峰蜿蜒入水，形成了世界上独特的奇观——水下长城。李寒雨就住在长城对岸的清水村李家梁。

老李家在清水村算是个大家庭，李寒雨的父辈弟兄五个，父亲李凤武排行老三，是远近闻名的"硬汉"。父亲一双长着厚茧的大手曾是李寒雨儿时"恐怖"的回忆。这双大手在他逃学、打架的时候，会经常对他进行象征性地"抚摸"。他知道，父亲那双长满老茧的手，不仅"抚摸"了自己，还一定历经了生活中的无数艰辛。

高大挺拔的身材、少言寡语的个性加上特有的憨厚笑容，看得出来李凤武年轻的时候也是俊小伙一个。只是如今，风里来雨里去的日子在他的额头镂刻下深深的皱纹，鬓角深处也平添了几许银白，尤其是夏天经常裸露在阳光下的肌肤已经变得黝黑。

和大多数孩子一样，父亲李凤武在李寒雨的心中是座山，小时候是蝎子峰（清水村最高峰），长大以后是珠峰（世界最高峰）。母亲赵青云的性格与李凤武截然相反，是那种遇事据理力争不肯服输的人。赵青云的文化水平高，上过几天大学，不过，没多久便辍学了。李凤武只上过初中。

在李寒雨的记忆中，自己是在母亲的说教中长大的。她的说教频率就像电视台每天播放新闻的频率一样，可新闻播放时间是固定的，而母亲的说教是随时的。新闻播放的内容都是国家大事，而她说的都是家长里短、鸡毛蒜皮的小事。特别是上了中学以后，只要李寒雨稍微做点出格的事，精神上就一定会接受一次深刻的洗礼。如果吉尼斯世界纪录新增一条"世界上什么最多"，李寒雨应该会第一个鼓励母亲赵青云报名参赛，理由是她的说教最多，银河里的繁星都比不上。直到后来，和伙伴们在一起讨论这个问题时，李寒雨才意识到，是自己草率了，如果真有这样的比赛，伙伴们会纷纷报名，原来家家都有一个能说教的妈，从他们报名的踊跃程度上看，赵青云只能算是普通选手。

看过东屋抽屉里赵青云年轻时的照片，李寒雨才知道母亲年轻时曾是位美女，都说儿子长得像妈妈，看来自己还说得过去的容貌可能是遗传自母亲。

赵青云娘家在蟠龙湖下游的神仙峪村，和清水村都属清水镇，一条窄窄的盘山路串起了湖边的村落。刚嫁到清水村的时候，赵青云还是个很内向的人，但随着农村生活的锤炼，她很快转变成一个泼辣的女人，所以李寒雨一直相信丰富的生活才是锻炼人、使人成长的最好老师。

巍峨的鹰岨峰倒映在碧绿的湖水中，仿佛是一幅浑然天成的山水画。画中的远方悠悠驶来一艘机动船，好一幅"船在水中走，人在画中游"的动态图。

"孙超，你猜来人是谁。"李寒雨问道。

"我猜是你大爷。"

"你大爷。"

"你大爷不就是我大爷吗？"

在北方，大爷就是父亲的哥哥。父亲的二哥就是网上流行的"二大爷"。以此推论，父亲的表哥就是表大爷。

等船走近点再看，开船的还真是李寒雨的大爷李凤阁。

"眼神不错，赶上天文望远镜了。"

"我昨晚听我爸说，你大爷今天要起早到镇上开会。天还这么早，我猜一准就是他。"

李凤阁是村里的书记，而孙超的父亲是村里的会计。在村子里一把手和三把手是一条战线上的，至于二把手嘛，可能是，也有可能不是。李寒雨的这种分析也只是他个人猜测，他只是个高中生，村里的事怎么说得清呢。

看到湖中央的两人，李凤阁停下了船。

"你俩干吗呢？是不是打算晌午在这里洗澡？这儿的水百十米深，要洗的话，去河边洗。"

"没事儿，大爷，我俩这水平都能参加全运会。听说你去镇里开会，啥会？"李寒雨问道。

"征兵的会。"李凤阁回答道。

"征兵，哪里征？"

"哪儿征都和你俩没关系。"

"咋没关系？据我所知，年满十八谁都能去。"

"兵不是谁想当就能当的，除了身体要达标，还要政审合格，咱清水村几千人，能有两个就不错了，这孩子张嘴就来。"

说完，李凤阁启动机船，朝清水镇二码头方向驶去。

听了李凤阁的话，李寒雨心里非常不爽，电视里那些威严的大檐帽、笔挺的国防绿，令人羡慕的长枪、导弹，虽然眼前确实和自己挨不上边，但这世上只有想不到的事，就没有不可能发生的事。

自打得知征兵的消息，李寒雨开始对当兵产生了强烈的愿望。现实生活中，李寒雨的确与军人有着紧密的联系。这个军人就是李寒雨的二舅赵青林，也是母亲赵青云教育他好好学习、天天向上的活教材。听母亲说，二舅赵青林就是从山沟里一步步走出去的。当时听了这话，李寒雨还进行了反驳，谁走路不是一步步地走？

嘴上虽然这么犟，但李寒雨知道二舅走出去肯定是经历了一番风雨，到最后成功了，否则赵青云决不会把这个励志故事讲成系列。

李寒雨与二舅赵青林接触并不多，因为他一年到头也回不了几次家，有时候甚至几年才回来一次。这让李寒雨感到不解，究竟是什么神奇的力量在操控，竟然让他如此坚定，连家都可以弃之不顾？尽管姥姥和姥爷都年事已高。

还记得有一年暑假，李寒雨在去神仙峪的公共汽车上，遇到了从部队休假回来的二舅赵青林。尽管车上人很多，但是李寒雨并不在意，还兴致勃勃地向二舅介绍了近几年清水镇新建的几处景区和家乡的新面貌。赵青林只是安静地听，在嘈杂声中不时询问，也不知道是为了不打消李寒雨的积极性，还是真的对家乡一往情深而听得入了神。

这次偶遇，李寒雨还有一个发现，就是二舅赵青林休假回家没穿军装，只穿了一身深色便装。也正因此，李寒雨便不好打听他在部队究竟是多大的官，这让他在和同学吹牛的时候白白的少了一些资本。

因为二舅赵青林的年龄比母亲小不了几岁，李寒雨琢磨着他至少应该是个营长或团长。可是营长或团长到底是个多大的官，他自己也吃不准，只知道在下军棋时，团长能吃营长，营长能吃连长。听姥姥讲，二舅好像在北京的部队，自己也向他打听过部队的具体位置，但他每次都是神秘地笑而不答。

李寒雨想，也可能是二舅羞于启齿。他认为，在部队当大官的人探亲回来一般都会穿着军装，那多威风。估计二舅是怕官小没有面子，所以才不好意思穿军装回来。其实他大可不必这样，即便真只是个团长，在整个清水镇他也是"孤品"。

船靠岸后，李寒雨快速把鱼杀好，留下了鱼鳔和鱼白。"鱼下货"不输任何一种能食用的"动物下货"，从这一点来看，他是懂鱼的。他从船舱中取出了铁锅和盆，紧接着用刀在鱼身上熟练地划了几道口儿，把早已准备好的调料均匀地涂撒在上面，顺道把葱姜蒜一众作料塞进了鱼腔。

一顿操作猛如虎，李寒雨像是进了自家厨房那般自如，而这个小小的船舱，对于他的意义不仅仅是厨房，还是一个无所不能的"百宝箱"，除了油盐酱醋之外，还放了武侠小说、文摘杂志、鱼竿、粘网，就差刀枪剑戟、斧钺钩叉了。

郭鹏、牛林早已等候在岸边。

郭鹏是李寒雨为数不多的朋友之一。在李寒雨的心中，朋友的定义是什么？就是当你混得好的时候，他会打心眼里为你高兴；当你混得不好的时候，他会打心眼里为你着急。郭鹏其实也没完全符合李寒雨的交友标准，但李寒雨很清楚，不管自己混得好或坏，郭鹏至少从来没有疏远过他，而且一直信服他，这一点让李寒雨特别感动。

朋友是用来干吗的？朋友就是用来折腾的。这也是李寒雨另外一个交友准则。因此，凡是能和李寒雨混在一起的人，原本脾气不好的也让他给慢慢折腾好了。

郭鹏虽然在李寒雨的跟前是小弟，但在同学面前却一直都是一副大哥的姿态。此刻，李寒雨给郭鹏的差事是捡柴生火，而在河岸石滩上垒灶台架锅的活儿，李寒雨分配给了牛林。

牛林长得五大三粗，脖子上还戴着一条金链子。乍一看，还以为是香港警匪片里的古惑仔，无论如何也看不出他和孙超一样都是清水一中的尖子生。

牛林的身份有些特殊，从他那条粗如麻绳的金链子就能看得出来。他父亲是清水县牛家岭金矿矿长。他家不仅在县城有好几套房子，在清水村还有老宅，不过已建成别墅了。牛林从小和爷爷住在清水村，直到上高中才搬到县城。每逢节假日他都会第一时间回清水村，因为清水村承载着他童年的所有记忆。

郭鹏的父亲是清水县国税局的副局长，和牛林他爸在日常工作中有接触。按常理说他与牛林的关系应该很融洽，也不知道为什么，郭鹏对牛林似乎并不感冒，平时两人的话不多，如果超过三句半，李寒雨就得在中间做调停人。郭鹏不止一次私下对李寒雨说，牛林他爸开的矿对水库的水有污染，早晚得被查；牛林也和李寒雨闲聊过，郭鹏他爸贪污受贿，早晚得被"双规"。

面对这些，李寒雨虽然从不表态，但心里却有自己的看法。污染是环保局的事，牛林他爸如果没碰红线，也不是你一个国税局副局长就能拿捏的。再说说郭鹏他爸，他一个副局长，若真是违法乱纪，有国法伺候，有纪委落实，也用不着牛林来操心。总而言之，背后说人的行为一直是李寒雨的禁区，他只听，从来不附和。

每当听两个小伙伴说这些话的时候，李寒雨心里却很坦然。虽然自己的父母都是普通的老百姓，没有高官厚禄，但他们却远离了名利的纷扰，即使在生活中会遇到这样那样的困难，但是至少不会陷入钩心斗角或尔虞我诈的利益纷争。在这个时代，活得轻松快乐的人才是最让人羡慕的。

一会儿工夫，李寒雨的另一个同学王辉拿着刚摘的青花椒和刚拔的香菜跑了过来。看着还挂着鲜嫩树叶的青花椒，李寒雨顿时喜笑颜开。

"李寒雨，鱼迟迟不下锅，原来是在等这两样作料啊，那儿不是有吗？"孙超手指了指船舱。

"不能降低标准，现摘的才够味儿。"

火生得很旺，说明郭鹏这个伙夫很称职。猪油刚一入锅，就听见滋滋的响声，李寒雨及时把调好味的鱼放进了锅中，有条不紊地撒上了盐和味精等作料，葱花、蒜茸的香味顿时搅在了一起散发出来，馋得一旁烧火的郭鹏两眼放光，眼睛里还多出了几道血丝，不知道的还以为他烧的是太上老君的炼丹炉。李寒雨舀了半盆清水倒进锅里，已经被去了内脏并且油煎了几分钟的鱼，竟然还扑腾了两下，惊得李寒雨立刻双掌合拢朝天祈祷。

"鱼大哥，请您千万看清楚，想吃你的，绝对不止我一个。"谁料想，李寒雨的举动竟然换来了小伙伴们的模仿，看到几个人的虚伪嘴脸，李寒雨有了一个新的感悟，人都一个样，杀猪时心疼得掉眼泪，吃猪肉的时候开心得掉眼泪。

清炖鱼是李寒雨的拿手绝活儿，特别是用滦河水炖滦河鱼。他清炖的鱼，让很多外地游客都赞不绝口。连一向很少夸奖儿子的赵青云在吃过几次他炖的鱼之后，也不得不伸出大拇指。李寒雨还别出心裁为这道菜命名，曰"滦河第一鲜"。

一会儿工夫，滦河鲤的肉香味弥漫了整片河岸。看锅里的水不多了，李寒雨又加了一次水，并且让孙超把船舱里的小粘网（一种捕鱼的网）撒进河里。

"李寒雨，下小网干什么？"孙超问道。

"干什么，我们也不能光吃炖鱼呀！烧烤也得要，某知名导演说过，一个都不能少。"

孙超很快就把小网撒在了距离河岸两米左右的浅水中，小网的网洞有一寸见方，网上来的鱼不大不小，是吃烧烤的最佳选择。

不到五分钟，小网就被起了上来，收获颇丰。网上来的鱼种类繁多，有红翅板、白鱼条子、青豆、银鱼和马口。这些鱼五颜六色，在太阳的照射下一个劲儿地扑腾。

滦河，一条舞动在神州大地上的金色彩带，闪闪夺目。一群充满激情的年轻人，自幼就一起跟水上的波浪玩耍，澎湃的心在一起跳动，欢快的笑声从河岸传到云端,借着水鸟的翅膀和浮动的云儿消失在碧空中。

一条 8 斤重的大鱼转眼间就变成了沙滩上的一堆鱼骨,就连鱼汤都被消化了大半锅。看着所剩无几的烤鱼,李寒雨也不知道是在感慨还是在自责。

"都怪我的手太不争气了,要是能钓条 200 斤的鱼,肯定能满足你们这群豺狼的嘴喽。"

"李寒雨,别吹牛了,有 200 斤重的鱼吗?上网查查吉尼斯世界纪录都不一定有。"

"孙超,还是那句老话,这世上只有你想不到的事情,但没有不可能发生的事情,没报出来不一定代表没有。唐朝人知道电话吗?明朝人知道电视机吗?本人可以对着水神发誓,我不但见过,还亲手摸过,你们相信不?"

"谁敢不信啊,你都对水神发誓了。"住在水边上的人靠水吃水,对水和传说中的水神充满了敬畏和虔诚。

200 斤重的鱼,李寒雨的确是见过。1994 年的一天,7 岁的李寒雨划着小木船下学,突然砰啪两声巨响,声音是从李家梁不远处的"圆楼"后传来的。所谓圆楼,是清水村的一种叫法,实际上是明长城的一处烽火台,机灵聪明的李寒雨当然知道,肯定是有人在炸鱼。

在当时,水库还没有全面开发,面积太大,而"圆楼"后面又是库区的一个死角,也是渔政和港监管控工作的死角。所以自然就成为鱼儿的欢乐谷,有些渔民就钻空子来这些死角捕鱼、炸鱼。

炸鱼的炸药多半来自矿山，也有渔民用化肥自制的，后来李寒雨才明白，炸鱼不但存在很大的安全隐患，还属于违法行为，也明白了为什么自己拿着自制的"二踢脚"去炸鱼，气得父亲李凤武狠狠地甩了自己一个大嘴巴。

在清水村李家梁生活的人都知道这么一句话："听到巨响，赶快抢。"

"抢什么？"

"抢鱼。"

抢鱼是滦河出现炸鱼开始就一直延续下来的习俗，一家炸鱼大家抢。这就是滦河人宽厚的为人之道。当然也有阻止他人抢鱼的炸鱼人，是那些以炸鱼为生的职业渔民。

李寒雨拼尽全力划动船桨，以最快的速度赶到了炸鱼的水域。而眼前的一幕，让他既惊讶又兴奋。

四个身强力壮的大汉，正在拼命地用锚往船上合拽一条还在水里挣扎的大鱼。虽然这片水域浮着厚厚一层鱼，但李寒雨已经无暇顾及，因为少年的好奇心比欲望更加强烈。此时，他只想知道这条在水中看起来比自己身躯还大的鲤鱼究竟有多重。

被四管制式炸药炸晕的鲤鱼最终精疲力竭，被四个大汉拉了上来。拉到船上的鲤鱼比李寒雨在水中看到的还要大一些。

李寒雨仔细地观察被拖上渔船的超大号鲤鱼。这条鱼的鱼身并不是很长，但是很肥。四个大汉中，有一个李寒雨认识的，论辈分李寒雨还得叫他表叔。

"表叔，这么大的鱼你是怎么发现的？"

"是你表婶到'圆楼'后的松林子里捡蘑菇，划船回家时碰到的。听你表婶说，这条大鱼都不怕人了，你表婶的船在它旁边经过时，它依然在水里来回瞭摆（摆尾）。当时我在矿山上，听着信儿，拿着炸药就来了。开始我还不信，只拿了两管炸药，看到这条大鱼之后，我又加了两管炸药，你看四管炸药才把它镇住，而且只震了个半死。"

李寒雨听后很兴奋，尽管他不识大秤，依然目不转睛地盯住秤杆，结果出来的时候，他又是一阵亢奋，小手激动地来回抚摸鱼身，原来这条大鲤鱼有 200 多斤，是自己体重的 3 倍。

"小雨，天不早了，赶紧捞点鱼回家去吧。"

表叔的话提醒了自己，李寒雨立即拿出了网抄子开始捞鱼，等自己捞了半船舱之后，其他的抢鱼人才蜂拥而至。望着大小不一足足有上百斤重的鱼，李寒雨咧开嘴乐了。因为后赶来的那些抢鱼人，捞得最多的也不过只有一两盆，而且还是洗脸用的小盆。

事后李寒雨听说，那条 200 多斤重的大鱼，码头的鱼贩子都不敢问津，最后被两个穿着笔挺西装的人以每斤 20 元的高价买走了。有人说是买去做了鱼生，还有的人说是买去放了生。

李寒雨满载而归，回到家中嚷嚷着让母亲炖鱼，但母亲只是挑了些小鱼炖了，剩下的鱼全部卖给了鱼贩子。因为这事，李寒雨还委屈巴巴地哭了鼻子。李寒雨之所以对那条 200 多斤重的大鱼有如此深刻的记忆，除了对鱼身的真实碰触，还夹杂着童年无奈的眼泪。

也是那次卖鱼之后，李寒雨才知道了为什么每次炖鱼，父母会抢着吃鱼头，把鱼肉让给自己和姐姐们；为什么偶尔吃次炖肉他们都会抢着泡菜汤，特别是父亲李凤武还编出了"眼盯住，手别慌，看着没菜就泡汤"的顺口溜来转移话题。并不是父母好那一口儿，是因为他们想用这种方式尽量减少贫穷带给孩子的委屈，哪怕委屈了他们自己。想到这些，李寒雨将手中已经烤好的鱼重新放在了铁算上。

"小雨，想什么呢你，鱼都烤煳了。"孙超问道。

意识到自己失态之后，李寒雨连忙找了个借口。

"嗨，这都怪牛林他们家的辣椒太辣，呛得我注意力分散。"

"吃不惯榴梿，别说榴梿是臭的。告诉你们，我家的辣椒没毛病，这样的辣椒吃着才够味儿，是我的最爱。"这话也只有牛林有资格说，因为只有他有条件经常吃热带水果，弹指间，一个青红相间的辣椒被牛林细嚼慢咽地吃进了肚，鼻尖上挂上了几滴汗珠儿。

"听说能吃辣的人，心黑。牛林一定是得到了他爸的真传。"谁都能听出来郭鹏的弦外之音。

"郭鹏，你大爷，怎么说话呢？"牛林骂道。

"孙子，说的就是你……"郭鹏回怼道。

"你俩吃饱了没事干了是不是？眼看就高考了，干点正事不行吗？今儿请你们吃鱼，是想听听你们的打算的，不是来看你俩比武的，想干换个日子。牛林，你先说。"李寒雨怕牛林和郭鹏掐起来，赶紧转移了话题。

"我没什么打算，顺其自然，考完试接我爸的班。他那么大的企业，肯定不会同意我去干别的。上高中都是我妈的意思，要是依我爸呀，初中都不打算让我念完。"

"你呢，郭局？"

"我想考个公务员，到时候回咱清水县。现如今就公务员的饭碗保险，上大学不顶屁用。"

"说上大学没用，是考不上大学的人找的借口罢了。如今的政企名流哪个没上过大学，有真才实学的话，不担心找不到好工作。"大家都清楚这豪言壮语是孙超说的，因为几个人当中也就他有底气这样说话。

"谁说没上过大学的就不能当企业家了，人家牛林他爸小学没毕业不是一样当企业家。"郭鹏见缝插针。

"牛叔充其量也就是个暴发户，百度上肯定搜不到他名字。"孙超话一出口，便感到不妥，知道自己中了郭鹏下的套，但没想到这次牛林并没有较真儿。

"明天我就把我爸的名字和照片传到百度空间，做个百度百科的词条，我就不信搜不到我爸的名字。"牛林说。

"搜得到，一定搜得到，大矿长若是搜不到，我亲自来传。"孙超连忙附和。

"我想跟我爸养养鱼，打理一下果园，然后找个媳妇，生上两个儿子、一个女儿。"一直没怎么说话的王辉突然开口了。

"为什么非要生上两个儿子呢，王辉？"李寒雨不解地追问。

"一个培养成武的，像郭鹏这样的；一个培养成文的，像牛林这样的。万一其中一个有什么三长两短，另外一个还能做替补，也不至于断了我老王家的香火。"

"那还有一个女儿呢？"李寒雨继续追问。

"女儿呀，就得培养成孙超这样的，不但学习成绩好，还得有心眼，会算计。"

王辉的话最朴实，也最能引起大家的共鸣——被他挤对的三个人齐心协力把他直接扔进了水里。

"李寒雨，大家都说了，你想要干什么？"郭鹏问道。

"我嘛，学习成绩一般，也没什么背景，又不想跟我爸养鱼、开船、打理栗树园，你们说我能干什么？"

"哎，你那舍我其谁的自信和与生俱来的运气去哪儿了？"孙超开始揭短。

"谁说我没自信了，燕雀安知鸿鹄之志哉？我的追求是全天下好男儿的追求。"

"李寒雨，你不会是想去当兵吧？"

"你怎么知道？"

"镇里武装部征兵标语不都贴出来了吗，犄角旮旯儿都宣传到了，连咱清水村头的老槐树上都贴着标语呢。"好男儿当兵去！已经变成落汤鸡的王辉甩了甩头上的水说道。

"当兵？"其他几个人都觉得不可思议，异口同声地说道。

"王辉，你说得对，考不上理想的大学，就去参军锻炼自己。这是即将要告别校园的农村青年最理想的选择，我还不满 20 岁，难道就要在老家跟你比谁生的孩子多？除了他们仨，万一再生个跟你这样的，不是给新农村建设添堵呢吗？"说完这句话，李寒雨撒腿就跑。其他几个人先是一愣，紧接着拔腿就追，王辉是想追也追不上，此刻他还站在水里。

金色的阳光洒在清凌凌的滦河上，显得格外妩媚。岸边，一颗颗年轻的心迎着曙光，朝自己的梦想展翅飞翔。

第二章
参军不是选"快男"

滦河——燕赵儿女的母亲河，它拿出特有的慈母情怀无私地关照着、洗礼着诞生在新时代的年轻人。

"小雨，我想好了，去当兵。"

"牛公子，别开玩笑，你这是打算让你家的金水流到外人田了。"

"金水有毒，一般的田接不住。"

"也是，若是世界末日，粮食重于金子。"

"那天你说要去当兵，晚上我就对我爸说了，也不知道是我爸当晚喝高了，还是这些年被我那个当高中教导主任的妈把思想扶入了正轨，不仅破天荒地答应了我的请求，还表扬了我，不过他也有一个附加条件，只尽两年义务，到了部队不许考军校，更不许转士官。"

"你爸能同意，你小子就偷着乐吧，我还不知道怎么和家里说这事呢。"

"你玩我呢。"牛林有点愤怒。

"你哪儿好玩啊？我是想当兵，可是，你以为这兵是谁想当就能当得了的吗？我之所以还没给我爸妈说，是我没把握能不能去得上，再说他们眼看快50的人了，我姐姐们又都在外面上学，就我这么一个男孩，我有点说不出口。"

"较什么真儿，难道你还真打算在部队干一辈子？"

"那倒也不是，现在是和平时期，干到将军又能怎么样？再说了，做将军太难，但我如果选择了军营，绝对不会只尽两年义务就走，要做就做个职业军人。"

"死较真儿是你的风格，我能理解。"

"牛二，再给我瞎定位，信不信我一脚把你踹河里去？"

"李寒雨同志，你千万要脚下留情，现在是叶儿黄、天渐凉，你若是把牛公子踹下河，赶上牛公子在水里抽筋儿，一命呜呼了，牛大财主不得用金山砸死你。"不知道什么时候郭鹏、孙超、王辉三个人也来到了水库边。

"你们两个密谋啥呢？都上脚了，不会是发现了宝藏，结果分赃不均起内讧了吧。"顺着孙超的话，郭鹏也开始拱火。

"郭鹏同志，得到宝藏应该称意外之财，非不义之财，所以不能叫分赃，应该叫合理分配。再说，我俩真要是在密谋，你还有机会听得到我上不上脚吗？汉语学成你这种水平，你对得起祖国吗？"

"没这么严重吧，都上升到家国情怀的层面了，今天我和孙超来找你，就是要告诉你一件对得起祖国和人民的大事。"

"二位除了偷摘祖国人民的大枣，偷拿祖国人民渔网上的肥鱼以外，我很难想象二位还能干出什么利国利民的大事来。"李寒雨用余光瞟向了他俩。

"你这家伙门缝里看人，我郭鹏和孙超同志已经征得家长批准，决定配合你李寒雨同志的提议，去应征光荣的人民解放军，全心全意为人民服务。"说完，郭鹏、孙超俩人齐刷刷地立正，敬了一个看起来还过得去的军礼。

"两位小同志不错，觉悟很高，不过有一点，我必须郑重声明，当兵纯属自愿，我又不是武装部的征兵工作者，所以你们千万别说是我动员的，万一哪天你们在部队当了逃兵，祖国和人民找我要人，我可赔不起。"

"李寒雨同志，你先选上再嘚瑟好吧，你以为只有你是有志青年啊。"尖子生孙超的话，让李寒雨陷入了沉默。

"我回家也跟我爸妈说了当兵这事，我说，我还小，发育不成熟，等当两年兵把身体锻炼成熟了再回家生孩子。我爸妈一听当时就急了，他们说现在这个社会是'向钱看齐'的时代，当兵的待遇低、条件差，去当兵就是自讨苦吃。"

"王辉，你别在这儿低级趣味，只能说你爸妈目光太短浅，追求太肤浅。我认为，只要为祖国的现代化建设贡献力量，刨地也是高尚的，何况是当兵，没有当兵的保家卫国，说不定你此刻都是侵略者的奴隶。"心直口快的郭鹏直接对王辉开了腔。

"你爸妈才肤浅呢，饱汉子不知道饿汉子饥，你爸如果不是副局长你再说这话。"

"你们俩要干啥，马上就要各奔东西了，还掐？"李寒雨见两人又要吵起来，忙喊了一句。看李寒雨的小宇宙爆发了，一伙人安静下来。王辉顺手从河边捡起一块薄石头片打起了水漂，霎时间，平静的水面上出现了一串从大到小的涟漪。快艇飞速驶过留下的波浪，让正停靠在岸边的小船激烈地碰撞。

"这是哪个家伙开的船，都不带减速的。"李寒雨的谩骂让郭鹏找到了话题。

"小雨，你这脾气得改，听说到了部队都得当孙子，不然就要挨收拾。"

"在哪儿不装孙子也得挨收拾啊，没事儿，你也不是没被收拾过。"

"你还别说，长这么大除了我爸收拾过我，净是我收拾别人了。"

"普通人吹的是黄牛，你这吹的肯定是水牛，就算你运气好，没被人收拾过，那你老子肯定被人收拾过吧？老子都被人收拾了，作为儿子你还在这儿狂什么狂？"牛林从不肯放弃挤对郭鹏的机会，即便是强词夺理。

"牛林，什么逻辑？我爸挨收拾你看见了？要是这么算的话，那李寒雨叫你牛二没问题啊，他是你第几辈祖宗？"郭鹏反唇相讥。

"郭鹏过分了啊，你也太夸张了，牛二要是牛林的祖先的话，我祖先还是李世民呢，你看牛林他们祖上受穷，到了他爸这一辈儿已经暴富了，我呢，就是因为祖先太富有了，富有四海，所以我这一代才变得如此落魄。"

李寒雨的话还没说完，就遭到了众人的一致鄙视，特别是孙超，还拿出了反例。

"万一你祖先不是李世民，是李莲英怎么办？据说李莲英是有了儿子以后才挥刀自宫的。"

"孙超，那历史上最后一个太监孙耀庭和你又是啥关系？"李寒雨质问道。

"我是说万一，万分之一，这概率轮不上你，看你的颜值肯定是名门之后。"怕李寒雨较真儿，孙超赶紧自圆其说。

"李莲英也是名人，你套路谁呢？"

"你是将门之后行了吧？"

"哪个将？"李寒雨追问道。

"一个不愿意张扬，非常低调的飞将军李广。"

看孙超服了软，李寒雨也不再揪着不放。

"我倒是听我当兵的表兄赵波讲过，军营里有铁打的纪律不假，但是也特有人情味儿，据说新兵到了连队，班长都先给洗一次脚。"李寒雨继续说道。

"这是什么传统？"孙超问道。

"至少我表兄当兵时有这待遇。洗脚的目的有两个：一是去除新兵舟车劳顿之苦，二是消除新兵的所有杂念和顾虑。"李寒雨说。

"哎，小雨，是不是班长就开始时给洗一次脚，之后每天都让我们给他洗脚啊？"郭鹏问道。

"我们就别杞人忧天了，从军营走出来的人大多是英模，就算是牺牲了也是英烈，你们再想想'感动中国十大人物'评选活动中，军人占了多少席位，而军人在全国的人口中又占了多少比重，所以当兵绝对是高尚的选择。当下以人为本，部队是一个高度讲政治的集体，所以我们用不着瞎琢磨。"李寒雨做过班里的政治课代表，讲的话有一定的权威性，几个人若有所思地点了点头。

和煦的暖风吹拂着几个年轻人还略显稚嫩的脸庞，搅动的船桨，激起了隐藏在水面下的暗涌，盘旋的水鸟在云霄中充满激情地鸣叫，给浩瀚而又现代的潘家口水库（位于滦河干流上，也称蟠龙湖）增加了勃勃生机，也给这些走在时代脉搏上却准备选择火热军营的年轻人带来了无限期待。

"爸，我想去当兵。"李凤武的双眉紧皱了一下，但又迅速恢复了平静。

"你要是能当上兵咱就去景忠山（李寒雨家附近比较出名的宗教圣地）烧香。"李凤武的话显然比李凤阁的话更刺耳。

母亲赵青云一改往常的唠叨，淡淡地说了一句，不管干什么，不能只有前劲没后劲，只是两分钟热情。

"你们放心吧，我是认真的。"

"你心里有数就好，爸妈又不能管你一辈子。这可能是决定你一生的选择，你要为你的选择负责。"

本来就心里没底，听了母亲的话，李寒雨陷入了纠结。沉思了良久，李寒雨突破了天秤座的纠结属性，提高了嗓门儿坚定地说：

"爸、妈，你们放心，到了部队我一定干出个样儿来，将来和我二舅一样做个大官，让你们风光风光。"

"我们不用你管，等我们老了以后，就算坐在栗子树下捡'栗光'也饿不死。"

"去吧，不管是上学还是当兵，只要不再和我一样种地。"

李寒雨听得出来，父母这是同意了。生怕有什么变数，李寒雨连忙夺门而出，临走的时候又被门框撞了一下头，这说明他长高了，走挺远还能听见赵青云在抱怨：

"都撞多少回门框了，一点儿记性都不长，人家'别人家的孩子'都不像他这样。"这个很优秀的"别人家的孩子"，李寒雨听了有十几年，但是却一直没有机会见面。

躺在船头上的李寒雨仰望着纯蓝墨水色的天空，他并不知道自己的选择是对还是错，部队对他而言并不是一所新的学校，而是一座新的迷宫。凝视着猴子山下的霞光，潘家口水库显得格外美丽，一首小诗在李寒雨的心中酝酿成文。

《潘家口水库》

它借来了溪流的清澈，

它铺满了翡翠的颜色。

它可以像夜晚一样平静，

它还拥有大海的磅礴。

长城入水感受它的体温，

仙鹤振翅对它友好高歌。

为了津唐它长途跋涉，

深情的奔赴充满母性光泽。

它是辽阔华北的一条大河，

绕过都山穿越大美承德。

它在海的怀抱中浪花朵朵，

每一朵都浸润我带血的脉搏……

征兵体检当天，李寒雨几个人和学校请好了假，早早地坐上了牛矿长S级的奔驰。

"牛林，这次你要是能当上兵，过些天咱家去三亚，再带你到新光天地转转。"

"牛叔，当兵可不允许经商，多耽误你父子俩赚钱。"孙超说道。

"不是你牛叔自夸，在咱清水县我也算是个大户了吧。"

"绝对的大户，而且还是咱县城的财神爷。"孙超在一旁应和。

"可是叫我暴发户、土大款的人远远比叫我财神爷的多啊，钱多有什么用，还不是一样让人瞧不起？所以我要送牛林到部队学习、锻炼。"

"说得好听，其实就是镀金。"郭鹏趴在李寒雨身边窃语。

"牛叔，当下人都是缺啥吆喝啥，有几个不把钱当钱的？当然了，也有不把钱当钱的——当命。赚钱可是这天底下最大的本事，而你就是一个有大本事的人。"孙超一反常态地拍上了马屁。

"小超啊，牛林就该去部队镀金。牛林虽然成绩也不差，但比你差远了，你是真金啊，无论在哪儿都会发光，你也是我看着长大的，到了部队，你哥儿俩得互相照应，赶明儿我和你爸说说，我们两家结个干亲吧！"

"爸！"没想到，孙超突然叫了出来。

听了孙超的称呼，牛矿长猛地一踩刹车，李寒雨等人也是一个激灵。

牛矿长想认孙超做干儿子也不是空穴来风，牛矿长和孙超他爸孙会计是小学同学，孙超的成绩一直位于清水一中的榜首，以至牛矿长曾多次公开扬言，要是能有孙超这么一个儿子，他愿意拿座矿山来换。

"好！超，以后你和牛林就是哥儿俩，我会一视同仁。"从称谓上，就能看出牛矿长的欢喜。

作为牛矿长独生子的牛林，凭空又多出来个兄弟，自然也格外高兴，连忙从包中拿出两盒巧克力塞给了孙超。孙超也毫不客气，大快朵颐的同时，还顺便递给了李寒雨一盒，却被李寒雨婉拒了。

"吃不惯，我晕车，吃了怕吐。"一旁的郭鹏清楚李寒雨打小就没有晕车的习惯。

武装部的大院，此时像是万国车展的展厅，有宾利、奔驰等豪华轿车，也有东风雪铁龙、长安面包等经济型汽车。此外，还有三轮车、自行车，零散地插空儿停在汽车之间。

手提挎包、头抹发蜡的牛矿长频频和县城的名流们招手、点头致意，看得出他今天收了一个干儿子之后，显得格外兴奋。他示意几个人先到大厅的长椅上等着，自己要去找武装部长谈谈，可是想找武装部长谈的人太多，牛矿长还没走到门口，就被武装部的一个干事给拦了回来。平时他可是一个很有办法的人，没想到今天却吃了闭门羹，就连提前体检这种小事儿都没有办成。

牛矿长十分郁闷，狠狠地吸了一口中华烟，"妈的，难道这些'大檐帽'不食人间烟火，装什么装，武装部再牛不也就只忙这么一阵子吗？"

没能拿到"路条"的牛矿长，也没有闲着，等不及去新光天地，开车来到清水县移动公司，买了两部新款的V8手机，牛林、孙超各一部。现在孙超的身份变了，待遇自然也提高了，他目前的身份是牛矿长的干儿子，在接过手机的时候又亲切地叫了牛矿长一声"爸"。

李寒雨一众人对排队时加塞儿，显得很有经验，带着凌厉的气势径直走到了体检队伍的最前面，关关如此，但到了尿检这一关，却出了个插曲。

卫生间内，孙超把一个陌生青年的衣领攥到了手里。

怕对方有刀，李寒雨几个人纷纷扯下了腰带，面对强大的阵仗小青年慌了。

"哥儿几个别生气，是不是有什么误会？你看，这墙上的标语写得好，'向前一小步，文明一大步'。我这裤带刚解开，有什么事儿等我解决完再说行吗？"看孙超松开了小青年的衣领，其余的人也跟着松了一口气。

"不行，就现在说，想借你点东西。"

"借钱是吗？没问题，今天中午体检完，我请哥儿几个到花苑（清水县最好的饭店），一块儿聚聚。"

"当我们敲诈是吧，你睁眼瞧清楚，哥儿几个是吃不起饭的主儿吗？"平时斯斯文文的孙超认了一个暴发户的干爹之后，怎么脾气还见长了呢？李寒雨和郭鹏默契地对视了一眼。

"哥，你想借什么？只要是兄弟有的，决不小气。"

"尿！"

"什么？"不仅小青年傻了，就连牛林和郭鹏都发出了惊呼。不过李寒雨倒是看明白了，孙超心眼儿还真多，准是因为车上吃了太多巧克力，怕尿检这一关过不了。

顺利地把尿借过来之后，孙超有一种王者归来的感觉，非要请大家喝可乐，不过没人敢喝，可乐对检查也有影响，况且不是每个人的尿都很容易借到的，万一借个有问题的，还不如自给自足。

通过这件事，李寒雨对孙超的转变感到非常地意外，这还是那个性格低调沉稳的发小吗？究竟是什么力量可以让一个人改变得如此之快、如此之大？难道真的都是钱闹的吗？

体检完，牛矿长带着几个人到花苑酒店海吃了一顿。席间，孙超补上了认父的仪式，牛矿长和孙超都喝高了，开始还爷儿俩分明，喝着喝着就变成哥儿俩了。酒席还没散，李寒雨和郭鹏就提前离了席。

学校是学子汲取知识的殿堂，也是学生彰显本性的乐园，如果说部队是一个大熔炉，学校就是一座还未开采的矿山。山里边有晶莹剔透的钻石，还有金灿灿的黄金，当然更多的是平凡的泥土和石子。而以李寒雨为代表的这类人，和这些品种都不挨边，倒像是大山深层的石油或天然气，还可能是上古时期形成的化石，属于异类。

高一时，李寒雨被住学校附近的学生以他太出风头想当"校霸"为借口，在放假时把他诱骗到操场上群殴了一次，之后李寒雨的人生观发生了改变。他事后总结，这次遭人暗算源于自己太单纯，把人想得太善良，太容易相信人。随着时间推移，他才明白，很多时候，人是一种不善良的动物，自己可以善良，但不要相信别人也很善良。

说到打架，李寒雨的战斗指数非常高，不然也不会成为几个人的主心骨。如果是正大光明的较量，他还真的有实力竞争一下听着很唬人实则和小孩过家家一样无聊的"校霸"称号。直到真的在学校混出点名堂，李寒雨才明白所谓的校霸，就是混得好时替别人出出头，充当一下打手，偶尔砸一砸对手家的玻璃；没混好的不但被人认为智商有问题，还经常会有自家的玻璃被砸的反噬，并没有桃园三结义的义薄云天或是港片里的喋血街头。说到底就是成长道路上畸形的攀比和虚荣的尝试。

经此一劫之后，到了高二，李寒雨彻底转了型，除了不认真学习，其余的什么都干，在学校里名声大噪，让主抓学风的教导处老师头痛不已。用老师的话来说，李寒雨大错不犯，小错不断，文采斐然，聪明能干，又爱又恨，十分麻烦。

像李寒雨这一类活跃分子，按常理来说，应该是吸烟、喝酒、上网吧、篮球、足球、追校花。但他不吸烟、不喝酒，所以有好多人递烟被拒之后还误以为他没事爱端着，喜欢装。

说起李寒雨的爱好，和标准的文艺青年有一拼，演讲与写作，其中演讲这个爱好从小学延续到了高中。小时候，他就喜欢在河边声情并茂地朗诵，因此，他也经常开玩笑说，潘家口水库的鱼和虾比其他地方的活跃，都是因为它们得到了他的艺术熏陶。而他写作的爱好是被逼出来的，写作能赚稿费，有了钱才可以还清欠饭店的债务。

和一般同学相比，李寒雨的开销很大，但是他清楚地知道自己的家庭情况没法像牛林一样，有用不完的钱供他挥霍。特别是有一次他看到同学小马的父母被校方通知来还债，办公室中小马的父母衣衫褴褛，一个劲儿地向班主任道歉，还被路过的同学指指点点，李寒雨心中很不是滋味。因此他也暗暗发誓，尽管自己的父母要比小马的父母经济状况好得多，但自己也要恪守有多大锅下多少米的原则，决不让父母为自己还债。靠本事消费，成了他高中时的座右铭。

说到演讲，在清水一中五十年校庆的时候，李寒雨可谓大放光彩，他自写自讲的《这里的爱静悄悄》，征服了广大同学，就连被邀请来的县委领导也是对他赞不绝口。从那以后，他有了一个文雅的绰号，叫"书生"，而之前被他们这一"团伙"欺负过的学生又给为首的李寒雨送了一个别称，叫"雪狼"。雪狼和普通的狼的区别就在于外表儒雅，但内心阴狠。

高考临近，李寒雨突破二本的梦已经不用辛苦做了，是他的两个特长拯救了他，出众的文学天赋被某一所重点大学看中，有保送的可能。同学纷纷羡慕李寒雨命好，但他却不以为然，轻描淡写地抛出来一句，福兮祸之所伏。

数学课上，黑板上排列有序的阿拉伯数字和一些优美却不知名的符号促使李寒雨深沉地睡去。让其他同学感到惊奇的是，这次尖子生孙超也睡了，而且还说了梦话。梦话的内容和数学无关，是英语单词Beautiful，可以想象，这同学的英语说得该有多好。最令人叫绝的是李寒雨在梦中接住了孙超的英语——CS。看来李寒雨昨晚又在网吧通宵打了《反恐精英》的游戏，两个人别开生面地对"梦话"，让后两排的学生哄笑成一团。

数学老师大学刚毕业，估计上学的时候也是个愣头青，手中教材像板砖一样直接飞了过去，刚好砸到了李寒雨的后背。被砸醒的李寒雨翻开教材看了看，明白是怎么回事之后，顺手把教材撇还给了数学老师，不过他的精准度差了一点儿，一不小心把数学老师的眼镜给砸了下来。

办公室里，数学老师感慨无限。

"李寒雨，因为有你们这样的学生，下辈子说什么我也不做数学老师了。"

"哎，老师，造化弄人，如果有来世，我宁愿回到古代上私塾，这样就只有八股，没有数学了。"

"那你得穿越对时代，一不小心你回到原始社会，甲骨文你小子也学不明白。"

"你放心老师，不懂我问你呀，说不定你上辈子就是甲骨文的发明者。"

"瞎扯淡，对你小子我算是无语了，这样吧，以后上我数学课的时候，你实在听不进去可以看看英语，但有一点，不许打呼噜、说梦话，别影响其他同学。"

"好，谢谢老师不违背原则的放弃，我尽量控制。"和平谈判结束后已经放学了，李寒雨收拾好课本后准备回宿舍，却被匆忙赶来的牛林几个人堵在了教室门口。

"小雨，我今天和咱体育老师干了一架，吃亏了。"

"你也是，没事和老师打什么架呢？和老师打架不道德。"

"你好意思说我？同学们都在传，上午你和数学老师上演了飞书互飙，再说了我和你不一样，你属于公平决斗，我属于被迫应战。"

"要干，也不应该找一个练家子啊，你是没事找事。"王辉在一旁插嘴。

"别提了，本来我是和英语老师发生点小矛盾，但是一旁的体育老师非要出头，当时我这暴脾气也没控制住……"

"你想怎么办？不会是让我们几个把他堵死胡同打一顿吧？事先声明，这缺德的事我可不干。"

"揍他不是目的，我只是想给他点教训，谁让他多管闲事来着，你不是最恨小人吗？"李寒雨想了想，牛林说得也有道理，人嘛，总是很容易就原谅自己人。

"小雨，要不咱们把他摩托车车胎给扎了吧，他每次在校区骑车从来都不减速。"作为牛林干哥的孙超在一旁出主意，孙超的特长就是给自己做坏事找个合情理的理由。

"他要真是这么嚣张的话，车胎肯定被扎过了 N 次，估计他也被扎麻木了，再说，小孩才扎车胎呢。"李寒雨道。

"那你说该怎么办？我们听你的。"大家把目光都集中到了李寒雨的身上。

"该咋办？凉拌（办）。都散了吧。"

夜的浪漫难以想象，同时它的吸引力也无可比拟，它像一个巨大的磁场，又像是宇宙中的黑洞，吸引着那些不安分却充满探险精神的天体。

"小雨，怎么办？楼长是新调来的，听说是武校毕业的，这家伙软硬不吃，刚刚我去看了，宿舍大门上竟然又加了一把锁，我的《大话西游》昨晚已经 99 级了，我都和盟友们约好了今天破百。"王辉显得很紧张。

"我今天也和职教高中的良子约了，他说教我甩狙。"郭鹏也按捺不住寂寞。

"这样，我们大家把床单拿到水房浸水，拧成绳子接起来系在床架上，然后从窗子爬下去。"李寒雨有条不紊地说道。

"小雨，这是六楼，咱宿舍的床单不够用。"王辉说。

"那去隔壁宿舍抢两条，记住别抢旧的。"

到了第二天，几个人发现宿舍楼来了许多工人，整栋男生宿舍楼的窗子都被焊上了钢筋，原来昨晚上的善后工作没做好，床单没来得及解，楼长发现后，连同几个人的名单及时报告给了校方。

"怎么办小雨？这个楼长太不是东西了，毁了我们的夜生活就算了，还打我们的小报告，这几天大会小会批，差点儿还挨了处分，这口气就这么生咽？"王辉说。

"这几天我也在想，这个楼长是个狠角色，既然如此，我们不能强攻，只能智取。"一听智取，众人纷纷来了精神。

白天，校方进行了卫生检查，但是水房的蛐蛐儿还是叫个不停，这也难怪，学校的四周是山，清水县是名副其实的山城。有这种小动物的活跃，更能衬托出夜的安静。

"王辉，我不是让你买50响的吗，你怎么买100响呢？把他吓傻了怎么办？"

"没事，小雨，他练过武，心理素质肯定很好，我最开始打算买200响的来着，后来烟花店老板说就剩这一种。"

"一会儿大家跑的时候利索点，今天我们干的事可是惊天动地，说不定会永载校史。"李寒雨对大家说。

"不会出事吧？"王辉问道。

"不会，就是吓吓他。"

凌晨一点钟，一连串鞭炮声在楼长的窗前炸响。

这串炮仗，预示着清水一中的纪律整顿的开始，楼长辞职后去了牛矿长的矿上工作，还被安排了一个保安部副主任的职位。虽然此事告一段落，但是学校实行了封闭式的管理和班主任留宿制度，除了正常的节假日之外，严格校规校纪抓落实，而以李寒雨为首的活跃分子们，成了学校教导处的重点"监护"对象。

虽然没造成什么严重后果，几个人也意识到了这次捅的娄子不小，于是收敛了许多，特别是李寒雨，在数学课上竟然也踊跃地举手发言，尽管每次都答错，但还是得到了数学老师的充分肯定。

鉴于李寒雨近段的良好表现，连一向不看好李寒雨的教导主任高满华也私下里找他谈了两次话，想让他重新考虑出任四班的班长。当班长，李寒雨还是有一些经验的。

在高一的时候，李寒雨的学习成绩提升到了年级的前列，因为人际关系好，和谁都能打成一片，被师生推举为班长，一个外来的寄宿生可谓大出风头，也正因此才招致了几个校痞无赖的嫉妒，酿成了无辜被打的横祸。李寒雨爱较真儿又坚守知恩图报的底线，所以学校的制度，他都毫不犹豫地去执行，因为不折不扣地执行得罪了很多人，最后被找了麻烦，所以他心里的落差很大。对于高满华这次的好意，他果断地谢绝了。

自习课上，李寒雨翻开了韩寒的小说《像少年啦飞驰》，女友秦丽一双手遮住了他的眼睛。

"猜我给你拿了什么？"

"不是毒药就行。"

"你当我是潘金莲？"

"你愿意我还不愿意呢，我可不想做武大郎。"

"当——当——当——当，你看我给你拿了你最喜欢喝的露露，还有咱家自产的海棠梨。"

"行，晚上我请你吃饭的时候一起享用，你先回座位吧，我看会儿书。"

"好吧，那我走了。"

"嗯。"李寒雨头也不抬，继续看书。

"我真的走了。"秦丽嘴上说走，但最终她还是坐在了李寒雨的身边，并没有离开，不仅没走还手托腮，目不转睛地盯着埋头看书的李寒雨。

这场景，让一旁正在写英语单词的郭鹏搁下了笔，如果李寒雨不是自己的好哥们儿，他也许会用装 X 什么的来形容他。郭鹏想不明白，李寒雨如此端着，即便是身体出现状况，秦丽依然疯狂地迷恋他，从来都是不离不弃。套用热播的小品中那句话，同样是人，差距怎么就这么大（当然这是郭鹏的改良版）。

还没到周末，教导主任高满华却突然来到了教室里并口头通知李寒雨几个人放假，回家等待家访。按常理说，这种无缘无故的放假他们应该高兴才对，但是回到宿舍后，几个人却惴惴不安起来。

"你们看，是不是我和秦丽早恋的事败露了？"

"放心吧小雨，你和秦丽不会有什么事儿的，要是败露的话，也是孙超，上次查夜不归宿，写有孙超和戴敏名字的名单同时出现在了楼长的手中，名单还是我帮忙给要回来的呢。"

牛林的话还没说完，只见孙超脸色铁青地摔门而出。

知道要来家访，李凤武从网箱里捞上了两条 10 斤重的大鱼，赵青云也忙着炒栗子。李寒雨一看爸妈这么重视，知道这次家访肯定非同寻常，也开始帮忙收拾起院子的卫生来。

清炖鱼的鲜味与京东板栗的香甜凝聚了乡村人家特有的温暖，李寒雨家的院子很大，所以这几个年轻人的家访工作被安排在了李家一起进行。

当看到家访的人后，几个年轻人没了担心却多了好奇，好奇的还有乡里乡亲，于是李家的院墙外，也围了一圈人。李凤武热情地把乡亲们招呼到了院子里，吃板栗、嗑瓜子。李寒雨很久都没有见到父亲这样笑了，这是因为前来家访的人是几位穿着笔挺制服、戴着大檐帽的军人。

清晨的阳光并没有那么毒辣，但是依旧耀眼，特别是落在了军人金灿灿的帽徽上，闪出了别样的光芒。李寒雨特别想和面前的军人商量商量，把军装借过来穿着照张相，顺便试试孙超他干爹前不久送给他的尼康相机的性能。但是当碰触到军人的目光时，李寒雨顿时打消了这个念头，他想，也许这就是男人与男人的差距。

在家访的过程中，孙超表现出对参军的强烈渴望，这让一旁的他的父母有些不快，因为他们之前的目标是让孙超上清华北大。在家访快结束的时候，孙超竟提出了才艺展示的请求。

孙超学过吉他，夏天的夜晚，小村的水边总能听见激情四射的音乐，那是一伙人自弹自唱，连歌词也是李寒雨写的。

《全景清水》

栗花飘香满山谷，

是乡亲栽的摇钱树。

长城入水不孤独，

是历史留下的黄金屋。

在都山的肩上看日出,
山脚下滦河起舞。
河水关照千家万户,
满乡满韵满杯的酒。

天女木兰披婚纱礼服,
是大自然的小公主。
黄崖万塔松柏密布,
是穿越千年的活地图。

在文笔峰看晚霞平铺,
山脚的暴河起舞。
河水滋养千家万户,
青山清水清澈的湖。

　　家访的军人饶有兴致地欣赏了孙超几个人的表演,表演结束后,
几人得到了他们和在场的人的热烈掌声。一位肩章上比别人多了一颗
星的军官站起来表示:"小伙子们,我很欣赏你们的才华,但是你们
必须明白,这不是才艺类的选拔赛,我们是在为国家挑选优秀的国防
人才,是在选拔捍卫国家尊严的脊梁,所以,才华很重要,但决不是

军人应征入伍的主要条件。"

虽然这位军官的话听起来像是政治课本中写的，但是几个年轻人还是清清楚楚地记在了脑海中，因为他的声音很有震慑力，本来还很嘈杂的院落，在他说完之后，霎时间安静了。

第三章
父亲的背影

如果湖中的船是李寒雨等人的流动办公室，那么湖岸就是他们的天然议事厅，眼前水儿清山巍巍，雄关惹人醉。一盆好水哺津唐，遍地柔风吹。

"小雨，你说咱当兵有戏吗？"孙超问道。

"我看悬，杳无音讯。"

"听说接兵的军官就在咱们县的一个宾馆住着，要不咱们带点土特产去走走后门？"孙超开始支招，但立刻遭到了郭鹏的反对："要不说你没见识呢？拿土特产，说不定他们家的土特产比你家的还要多，要拿也得拿中华、五粮液一类的。人家部队的军官，啥世面没见过？"

看到自己的干哥受到了驳斥，牛林立刻摆明了立场。

"你爸这个副局长就是这么当上的吧？你见过几个军人明目张胆

地收礼的。"李寒雨见形势不对，立刻施展起天秤座左右平衡之术："我觉得郭鹏的话有道理。"听李寒雨如此一说，孙超和牛林异口同声地问了一句："你说啥？"

"这有什么好惊讶的？世上就没有绝对的事儿，咱就说地域歧视问题吧，任何一个地方都有好人或坏人。军人也是人，也有血有肉有感情，那么自然也有犯错的人，不过是极少数罢了。"李寒雨说。

"有啥依据？"孙超和牛林异口同声问道。

"我听我表兄讲过一个事，说他们有个政委就是个特别爱占便宜的人，他们团派出的接兵干部，接兵回来都是带了大包小包的礼物回去送给他。"李寒雨说道。

"我去，不会吧，不是不拿群众一针一线吗？没被处理吗？"郭鹏问道。

"被处理是肯定的，包括他们那个政委，一撸到底，因为数额比较大，还上了军事法庭。"

"我觉得对那个政委不公平，收礼的抓了，送礼的该不该抓？"

"听话听重点好吗？我想表达的是什么呢？要么我们就听郭鹏的，送点好的；要么我们就相信我们遇到的接兵干部是好同志，而不是抓谁不抓谁的问题。"李寒雨及时做了总结。

"别卖关子了，小雨，你到底是怎么想的？"孙超问道。

"我肯定相信我们遇到的是好同志啊，再说了我家没人喝酒，只有两瓶二锅头还都是半瓶的。"说完李寒雨瞄了一眼大姐送给自己的手表，"到点了，我家的鱼儿该饿了，诸位，对不住了，我要先行一步去喂鱼了。再奉劝诸位，别瞎琢磨了，继续等信儿吧。"

鱼儿在水中狂舞，争先恐后地追逐抛撒在同伴脊背上的饲料，李寒雨手中的喂鱼工具有节奏地开工，不远处另一条小船上的赵青云已经把饲料投喂完。

"小雨，你喂完鱼帮你爸扶扶鱼料。"

"知道了，妈。"

当李寒雨赶到岸边的时候，机船上 10 吨鱼饲料已经被李凤武卸掉了一半，每袋鱼饲料重 50 千克，也就是个把小时的工夫，李凤武一个人已经卸了 100 袋。

李凤武的背心早已经湿透，背影由近及远，从挺拔的山峰变成了矮一截的山丘。赵青云心疼地把毛巾和水递给了李凤武，李寒雨试着扛鱼饲料，可是没扛几袋就已经累得龇牙咧嘴。

"妈，我大爷家也养鱼，卸料时就雇人，卸一次也花不了几个钱，咱家这是何苦呢？"

"你们仨上学不花钱啊，你知道这一季要卸多少次鱼饲料吗？刚卸两袋料你就开始埋怨。"李寒雨沉默了，从初中住校以后，自己一个人的生活费是两个姐姐的生活费总和的两倍还要多。

每次赵青云给李寒雨生活费的时候，父亲李凤武都会在一旁说：男孩和女孩不一样，你多给小雨一些。他还会悄悄地塞几张面值不等的人民币到李寒雨的书包里，这也是李寒雨学生时代李凤武送给他的"盲盒"。

李寒雨每次到学校的第一件事，就是看看父亲多给了多少钱，如果给得多，肯定是那天开船跑旅游生意好，但李凤武对自己却从来不肯这么大方。

跑旅游并不轻松，类似于"水上出租车"，只是挣得比出租车多一些，李寒雨家能买得起价格不菲的快艇时，是在香港回归之后。

1997年，李寒雨还小，那个时候李凤武还没有养鱼的打算，靠经营板栗园、贩鱼攒了点钱买了第一艘快艇。李凤武算是早一批买快艇的人，但不是第一批，那些第一批能买得起快艇的除了政府的下属单位，就是像牛矿长一样的有钱人。

跑出租和跑游船不完全一样，跑游船首先要跑关系，有了固定的客户以后，生意才会稳定，而出租车是客人主动招手，载的大都是大街上的散客，虽然这个规则被后来的"黑车"以及不断更新的打车软件打破了。

跑出租更像是一种生计，跑旅游大多是为了生活更好一些，总之都是一种相对稳定的谋生手段。

跑旅游的旺季是夏季，但对滦河岸上的船夫来说也是最难熬的季节，清水村景区是有名的避暑胜地，但太阳依然毒辣，像李凤武这样的船主，一季下来皮肤要晒黑一圈儿甚至脱层皮。

在上高中后一次自我介绍的班会上，李寒雨介绍了清水村的景区风光，出于礼貌和少年的爱炫耀特质，向全班同学和老师发出了邀约。他的同桌张艾庄也是个实诚人，暑假的时候，带上了一帮同学找上门来。

张艾庄一行人来到清水村那些天，受到了李寒雨一家的盛情款待，吃的村子里的土鸡、水鸭，特别是鱼，都是新鲜的。美中不足的是赶上了旅游旺季，游客很多而且都是预订好的，李寒雨家的快艇一直没能闲下来。

开学前那天，李凤武早早地来到码头，给快艇添好油，带着张艾庄一行人乘快艇把潘家口水库大小景区转了个遍，快靠岸的时候，李凤武还特意兜了一大圈耍了个特技。把第一次乘坐快艇的张艾庄激动得不时发出惊呼，这也让李寒雨的虚荣心得到了极大的满足。

张艾庄一行人在码头上等班车的时候，李寒雨收拾救生衣，听到了来自船夫们的议论。

"老三为了儿子真是豁得出去呀，你看这快艇跑了个全程，光油费不得大几百啊。"

"是啊，平时在码头等游客，中午舍不得在小饭馆吃，都是从家带的饭，有时忙起来还经常不吃饭。"

"要说老三真不容易，一个老百姓供三个学生，他不这么省能有什么办法……"

听着听着，李寒雨的眼泪就流了出来，当他意识到几个同学还在身边的时候，猛地转过了头在水边假装洗了把脸。

上车之后，李寒雨推开了车窗，望着李凤武的背影和快艇滑过而腾起的浪花，视线逐渐模糊。

回到学校后，李寒雨再也不敢随意邀请同学们去家中玩，更没有提过家里有快艇的事。

直到家境渐好，但父亲李凤武在外依然省吃俭用，过去，在别人看来李凤武这样做的目的就是想着攒钱给儿子盖房娶媳妇，现在看来，他是想给儿子买高楼、娶漂亮媳妇。中国的绝大部分父母都这样，有的外国父母把这样的行为看作"毛病"，中国父母却当成了责任。

李寒雨清楚，父亲的节俭也是对自己过度消费行为的无声的教育。女友秦丽也常批评自己花钱没有规划性。李寒雨一直没有把他们的教育和批评太当回事，直到李寒雨入伍前的生日这天。

"今天是雨哥的生日，让我们一起举起杯，祝雨哥，生日快乐！"经清水一中播音主持刘建仁这么一忽悠，现场气氛顿时热闹起来。

几杯饮料下肚后，李寒雨说："建仁将来能不能做央视的主持人我不敢保证，但做个婚礼司仪肯定是没问题，等我儿子将来什么都不会做的时候，就跟你学习做主持人去。"

"主持人怎么了，我是主持人，我骄傲。"刘健仁毫不示弱地说。

"说得好，今天我被你主持了，也跟着骄傲。"

听了李寒雨的话，众人哄笑成一片。

"小雨，那也得等你先有儿子以后再说啊。"

"秦丽，你啥时候给李寒雨生儿子啊？"

牛林在一旁起哄，秦丽脸色通红，嘟囔了一声"不要脸"。

郭鹏在一旁点头："就是，就是，他不要脸，是老毛病了。"

"郭鹏，小雨都没说什么，你嘴欠啥呢？"牛林说道。

"我这叫路见不平，拔刀相助。"

"在座的，你想拔刀砍谁？"牛林从座位上站了起来。

"砍你。"郭鹏也站起身来。

李寒雨看两人苗头不对站了起来，其余的人也立刻起身配合。李寒雨很快就撑不住了："不好意思啊，我得去给容量腾个地儿。"虽然大家都听得出来李寒雨是在为缓冲找借口，但没有人揪着不放。

李寒雨急匆匆地奔向卫生间的时候，在酒店大厅的一角看见了一张熟悉的面孔，父亲李凤武正埋头吃着一碗凉面，李寒雨尿意全无地打了一个激灵。

回到包间之后李寒雨强颜欢笑，煎熬地吃完了这顿饭，心里被父亲吃面的情景塞满，他怕李凤武发现自己，或者突然冲进来，当着同学们的面狠狠抽自己几个耳光。

离开饭店后，几个人又去浴池洗了个澡，之后李寒雨才敢回家，到家后他做每一件事时都异常小心，李凤武却表现得和往常一样，吃过晚饭看了会儿《新闻联播》就去看鱼了（看鱼是清水村养殖户的一条不成文的规定，目的是预防鱼丢失，要住在湖中的船上或岸边的鱼棚里）。看着李凤武的背影消失在黑夜里，李寒雨悬着的心才算放下。

入伍通知书很快就到了，看来表兄讲的"政委收礼"现象只是个案。李寒雨激动得就像一个新郎捧着喜帖，更激动的是李凤武夫妇，真的雇了一辆车带着李寒雨去了景忠山还愿。

李寒雨虔诚地朝大殿中央的碧霞元君娘娘拜了三拜，嘴中还念念有词。

车上，母亲告诫李寒雨，烧香拜佛只是民间的祈愿形式，入了伍之后要立场坚定，争取早点入党。李寒雨琢磨，这景忠山的主神碧霞元君娘娘真的灵验就好了，因为他许下了父母长命百岁，自己能在部队成长为一名共和国的将军的宏图大愿。

李寒雨能参军入伍，这是老李家几代人都没有想过的事，下车前李凤武还特意多给了司机200块钱，村里管这种钱叫作喜钱，花钱的第一要义是刚需，而附加值是心情愉悦。

来自不同乡镇，却在同一所高中的孙超、牛林、陈晓强、郭鹏都如愿以偿拿到了入伍通知书，特别是平丰镇的陈晓强兵种很牛，据说是雪豹突击队，还有可能调进国旗班。同学们起哄说他身高够了但是相貌还不达标，气得陈晓强当即就和大家表态，如果入伍前还有时间，一定要飞到韩国整个容回来。尽管如此，李寒雨等人还是不依不饶，那你得按照中国标准来整，你得尊重国人的审美观。

入伍前夕，鲜花簇拥，掌声雷动，学校为李寒雨几个应召入伍的同学举行了声势浩大的欢送会，前来参加的人很多，当然里边也有一些是为了确定他们要走来看热闹的。

校方能如此重视，让几个年轻人很是不好意思，李寒雨还作为入伍同学代表发了言。欢送会结束后，他私下主动向校长坦白了当初那个放鞭炮吓楼长的主意是自己出的。

校长先是肯定了几年来李寒雨在学校的成长和进步，特别表扬他在校期间不但获得了全国征文大赛高中组的一等奖，还获得了省市级演讲比赛的冠军，更是建校以来唯一一个不经高考就被重点大学锁定培养的人才，给学校争得了一定的荣誉，但还是委婉批评了他少年顽劣，并且意味深长地对他说，剩下的课就让部队来上吧。

秦丽的痴情，让李寒雨充满了愧疚。他个人认为，选择了军营就意味着放弃爱情，他内心深处对旷日持久的异地恋不抱任何的幻想，他宁此刻秦丽背叛自己，好让自己入伍后没有情感牵挂，就像戴敏背叛孙超一样。

孙超那次夺门而出后，晚上就有了结果，戴敏确实和别的男生出去了，这个男生是谁，他们究竟干了什么，无人知晓，也许只有男女双方知道。

在同学们看来，戴敏劈腿实属常情，因为两个人实在太不对等了。戴敏的老爸是县城某著名企业的老总，她家境好，长得又漂亮。况且人家本身也是练舞蹈的，"劈腿"是常态。

李寒雨似乎也突然想明白了，孙超为什么急于转型成为一个富二代，哪怕是假的。他是为了女人，往高尚了说是因为爱情。

对孙超的做法，李寒雨有些理解，但并不支持。李寒雨觉得，认干爹这种事情，更多的应该是因为感情需要而不是物质需要，作为男人不要刻意去抱怨命运的安排，金钱和权力不是衡量一个人价值的唯一标准，更不要去羡慕同龄人可以借助长辈搭建的平台一帆风顺、乘风破浪。一些人借着亲人的功劳簿起飞，那是他父辈曾经的积累。但没有这样背景的人，也不能苛责自己长辈无能，也许他们付出的爱还更多、更厚重。

以前对部队没有概念，所以他心态很轻松，但领到武装部发放的军装、军被时，李寒雨渐渐感到紧张，在心理上感觉自己离部队越来越近，特别是在领物品的时候，他回头环望绿压压的一群人，而自己只是这片绿色海洋里的一叶扁舟，生平第一次，莫名的孤独感从心底油然而生。

正式入伍的这天，火车站人山人海，场面异常火爆不亚于春运，送行的人群中涵盖了各行各业的人，这些人在各行各业中也扮演着形形色色的角色，而他们的送行对象只有一种角色，那就是即将入伍的人民子弟兵。

孙超抱着戴敏哭得山崩地裂，不知情的人还以为他在应征期间什么亲人突然不幸离世了。其实李寒雨明白孙超如此痛哭，是为了祭奠他即将死去的爱情。

赶往火车站的路上，李凤武长满厚茧的大手一手拎着行李，另一只手紧紧地攥着李寒雨。

"小雨，到了部队好好干，打不了电话多写几封信，你妈非要来送你，我给拦下了，她那身体你知道。"

李寒雨顿时明白了，李凤武下了很大决心买给自己的新手机，不仅仅是对自己能参军的奖励，更重要的是能互相联系。霎时间，他心里有些颤抖，缓缓地看了一眼李凤武，发现李凤武额头上不知什么时候又多了几道褶。

"爸，以后再卸鱼饲料的时候你也雇几个人，有风的时候千万别上树打栗子了，危险。我妈爱唠叨，你多让着她点。"

要是搁平时，李凤武肯定会说，管好你自己就行了，可是这会儿，他只是淡淡地说了一句："好。"

临上车时，李凤武似乎想起了什么，把行李交到李寒雨的手中。

"你等一下，我一会儿就回来。"李寒雨刚要问他干什么去，李凤武已经跑出很远。

看到李凤武尽力前移的步履已经略显蹒跚，李寒雨突然觉得父亲真的老了，也许他一直在慢慢变老，只是自己在不知不觉流失的岁月中，没有察觉而已。

没一会儿工夫，满头大汗的李凤武拎着一袋子热气腾腾的鸡蛋和一大袋子苹果回来。

"爸，我妈不是给煮了好多鸡蛋了吗？都在包里放着呢，你怎么还买？"

"嗨，这个不是热乎的嘛，赶紧吃，我跟接兵的人打听了，得走两天一宿呢。"李凤武在说话的时候已经剥好了一个递给了他。

咀嚼着带着温度的鸡蛋，李寒雨的眼泪忍不住在眼眶里打转。

火车快启动的时候，李凤武欲言又止。

"爸，有啥事你就说吧。"

"儿子，爸不是怕你花钱，但是到了部队千万别酗酒，我和你妈不要求你干出什么惊天动地的大事来，你只要听领导的话，踏踏实实地走好每一步就行，你在花苑酒店欠的钱，我已经替你还上了。"

李寒雨点了点头，没有说出话来，这是李凤武第一次直接喊自己"儿子"。

当火车缓缓地启动，李寒雨发现李凤武迅速地转过了身，自己也难以抑制地低下了头。原来生日那次在花苑酒店欠下的债，父亲是知道的。李寒雨打电话到酒店前台了解欠债数额时，酒店的人说钱有人结清了，他原本还以为债是牛林帮忙还的。

车站上，李凤武的背影格外孤独，随着火车的提速，他的背影消失在车窗外，但是他在田间劳作、在水上开船、在河边卸料的一个又一个背影衔接成了一座座连绵起伏的山，在李寒雨头脑中不断地闪回，而泪水也再次打湿了他新领到的鲜绿的作训服。

第四章
新兵连初印象

火车进站，林立的高楼和熙熙攘攘的人群，彰显出这座工业城市的繁华，"绿色长龙"占据了车站的广场一角，形成了一个特有的方阵。带队的指挥员口号洪亮，有条不紊，没一会儿工夫，方阵被均匀地分成了几块。

李寒雨、郭鹏、孙超被分在了一个队列，牛林被分到了另一个队列，有体育特长的陈晓强早在清水县武装部时就被臂章上写着"内卫"二字的武警军官带走了，让对部队兵种并不了解的几人羡慕不已。

火车站外的路人，像观首映电影一样，七嘴八舌地议论，"新兵"两个字格外醒目。李寒雨并不知道"新兵"意味着什么，但是明白，在这些人眼里，"新兵"就是自己的另外一个名字和定位。

牛林被一辆军牌丰田越野车接走了。

"小雨，你说牛林这命，生来富二代，就连当兵都是城市兵。"孙超无限感慨。

"你也不错，不是也晋级富二代了吗？"

"去，我那富二代挂引号的。"

"你太谦虚了。"当李寒雨说这句话的时候，孙超猛地抬头看了他一眼，但是李寒雨并没有看他。很快，二次登车开始了。

清一色的大巴车里充斥着韭菜、大蒜和汽油的混合味道，不知道是谁在吃盒饭的时候没开窗子。浩荡的车队穿过了繁华的街道，又路过了几个有地方特色的小城镇，按李寒雨的推想，接下来出现的应该是大山。

但这次他并没有猜中，车窗外闪过的是辽阔的平原，绿油油的田地一片接着一片，像是被分割的海，又像是规划均匀的染了色的天，让李寒雨忍不住地感叹。

"看看人家的韭菜地，多上规模。"李寒雨平淡无奇的一句话却像是一颗定时炸弹在车厢里爆发出巨大的能量，所有的人都笑开了花，包括表情一直严肃的接兵干部们。

还算有些见识的孙超，连忙拉了拉李寒雨的衣角。

"别出洋相，这是小麦。"

"我哪见过？"

"没见过就别吭声。"

李寒雨一直以"深山鬼谷子"自居，却在这平原里翻了船，确实有些不甘心，干脆把靠背向后调了调开始闭目养神。

"快看，山！还有这么高的山！"

被一群城市兵惊醒的李寒雨，逮住了挽回颜面的机会。

"这也叫大山？和我们清水镇的山比起来简直就是土丘。"

"兄弟，你见过比这还高的山？"

"岂止是见过，我还爬过，我还带他爬到山顶上摘过月亮。"李寒雨顺便指了指一旁的孙超。

"这个我证明，最后月亮没摘到，顺道抓了几只野兔回的家。"

看周围的人都瞪大了眼睛，擅长演讲的李寒雨开始如数家珍地把清水镇最有名的几座山作全景式推介，什么鹰岨峰、十里画廊、贾家安石壁等。他讲得绘声绘色，战友们听得高潮迭起，但是讲着讲着，矿泉水就不够用了。大巴车行驶了三个多小时，依旧没有停的意思。

这哪里是山啊，分明是山海，李寒雨在此刻才真正地体会到了连绵起伏的含义。车开得飞快，像是已经锁定目标的弓箭，一次次射向了那一座座藏匿着神秘猎物的山体，不知道又走了多远的路，家乡被狠狠地抛在远方了，李寒雨的心情就像这几个抛物线对折似的山路，七上八下。唯一让他感到欣慰的是，公路的两旁一直有溪流的陪伴。

一声期待中的长刹车，接兵干部带着扩音器上了车。

"同志们，到家了！准备下车。"脸色苍白的年轻人互相搀扶着跳下了车，早已等候在车下、穿着整齐制服的老兵们争先恐后地跑到车上来拿行李。停车场内，给李寒雨留下最深印象的不是那条火红的横幅，更不是喧闹的锣鼓和一座座分布在山腰或山底的校舍类建筑，而是站在写着"热烈欢迎新战友"白色大字的鲜红条幅下边带头鼓掌的人。

这个人的肩章上一根正宗的"中国红"线串着两颗熠熠生辉的银白色五角星，最为显著的特点是他有一张标准的苦瓜脸，李寒雨之所以这么定义，是因为他无论在生活中还是在电视上很少看到鼓掌欢迎时还面无表情的人。

入伍前对部队还算有点见识的李寒雨，对大家透漏了一个重磅信息，这个"一杠两星"是个连级干部，弄不好就是新兵连的连长，听李寒雨如此一讲，大家纷纷打起精神，而李寒雨却一直在揣摩这个连级干部没有表情的脸。

要么就是他最近有什么烦心的事，要么就是在向我们这些"初生牛犊"传递着一个信息："别想和哥玩心跳，哥很淡定。"李寒雨认为后者最有可能，这个"苦瓜脸"应该在示威，是个地道的狠角色。

"各班班长带新战士们回宿舍休息，一个小时后饭堂集合。"连级干部口令清楚，典型的男中音，听得李寒雨几人面面相觑。

宿舍里，白色的大通铺干净清新，被子方方正正，简直就是放大版的豆腐块，但豆腐版的豆腐块是软塌的，而军被版的豆腐块是有脊梁的，果然和传说中的一样。虽然简朴，但是也有几分家的感觉，李寒雨一众人集体扑了上去。

"都给我站起来，这是你们家炕头吗？"刚刚还满脸笑容的老兵，顿时变了脸。

李寒雨像触电般率先弹起身来，众人刚刚放松的身心顿时又紧张起来。

"先原地休息，听哨音集合。"

"真是奇了怪了，这休息还要听指令？"

"没听说吗，吃饭还要集合站队。"

"刚刚那老兵的态度，我都想揍他，我爸都没这么喊过我。"郭鹏展露出大哥的本色。

"兄弟，你要是揍他的话，算我一个，怎么说我也是梅花拳第十八代传人。"此人话一出口，立即招来了其他新兵崇拜的目光。郭鹏看了看他没搭腔，在他热情的自我介绍之后，众人得知他是来自河北石家庄的城市籍新兵，叫徐少佳。

"都别事后逞英雄了，尤其是你郭鹏，刚才那老兵叫站起来的时候就你起得快，身上跟安了弹簧似的，你还好意思说，再说了，那老兵壮得像头牤牛，你干得过人家吗？"

李寒雨的话引起了笑声一片。

"李寒雨，这是我多年练就的快速反应，刚刚他幸亏走得快，不然他现在已经在医院躺着了。"

"谁要去医院？"老兵推门而进。事实证明郭鹏的快速反应本领确实不容小觑。

"首长，是他。"郭鹏把手指向了孙超，一脸迷茫的孙超领悟得也相当快速。

"是的，首长，我在路上有点晕车，这会儿特恶心。"

"等会儿你跟我去卫生所一趟，还有，强调一点，我不是什么首长，叫我班长就行。"

"是，首长，不、不，班首长。"

老兵走后，大家长长地吁了一口气，特别是郭鹏，豆腐做得一般，软了。

"小雨，你说我见到这老兵怎么那么心虚呢，一点儿底气都没有了。"

"生生相克。"

"难道你就不怕？"

"我怕什么，我又没想揍他。"

房间静得出奇，孙超的一声长叹吓了李寒雨一跳。

"咋了你？"

"你说那一夜和戴敏出去的孙子究竟是谁？"

"把人想太复杂了不好，背后骂人更不好，大度点。"

"你是站着说话不腰疼，如果夜不归宿的人换成秦丽，你试试。"郭鹏在一旁给李寒雨帮腔。

"人家秦丽可不是那样的人。"

"关你屁事。"孙超显然被郭鹏点了软肋。

"是不关我事，关乎一个美丽女孩子的声誉。"

"再美丽也是李寒雨家的，皇上不急太监急。"

"李寒雨不是皇上，我也不是太监，秦丽目前是秦家的。"

"水房出事了！"不知谁喊了一嗓子，大家不约而同地拥进了水房。原来是陕北的新战士王二宝，不知何故躲在水房的死角吧嗒吧嗒掉眼泪，眼睛如没拧紧的水龙头一样。

李寒雨一伙人原本心里就没底，看到王二宝如此，以为他是犯了什么错被班长给"正法"了，出于同病相怜，纷纷凑过来安慰。这小子也是个实在人，没几句话就把心事和盘托出。

"没人打俺，俺二爹说了，现在以人为本，只要俺安心服役，不调皮捣蛋一准挨不了打，俺哭是因为赶了半天的路饿的，再说当兵以后很难有机会吃到我们老家的羊肉泡馍了，所以觉得特憋屈。"

回宿舍后李寒雨一屁股坐在了地上，由于军用的棉裤外加不断升温的暖气加持，冬天和大理石地板带来的寒意荡然无存，李寒雨终于找到新兵连的第一个优点，部队烧锅炉的弟兄是真给力。他抬起了大头鞋给了郭鹏一下。

"这位爱吃能爱到这个份儿上，也挺罕见的，不然就叫饭桶算了。"

"我看行。"

"不合适，你不怕他打你小报告啊？"孙超提了个醒。

"我们有义务帮助王二宝同志，想一个响亮又贴切的名号来。"

名号尚未落定，哨音突然响了起来。

"先叫食神吧，我们权当二宝同志是食神下凡，来咱新兵连体验生活了。"到了饭堂，李寒雨瞬间来了灵感。

饭堂里，大家果真见识了"食神"的神奇之处，由于路上的颠簸，吃面条的新兵十有八九都吐了，但是吐完了还能接着吃，并且吃得津津有味的王二宝是绝对的唯一，从此王二宝坐稳了"食神"的位子。

晚饭后，新兵方阵统一带队回宿舍，队伍中李寒雨和郭鹏开始嘀咕。

"你说那带队的班长总是一二一、一二一地喊，他不累吗？"

"觉着咱们是新来的，在立威。"

"队列里不许讲话。"不知道什么时候，面无表情的连级军官跟在了队伍的后面。

李寒雨和郭鹏赶快噤了声，也深切地体会到了这队伍里四伏的"杀机"。

宿舍楼前，"苦瓜脸"军官手里拿着一张表，不停地用手中的笔勾来画去，就是这几个简单的动作，把下面一百多名新兵的心弄得乱七八糟。

军官身后齐刷刷地站着十几个老兵，像木桩一样杵在那里。下面的新兵对着老兵们窃窃私语、挤眉弄眼，他们并不知道，面前的这些老兵在接下来的三个月中，甚至对于他们的一生意味着什么。

"喊到名字的新战士，站到指定队列。"

交头接耳的队伍顿时安静下来，因为大家意识到这是在分班。

"李寒雨、郭鹏、徐少佳……新兵一连五班，班长郑天宇；孙超、王子健、吴明……新兵一连八班，班长王涛。"

五班宿舍里，十个新战士每人领到了一个金黄色的塑料洗脸盆。

"大家一定要爱护这个脸盆，接下来的三个月，它将与你们朝夕相处。"

"班长——"

"有问题先打报告。"

"报告班长，这脸盆结实吗？"

"相当结实。"

"报告班长，再结实也是塑料的，万一摔坏了怎么办？三个月就发一个，也太抠了吧？"

郑天宇从李寒雨手中拿过脸盆，用力地往地上一摔，摔完还用脚狠狠地踩了几下，他的举动让大家愣在原地。

"你们看，我这么折腾脸盆都不变形，不可能摔坏，除非成心破坏。我现在用的脸盆还是新兵连的时候发的，所以这位新同志的担心是多余的。"

"果然是军工产品。"徐少佳感叹不已。不知道他是在表扬脸盆，还是在表扬郑天宇。李寒雨接过脸盆当着郑天宇的面敲掉了尘土。

"听哨音跟我去锅炉房打开水。"郑天宇的哨音成为五班新战士的行动指南。如果把新兵连五班比作是一个人的躯体，那么郑天宇就是这个躯体的大脑，而五班的战士们分别是躯体上的某一器官。

每次打水，都要路过锅炉房，因为对暖气格外满意，李寒雨对锅炉房多了些观察。轰隆作响的锅炉房内总有一位看起来三十多岁、脸色微红、军装略显陈旧的老兵，正在一锹一锹地往锅炉里添煤。

李寒雨猜想，这么老的兵还在烧锅炉，肯定是属于混得不怎么好的那一拨的，尽管自己得到了他提供的实惠，也要引以为戒。可是让李寒雨想不明白的是，为什么新兵连的每个班长，甚至是一些肩膀上扛着星星的军官，见到这个烧锅炉的老兵都会主动问好，礼貌地打招呼。

回到宿舍后，每个人兑好了洗脚水，班长郑天宇挨着盆试了试水温。

"大家赶快洗个热水脚，听哨音就寝。"

第五章
强军路上安放的青春

一声清脆的哨音，划破了大山之夜的寂静，郑天宇组织召开了新兵连五班第一次班务会。

"班长好，同志们好，我叫李寒雨，初来乍到，还请大家多多关照——"李寒雨的匪式自我介绍招来了大家的一片笑声。

"笑什么？严肃点！"

显然，郑天宇对李寒雨的介绍很不满意。

"我叫徐少佳，徐氏梅花拳第十八代传人，从我爷爷那代开始就已经拳打各路好汉，到了我这一辈更是将梅花拳发扬光大。但是我们是战友，是同志，我不会轻易出拳，更重要的一点，我们徐氏梅花拳的家训就是人不犯我，我不犯人——"听了徐少佳的自我介绍，郑天宇也是皱了皱眉头。

"下一个——"

这节班会让李寒雨想明白了一件事，到了新兵连，怕挨揍的不止一个人。

水泥浇筑的训练场上，一排排鲜艳的"绿色"在蓝天、大山、森林、积雪的映衬下显得格外醒目，五班的新战士迎来了第一天新训。

"休息十分钟，听哨音集合。"

"郭鹏，你昨天呼噜打得比波音747起飞时动静都大。"

"我睡觉从来就不打呼噜。"

"你跟曹操一个秉性，犯错知错就是不认错，来，你听听，都能当彩铃用了。"李寒雨从怀里拿出了手机。

"赶紧删了。"看班里的战友越聚越多，郭鹏有些着急。

李寒雨看郭鹏着急的样子更加得意，把声音又调大了一倍。

"删什么删，我录下来就是为了当彩铃的。"

"给我听听你的彩铃。"

得意忘形中的李寒雨顺着笑声把手机递到了人群外。当看到接手机的人竟是"苦瓜脸"时，笑声戛然而止，在班会上李寒雨已经得知，他是主抓新兵生活、训练全面工作的新兵连副连长李鸿刚。关于这个李鸿刚，李寒雨也掌握了一些信息，据说是个传奇人物，立功N次后提干，训练新兵的手段和天上的星星一样多，特点就是稳、准、狠。

李寒雨心跳加快，最新款的诺基亚N系列遇上"苦瓜脸"，估计是凶多吉少了。

"值班员，吹哨，全连集合。"

待新兵连队伍集合起来之后，李鸿刚开始训话。

"新兵还有谁带手机了，举手。"

一百多个人的队伍，只有几个人举了手。

"现在我只是了解情况，举手的算主动上交，由连队统一保管，等新训结束后发还给你们。根据保密条令，这个周三，全连统一对手机等电子设备检查，一旦查出来谁隐情不报，后果你们自己考虑吧。"

李鸿刚这番话说完，举手的又多了十几个。

"值班员，训练结束后，把手机收上来，登记在册交给文书保管。"

"报告！"

"讲。"

"副连长同志，我这种情况算是主动上交，还是隐情不报？"

"你叫什么名字？"

"新兵连五班列兵李寒雨。"

"回去问你们班长，继续训练。"

手机的生死未卜让李寒雨在训练中心不在焉，导致错误不断，郑天宇不得已对他进行单独训练，五班其余的新兵则多了休息的时间。

"郭鹏，李寒雨家经济条件很差吧，不就一个破手机嘛，至于吗？"

郭鹏瞪了徐少佳一眼没作声。

"他一个人闯祸，还要连累大家，搞得连我们的手机也没得用了，虽然这大山里是盲区打不了电话，但总还能用手机玩玩游戏吧。"

"你有病吧，没听副连长说周三要统一检查，有没有今天这事，手机也要交。"

"至少不会这么快，还有，你说谁有病呢？"

"说的就是你，想较量一下是吗，孙子？"郭鹏噌的一下站了起来。

徐少佳并没有起身，但是嘴没庆。

"这是在部队，在地方你早躺下了。"

"李寒雨，入列！"

关键时刻，郑天宇下达了开始训练的口令，郭鹏一肚子火地站回了排头。

队列里，喊口号时徐少佳也明显提高了嗓门。

"好，徐少佳同志的口号喊得不错，大家要向他学习。"

得到表扬的徐少佳更是铆足了劲，声音甚至惊跑了在训练场旁大树上打盹的乌鸦，可没一会儿工夫，他那高亢的声音便随着飞走的乌鸦一起消失了。

"喊不动了吧，孙子？"郭鹏看了看一旁的徐少佳。

"孙子，你说谁？"徐少佳扭过头问。

"队列里不许讲话。每人十个俯卧撑。"

吃过晚饭，李寒雨喊住了郑天宇。

"班长，你怎么惩罚我都认，但是手机能算是我主动上交的吗？那是我爸妈送我的生日礼物。"

"手机都要收，你不过是做了个铺垫，副连长还表扬了你。"

"表扬我？"李寒雨满脸疑惑。

"说你小子有种。"

郑天宇的话让李寒雨心里有了底。

连队值班员在楼道里吹响了哨子。

"带好小凳，七点钟连部礼堂集合看新闻。"

连部礼堂里，郑天宇紧盯着自己的一亩三分地，组织大伙练起了坐姿，还特意在沧州籍的新战士刘晓刚的头上放了一摞书，因为刘晓刚入伍前上过杂技学校，专业就是顶碗，在自我介绍时特意表示到了部队也不想把功夫放下，于是郑天宇很慷慨地满足了他的需求。

"班长，也给我放几本书吧。"

"你徐少佳入伍前也是练杂技的？"

"班长，我是梅花拳第十八代传人，练拳的，我就是单纯地想和刘晓刚打个擂。"

"好，既然这样的话，你顶个板凳吧。"

徐少佳并没有把板凳顶起来，大家也都理解，因为他毕竟没有说自己练的是铁头功。看完新闻，李鸿刚组织新战士学唱军歌。

"今天，我们学唱《中国人民解放军军歌》，学会了的打报告，我来检查。向前，向前，向前，我们的队伍向太阳——"

充满激情的和声，顿时把礼堂里的新兵带进了千军万马的方阵中。

"郭鹏，没想到，'苦瓜脸'还有这本事。"

"是啊，唱得我心跳加速，这要是回家唱给王辉他们，不羡慕死他们我随你姓。"

"我们唱军歌是职业要求，又不是卖艺。"

"行，有觉悟。"

"你俩站着唱。"不知道什么时候，李鸿刚站在了身后。

　　学唱半小时后，十三班的王二宝和五班的徐少佳依然不过关。

　　王二宝把歌词"风在呼啸军号响"唱成了"风在哭号军炮响"，徐少佳虽然没错得这么离谱，但是他的美声唱法，让军歌少了庄重。

　　又过了半个小时，只剩下王二宝一个人不断地在"篡改"军歌，常把"放弃等于背叛"挂在嘴边的魔鬼教头李鸿刚也有了放弃的苗头。

　　"王二宝，怎么总是你冒泡？"

　　"报告副连长，俺也不想，俺这个人有个毛病，一饿就记不住事，训练了一整天，我晚饭又没吃饱，又饿又累的，所以真是记不住。"

　　"没吃饱？你晚上吃了多少？"

　　"报告副连长，吃了六个馒头、两碗米饭。"

　　听了王二宝的话，大家笑成了一片，就连李鸿刚也没有绷住，浅笑了一下但又迅速恢复了平静。

　　"小雨，你看见了没，'苦瓜脸'也会笑。"

　　"看见了，牙还挺白。"

　　"这王二宝真够憨的，这不等于公开告他们班长的状吗？"

　　"是啊，闹不好要被收拾。"

　　"今天的歌，先学到这里，明天开饭前就唱这首歌，大家回去后准备点名，各班班长留一下。"

　　李鸿刚分配完新训任务后，单独留下十三班班长程刚。

　　"这个王二宝的情况有些特殊啊。"

　　"副连长，你就是不找我，我也打算向你汇报，我正为这事发愁呢。"

"新训第一天你就挠头了？"

"副连长，这王二宝别的毛病没有，但是在吃饭的时候绝对是一朵奇葩，你看今天，别的班都带队回去开始打扫卫生了，我们还在饭堂等王二宝同志呢。听班里的同志说，即便这样，人家王二宝都没吃饱，还是因为照顾大家感受提前出来的。"

"程刚，作为班长，你不能带头给自己的战友贴标签，什么叫奇葩？你这么说，其他的战士会怎么想？宁可饿着都不掉队，说明二宝同志很有集体观念。这样吧，以后我们在训练之余，多安排王二宝到炊事班帮厨，既能照顾到他的自尊心，又能解决实际问题。"

"副连长，你批评得对，你的这个提议很好，一箭双雕。"

"别捧了，去点名吧。"

"是！"解决了王二宝的问题，十三班班长程刚一路小跑回到了宿舍楼。

宿舍里，郭鹏正和李寒雨聊着天。郭鹏说："小雨，这两个礼拜度日如年，训练和咱老家雨季连阴天一样，一波接着一波。"

"谁说不是呢，变本加厉，没完了，每天跑两个三公里，跑完了继续体能，班长也是个疯子，做俯卧撑时额头下面还让垫张报纸，汗珠子不滴透了不算完，他当咱们是喷泉啊。"

"这个你还真得知足，听孙超说，他们班长让放的是脸盆。"

"真是没有对比就没有偏爱，这么说小郑同志还是有人情味的。"

"和你说个秘密，今晚上要搞紧急集合。"

"又听谁瞎白话的？都糊弄我们两个礼拜了，一次也没见搞过。"

"这是连部通信员说的，他是咱老乡。"

"是不是副连长故意放出来的风？"

"不管怎么说，我们还是要防患于未然。"

"这叫未雨绸缪好不好？"

"你别管叫什么，我们先确定一下，如果到时候真的紧急集合，你来打一条龙背包，我打制式的背包，这样的话我们就算最先跑出去的话也没人怀疑。"

"你可以呀，有人说当兵把人当傻了，你用事实狠狠地打了他们的脸。"

"那是，还不是咱老家水土好。"

"别嘚瑟了，熄灯之后我们就把背包打好，千万别让徐少佳发现，这小子嘴没把门的。"

"没事，这家伙沾枕头就着，睡得和猪一样，一准发现不了。"

"嘟嘟嘟嘟——！"夜里，紧急集合的哨音真的响了。

整栋新兵宿舍楼沸腾起来，穿鞋声，水壶碰撞声，开门声，跑步声，形成了大山里独一无二的混合交响曲。

"徐少佳，就你离灯近，你他娘的怎么不开灯呢？"个别新战士急得直骂娘。

"你他娘的，我倒是想。"徐少佳骂道。

"喊什么喊，打仗还分白天黑夜吗？都给我闭嘴。"郑天宇嚷道。

不知道什么时候，郑天宇已经打好背包，守在灯的开关旁做起了警卫员。

"小雨，班长是不是也提前打好了背包。"郭鹏说道。

"不是，我刚刚穿外套的时候，见他打来着。"李寒雨回答道。

"这也太神速了吧。"

"你小点声，差不多了，我们往外冲吧。"

"我们的队伍向太阳。"

李寒雨和郭鹏飞速地奔了出去。

操场上空空如也，只有李鸿刚和通信员在。没过两秒，新兵连八班的孙超也飞奔出来。李鸿刚看了看手中的秒表，满意地点了点头。

"32秒，34秒，35秒，还不错，把新兵紧急集合的纪录都给破了。"

"报名。"

"报告，新兵一连五班战士李寒雨。"

"报告，新兵一连五班战士郭鹏。"

"报告，新兵一连八班战士孙超。"

三个人相视一笑，心照不宣。

"通信员，去检查一下他们的背包。"检查时通信员借着月光还朝郭鹏眨了眨眼。

"副连长，没问题，两个打的是一条龙，一个打的是制式背包，毛巾、水壶和迷彩鞋都带齐了。"

"你们三个站到我这边来，一起做监督员。"

过了半分钟左右，营房里开始陆陆续续地有人跑出来，紧接着是大部分人跑出来，再过一分钟，只剩零星的几个人跑了出来。月光下，李寒雨看到有的战友衣服反穿，还有的人鞋穿的是单只。

"各班清点人数。"李鸿刚拿着秒表又看了看。就在各班开始整队的时候，王二宝光着脚拎着背包走了出来。

"你们三个归队吧。所有人解散后围着操场跑十圈，十分钟后回这里集合。"

跑圈的过程中，除了脚步的声音还有参差不齐的物品掉落声，不过没有人敢去捡，李鸿刚带着几个班长跟在了后面。

十圈跑完之后，大家纷纷去寻找自己遗失的物品，这时哨音又响了起来。

"集合！"

"你们看看，这就是你们的紧急集合，如果今天敌人来偷袭，就凭你们的反应如何打仗，拿什么保家卫国？！谁掉了物品，明早到连部认领，解散。"

"小雨，你说会不会还拉动一次？"郭鹏问道。

"我估计也是，背包先别拆。"

"刚刚我们是不是出去太早了啊？"

"这是我们新兵连的第一次紧急集合，我怎么知道什么时候出去合适？再说了不早点儿出去，能显示出我们与众不同吗？"

"说得也对。"

果然，没过半个小时，嘟嘟嘟嘟——哨音再次响起，这一次最先跑出来的依然是李寒雨、郭鹏和孙超。

在讲评的时候，李鸿刚还特意对三人提出了表扬。

"好了，今天的紧急集合就到这里了，大家回去休息吧。"

"小雨，这回可以好好休息了吧。"

"当然了。你没听'苦瓜脸'说今天到此结束了吗？"

"他是军人又不是和尚，弄不好是蒙咱们呢。再说了和尚也分说谎的和尚和不说谎的和尚。"

"我个人认为，在这大山里当兵比和尚辛苦，你爱睡不睡。"

李寒雨放心地打开了背包，郭鹏犹豫了一下随即决定随波逐流。

嘟嘟嘟嘟——哨音又响了起来。

李寒雨一边打背包一边骂。

"这个'苦瓜脸'是个大忽悠，我们着了他的道。"

"是啊，这孙子太阴险了，不要穿棉衣了，否则时间根本不够用。"

尽管这次李寒雨和郭鹏也是前五名跑出来的，但是成绩比先前差了许多，特别是和第一名的孙超相比，更是差了一大截。

解散后，李寒雨和郭鹏被留到了操场上。

"怎么样两位，冷不冷？"

李寒雨和郭鹏一边哆嗦着一边回答李鸿刚。

"报、报、告，副、副连长，不冷。"

"我想你们也应该不冷，弄虚作假，臊也该把脸臊热了吧。"

"报、报告副连长，我们是为了集体荣誉。"

"你们这么做，也配谈荣誉？"李鸿刚陡然变了脸色，"三十圈后，去连部找我。"

两个星期以来，这是李寒雨第一次见李鸿刚发这么大的火，恍然间两个人似乎意识到自己错了，但却又不知道自己错在了什么地方，只是耍了个小聪明，有他说的这么严重吗？

二十圈过后，李寒雨和郭鹏脚步慢了下来。

"小雨，还是人家孙超技高一筹，沉得住气。"

"郭鹏，我想的不是这个，你看王二宝，每次都拎包出来，副连长不是也没批评他嘛，我想是我们的态度有问题。"

"说的有道理，剩下九圈还跑吗？这大半夜的不跑估计也没人知道。"

"走也得走完啊，首先态度得端正，不然前面的二十一圈跑得就没有意义了。"

"行，咱跑完再回吧，说不定他就在某个角落关注咱们呢，吃一堑长一智吧。"

跑完三十圈后，两个人互相搀扶着挪到了连部。

"先说说你们为什么来当兵。"

"我是为了回去分配个工作。"郭鹏回答道。

"你呢，李寒雨？"

"副连长，我还没想明白，自己因为什么来当兵。"

"嗯，你说的也是实话。"

"副连长，你会读心术吧？"

"军人首先是人，做人都做不好，如何保家卫国？当然，这是我个人的见解，不是官方的说法。"

"副连长，您就是我们新兵一连的官方，我想请教一下，刚刚提到集体荣誉，你怎么急了。"

"李寒雨，你别多事了，副连长这忙了一天了，挺累的，还得休息呢。"

"你们两个坐吧，给你们讲讲洞口五壮士。"

李鸿刚并没有理会郭鹏的小心思。

20世纪80年代初，阵地遭遇了一场罕见的洪水，当时交通中断了，电话中断了，粮食也没了，每个人一天只有两个馒头充饥。当时全团的人紧急集合，分配任务，就连炊事班烧火的战友、勤杂班喂猪的战友都打好了背包住进了阵地，大家的信念只有一个，与洪水血战到底，与阵地共存亡。

团里派出的徒步出山联系大部队的人还杳无音讯，肆虐的洪水似乎看准了这个时机，不断地向阵地发起了猛烈的进攻。

战友们把能用的都用上了，石块、草带，甚至是被褥和衣服都用来填堵防洪墙的缝隙，当时受灾最严重的两个洞库是703洞库和801洞库，钢铁连尖刀排主动请缨去这两个核心洞库，经过团首长的现场决议，同意了他们的请战。

排长杜天河带着两名战友负责护卫703洞库，而副排长肖永成带着另外一名战士守护801洞库。洪水越来越猛，泥石流也席卷而来，滚滚的洪流始终淹没不了他们嘹亮的军歌。

洪水慢慢地退了，当大部队赶到洞库的时候，发现排长、副排长、三名战士几乎赤裸着身体站在洪水中，手拉着手、肩并着肩围在了洞口防护墙上，大家跑过去拉他们的时候，他们倒在地上，倒在地上了手也没有分开。

现场所有的人都哭了，都说男儿有泪不轻弹，但是那天，大家都没有忍住泪水，呜咽连成一片。后来在防洪墙最高处的缝隙他们塞进去的衣物里，找到了一封血书。

"请祖国放心！誓与阵地共存亡！排长杜天河，副排长肖永成，战士李海鹏、牛思君、李俊，1980 年 5 月 23 日。"

听了李鸿刚的话，李寒雨和郭鹏强忍下泪水，正了正身体。

"中国共产党缔造了人民军队，人民军队又解放了全中国，一直以来，人民军队在中国人民心中就是正义和崇高的化身，而我们这些还没有找到人生目标的青年，在正能量的引导教育和对价值追求的无限向往中，希望实现自己的价值，而军队就提供了这个平台。入伍前我们看到的只是宣传片里的军人，但军人本身并不是机器，想成为一名真正的军人，首先就要尊重这支部队，融入这支部队。这支部队，你们需要用时间和青春去体会，有时甚至是生命——"

"副连长，你讲到我们心坎里去了，比我们在学校时的政治老师讲得好，你是讲真人真事，他是背诵政策。听了您的教诲，我们更加深刻地意识到今天弄虚作假的事，我们错了。"李寒雨说道。

"错哪儿了？"

"首先错在了态度，我们的所作所为对不起这支英雄的部队——"

"去吧。"

"我原以为'苦瓜脸'只是军事素质过硬，没想到这讲起故事来，也不含糊。"郭鹏说道。

"不是故事，是真人真事。"李寒雨纠正道。

推开门，二人发现，五班宿舍空空如也。

"他们去干什么了，小雨。"郭鹏问。

"去操场看看。"

五班的人果真都在操场。

李寒雨发现大家不但在操场上，而且都在操场上快速地爬行，郑天宇也一样。

"小雨，难道今天有夜训。"

"咱就自觉点吧，别等着点咱的名了，这场子就是为我们准备的。"

"前方500米处出现敌情，听我口令，全体低姿匍匐前进！"

凌晨，新兵连的操场上，不断地传出郑天宇的口令声和作训服磨蹭水泥地的刺啦声。

水房里，李寒雨和五班的战友们互相擦涂紫药水。

"小雨，看来副连长不是最狠的，班长才是最狠的。"

"得了吧，都不是好鸟儿，只不过副连长狠得有些内涵。"

"你说班长就不疼吗？他怎么没来水房？"

"我估计他这会儿在宿舍里涂药水呢，别以为他金刚不坏，也就是死挺。"

李寒雨恨透了郑天宇，他觉得郑天宇小题大做，一下子把自己和郭鹏摆在了全班的对立面。两个人的关系也发生了微妙的变化。之前郑天宇去水房打水，李寒雨总是主动请缨，但是现在他宁可一个人拎水，也不愿和郑天宇凑到一块。

大山里的冬天非同寻常地冷，热水成了战士们的液体"阳光"。李寒雨见过老兵在水房外头做实验，把开水扬在空中，瞬间形成冰雾，落在地上就结成了冰。望着水龙头前排了很长的队伍，李寒雨摘下了手套快速地搓了几下手，又朝手掌心吹了几口气，十几分钟过去了，终于轮到自己。

当李寒雨拧开水龙头准备接水时，突然冒出四个老兵，挤走了李寒雨的水桶。李寒雨见过其中的一个人，是隔壁连队的老兵。

李寒雨明白这是"加塞儿"，在地方只有自己加别人的塞儿，不曾想如今自己也被别人加了塞儿，这几个老兵既然干这事儿，素质也好不到哪儿去。尽管天冷，但李寒雨的火还是一下蹿出来了。

"几位班长，有急事吗？"

"怎么着？"其中一个五大三粗的老兵很不屑地应了李寒雨一句。

"班长们要是有急事的话可以先打水，如果没什么急事的话就请排队，我们已经排了很久了。"

排在后边的孙超上前拉住了李寒雨的衣袖。

"你个新兵蛋子，废话还挺多，皮痒了是吧？"一个老兵说道。

"班长，请把你的嘴用开水烫干净再跟我说话。"李寒雨针锋相对。

"小兔崽子，你班长是谁？"在说话的同时，这个老兵的拳头也朝李寒雨落了下来，看他出手的速度应该是警卫连的老兵。

拳头并没有落在李寒雨的脸上，而是落了了郑天宇的手里。

来打水的郑天宇刚好赶上了这一幕。

"我是他班长，这是我的兵。"郑天宇说道。

李寒雨冰冷又紧张的心，瞬间被注入了一股强大的暖流，不知是感动还是其他什么。结果是李寒雨根本插不上手，还没参战，战斗已经结束。

郑天宇以一敌二，把两个老兵放倒在地，另外的两个老兵看了郑天宇的身手后，也不敢再轻举妄动，尽管郑天宇脸上也挂了彩。

晚点名时，连里对郑天宇给了口头警告处分，而那四个老兵被关了7天禁闭，受了记过处分。让李寒雨没想到的是，四个老兵当中有两个还是郑天宇在原单位关系不错的战友。从此，李寒雨想找郑天宇较量的梦彻底醒了。

和郑天宇冰释前嫌之后，李寒雨又有了别的"麻烦"。

"明天全连统一理发，别扛了，免得受伤。"郭鹏说道。

"我不可能让步，因为头发，在学校我和校长闹翻了，在家被我爸揍了一顿都没屈服。"李寒雨回答道。

"不理，后果会很严重。"

"用脸盆淘厕所我跟着淘了，爬水泥地我爬了。许多在家没做过的事我都做了，因为我知道部队是一个特殊的集体，但总得给我留点尊严。"

"头发代表尊严吗？"

"史可法你听说过吧，南明小朝廷的著名抗清将领，当时扬州城的最高长官。"

"这和理发有什么关系。"

"清廷的原则是留发不留人，留人不留发，史大人带领全城的百姓宁死抵抗，最终全军覆没，他们是在以死捍卫自己的尊严。"

"夸张了。"

"不夸张一点，我们当兵，决不能把自己的个性沦为奴性。"

"你这么一说，我也不想理了，到时候退兵的话，算我一个。"

"你别凑热闹，本来我一个人不理，也许人家也就懒得追究了，你这么一掺和，说不定就上升成了事件。"

"李寒雨，你真孙子。"

"我是孙子，我是我爷爷的孙子。"

在去连部的路上，李寒雨和郭鹏两人成列，迎面一个长发飘飘的战士跑了过来，把两人吓了一跳。

在这大山深处，卫生员、话务员都是清一色的男兵，也正因为这样，山沟被大家亲切地称之为男儿沟。要说这儿唯一的女性就是团部的雕塑了。战士们对它呵护有加，并且亲切地称它为最美的女神，直到现在，李寒雨和郭鹏也不明白这雕塑有什么特殊，放在城市的公园里普普通通，但是到了这里却享受了"国宝级"待遇。眼前这位长发的战士，让李寒雨以为这里分了女兵。

"你们好，我是新兵连三班的吴风，刚刚打扫卫生迟到了，想与两位为伍。"

"欢迎入列。"李寒雨高兴地说道。

"两位是去理发吗？"

"不，是去看看情况。你呢？"李寒雨回答道。

"理发去！"吴风在说这句话的时候又把两个人吓了一跳，因为他是咬着牙说的。

"实在不行你就别理了，我没猜错的话，你这头发是从小养到大的吧，都及腰了，按照我们老家的说法，你这已经达到了出嫁的标准。我俩也没打算理，我们组个团怎么样？"李寒雨说道。

"哎，不理是我昨晚上的想法，不怕你俩笑话，你们看我眼圈通红是吧，昨晚上在水房哭的。"

水房永远是新兵释放情绪的天堂，王二宝是水房的 VIP，所以吴风说的话，李寒雨相信。

"哭了一宿啊。"

"对，好几宿，实不相瞒，这头发是我生命重要的组成部分，它就像我的情侣一样，我从没想过要和它分离，更何况入伍前我还是我们市小有名气的魔术师。"

"为什么不扛了？"

"选择！"

"选择？"

"是的，因为选择，你总要放弃……"

李寒雨上学时做过两个学期的政治课代表，对哲学学得好的人有一种天然的亲切感，眼前的吴风就给了他这种感觉。

"很高兴认识你，吴风，我叫李寒雨，他叫郭鹏，周末欢迎你到五班做客。"三个年轻战士的手紧紧地握在了一起。看到这一幕，躲在不远处的李鸿刚露出了白牙。

"没想到理了短发这么精神。"楼道拐角处的军容镜前，李寒雨显得十分轻松。

尽管郭鹏分明看见李寒雨眼圈发红。

"报告！"

"进来，孙超，来找你老乡是吧。"

"是的，郑班长，我找李寒雨。"

"你去吧，李寒雨，互相学习可以，但不能拉山头、干坏事。"这话郑天宇也是说给孙超听的。

"班长，他那山头太小，你是他无法逾越的高峰。"

一段时间的适应后，李寒雨和孙超在新兵连里已经小有名气，新兵连的会议记录、连队要事日志，归他俩写。特别是李寒雨在万众瞩目的全团"尊干爱兵演讲比赛"中还获了一等奖，这在历届新兵连都是稀罕事，所以郑天宇对他关照有加。

硕大的鹅卵石上，孙超猫腰从溪底捡起了一个薄片扔到了下游。

"戴敏没有给我回信。"孙超说道。

"说不定还没邮到，我听我们班长说，他的一个战友，入伍的时候写了一封信，两年后退了伍才收到。"

"这事儿我也听说过，但现在是啥年代了，过去了一个多月了，她不可能收不到。"

"值得吗？"

"你被爱着，当然无所谓。"

"咱俩能比吗？"

"怎么不能，连郭鹏都对我说过，如果他能拥有秦丽那样的，死而无憾！"

"不行就再写一封，给她增加点罪恶感，你在这儿难受，她又看不见。"

"已经写了。你要不要看看？"

"我又不是戴敏，给我看干吗？"

"你可以是她，我觉得你比我了解她。"

"别扯犊子。"

"你一定比我了解她，我是当局者迷。"

"你这样讲，我勉强接受。"

"你怎么把头发理了，全新兵连的人都知道，你不是叫嚣着断头不断发吗？"

"嗨，有些坚持没有意义，既然选择了，就必须学会放下。"

"不过我觉得坚持很有意义，虽然选择不理发是受你的影响，但现在我要做新兵连的唯一。"

孙超甩着一头飘逸的秀发离开了，留下了李寒雨满脸的错愕，直到郭鹏坐在了身边才缓过了神。

"我们得帮助孙超同志做个选择。"李寒雨偷笑道。

到了晚上，在八班长的协助下，李寒雨和郭鹏轮流操刀，孙超的头发被悄悄地剪短了。

年底，上级机关的各种关怀和慰问接踵而至，新兵既是部队的新鲜血液，也是各级首长眼里的宝贝疙瘩。

"同志们，今晚，文工团的同志到我们团慰问演出，演出前肯定要拉歌，这也是体现我们新兵一连战斗士气的大好机会，虽然新兵二连、三连是本土作战，但是我们一定要赢！"连长王大军下了死命令，军令如山，五班忙乎开来。

"班长，往水壶里装石子管用吗？"

"我新兵连班长就这么教我的。"

"班长，我有个提议，不知道能不能试试。"

"别藏着掖着，把看家本领都亮出来。"

"我在电视上看到过一个老兵回忆录，说他们那个时代拉歌，都用皮带、板凳。"李寒雨说道。

"你说具体点。"郑天宇连忙示意大家放下水壶。

"好，你小子立大功了，我这就去找副连长汇报。"听了李寒雨的绝招，郑天宇夺门而出。

晚饭过后，新兵一连启程赶往团部，一路上的军歌不断，听起来格外地铿锵有力。

去团部的路很远，虽然不时有雄鹰和一些五颜六色的珍稀禽类在整齐的队伍上空盘旋，但一队队的乌鸦是飞禽军团的主力。在这里，乌鸦不会受到排斥，反而会为这沉默的大山增添一丝生机。团里有一位新闻干事曾充满诗情画意地告诉李寒雨，这里既是男人的世界，也是乌鸦的天堂。

放眼望去，直耸云端的大山白皑皑的一片，这也激起了李寒雨心中淡淡的诗意。

"银装素裹的世界，包裹着人与自然的纯天然和谐，也包裹着军人对祖国对党和人民的绝对忠诚、无悔的奉献，如果有一天愚公来这里移山，或许他移得走山，却移不走也割不断山底下的根和魂——"

李寒雨的感慨并不是心血来潮，是上午听了一名扎根三十几年的"老山沟"许家刚工程师的报告而深受感召。从上午的报告中，他知道了这支部队的与众不同，也明白了这座大山的分量。长了新闻眼和文学心的李寒雨面对许家刚，就像哥伦布发现了新大陆，但他把这个奢侈的念头藏进了心里。

快到团部时，李寒雨突然听到身后传来抽泣的声音，紧接着引起了队伍一小阵躁动，原来是几只调皮的乌鸦把粪便拉到了王二宝的身上。李寒雨强咬着嘴唇不让自己笑出声来，同情地瞥了一眼王二宝，心想，这概率可以去买彩票了。

团部的礼堂内座无虚席，数千人同时集会的场景何其壮观，在壮观的队伍中，新兵方阵是一道更加亮眼的风景线。

"演出前，各单位可自行组织拉歌！"

团值班员下达了指令，大家都知道，这等于下达了战斗指令，而几个新兵连是这场战斗的参战主力。与团直属的新兵二连、三连队伍比起来，营属的新兵一连人数明显属于弱势。

新兵二连队伍前排，一位英挺的年轻军官率先站了起来。

"作为东道主，我们是不是应该热烈欢迎远道而来的新兵一连的同志们啊。"

"是！"

"那我们就唱一首《爱国奉献歌》表示一下吧。"

"头顶边关月，情系天下安，当兵走四方，时刻听召唤——"

歌声雄壮有力，让空旷的礼堂大厅内余音不绝。

"我们如此有诚意，新兵一连的同志们是不是也得表示表示啊，一连来一个。"

"一连来一个，一连来一个——"几百个男子汉发出的邀请自然不容小觑。听得周围的老兵鼓掌喊好，新兵一连的同志也都明白，这二连、三连的战友们肯定是提前操练过了。

在对手强大的阵势下，新兵一连并没有胆怯，副连长李鸿刚挺身而出。

"新兵一连的同志们，二连、三连的同志们亮剑了，我们也不能不接招啊，大家说对不对？"

"对！"

李鸿刚巧妙地引用热播的抗日电视剧《亮剑》，让现场的情绪瞬间热烈起来。

"向前向前向前，一起唱！"

"同志们整齐的步伐奔向解放的战场，同志们整齐的步伐奔赴祖国的边疆！……向最后的胜利！向全国的解放！"

"这新兵一连的人还真会选歌，上来直接上军歌。"

"那当然，拉歌，第一首歌是关键。"

一旁观望龙争虎斗的老兵们开始窃窃私语起来。

"新兵一连的同志们唱得好不好啊？"

"好！"

"再来一个要不要？"

"要！"

"12345，我们等得好辛苦，1234567，我们等得好着急！"

"好，盛情难却！既然二连、三连的同志们这么热情，我们就再来一个。"

"军号嘹亮步伐整齐，人民军队有铁的纪律。"

歌声刚一停李鸿刚立刻站了起来。

"二连、三连的同志休息了这么久，应该是攒足了力气准备给我们唱呢，大家说对不对啊？"

"对！"

看二连、三连还没有什么反应，李鸿刚和新兵一连的战士开始发难了。

"让你唱你就唱，扭扭捏捏不像样。"

"像什么？"

"大姑娘。"

礼堂里笑成了一团，二连、三连的战士们忍不住了，又唱了一首。在你来我往的交锋中，双方转眼间唱了十余首的军歌。

实事求是地讲，一连虽然在气势上不输二连、三连，但是在阵势上已落下风。这个时候李鸿刚再次亮剑，他一挥手，新兵一连的全体新兵拿出装了石子的水壶摇晃了起来。

瞬间，二连、三连的歌声被压了下去，正当新兵一连的战士们得意的时候，二连、三连拿出了更多的水壶，礼堂里响起了更响亮的声音，这一下轮到了二连、三连的人得意了。

就在大家以为一连会败下阵来的时候，只见李鸿刚又挥了手。

新兵一连的一百多名同志，解下了外腰带，有节奏地舞动起来，这一下二连、三连的同志傻了眼，只见李鸿刚的手又一挥，一百多名同志迅速地停止了腰带舞，齐刷刷地拿起了小凳，用手有节奏地敲打起来。这次，二连、三连的同志彻底蒙了，礼堂的气氛瞬间达到了高潮，团值班员很合时宜地跑上了主席台。

"拉歌结束，全体起立！"值班员在向团首长报告完人员到位情况之后，演出正式开始。

新兵战士们坐得笔直，整场晚会始终被笑声掌声贯穿着。

短短两个小时的晚会，有的大呼过瘾，有的意犹未尽，在歌声和番号声的陪伴下新兵一连踏上了返程。

路上，郑天宇拍了拍李寒雨的肩头。

"好小子，点子出得不错，没有让我们丢脸，上次咱单位拉歌拉败了，连长下令全连奔袭回去的。"

看郑天宇可以在队列里讲话，郭鹏也不闲着。

"小雨，女兵长得真好看。"

"那是文艺兵，化过妆的，你让她素颜一个试试。"

"那么多美女，就没一个能入您法眼的？"

"有一个长得还行。"

"哪个哪个，你说说看。"

"谁在队列里讲话？"李鸿刚的声音出现之后，队伍的嘈杂声立即消失了。

早上洗漱的时候，李寒雨见郭鹏脸盆里放着床单，叫住了他。

"你床单昨天新换的，怎么今天又洗？"

"不洗不行啊。"

"怎么了？"

"昨晚上看完演出，我没忍住。"

听了郭鹏的话，正在刷牙的李寒雨把牙膏沫喷了一水池。

到了部队以后，李寒雨刷牙不敢太讲究了。记得有一天早上，孙超在全连集合时迟到了半分钟，被李鸿刚公开讲评了半个小时。

"我们有些同志，以为部队是宾馆，刷个牙竟然刷了72下，你以为你刷的是金牙吗？一点儿时间观念都没有。"

听了李鸿刚的话，李寒雨是又乐又怕，乐的是这个"苦瓜脸"还真逗，竟然还有偷窥的习惯；怕的是自己幸亏没被逮着，因为自己刷牙可不止72下。

"小雨，一会儿打篮球，你去不去？"郭鹏问道。

"我不去，太费劲，球掉山崖下面得找半个小时。"

"你真没劲，好不容易赶上这么一个礼拜天不训练，你继续做你的宅男吧。"

等郭鹏离开之后，李寒雨和班长请了个假来到附近的山涧。小溪中有许多好看的鹅卵石和一些掉落的奇特树叶，李寒雨耐心地从水中把它们打捞起来。

望着涓涓细流，李寒雨挽起了裤腿，膝盖上的训练伤已经结了痂。军事考核一定要过，不然就对不起这一身的伤，更对不起自己的头发。在几天前晚点名的时候，李鸿刚讲了，如果有谁在军事考核中不过关，一律退回原籍。听到这个消息后，李寒雨汗毛都竖起来了，无论如何也不能被退回去，这种事可要比高中时，小马父母被勒令到学校去还债丢人得多。

李寒雨捧着溪水洗了把脸正准备回去，迎面遇到了王二宝。

"'食神'，来逮鱼啊，准备给自己加餐是吧？"

"李寒雨，你别讽刺人，额是来逮鱼的，但额逮鱼是用来观赏的。"

"你算了吧，是先观赏再食用吧，也对，你得先把鱼养肥。"

"咱的伙食那么好，隔三岔五就有炖鱼，额用得着下河逮吗？"

王二宝说的倒是实话，就连一向对饮食很挑剔的郭鹏也讲过，部队的伙食很过硬，两荤四素，六菜一汤，特别是早餐有牛奶、有豆浆，关键是管够，有保姆的家庭也不可能做得那么精致，李寒雨知道，郭鹏说的是牛林家。

"'食神'，马上考核了，你有什么打算？"

"好好干，额一定要留在部队。"

"你当兵为了什么？"

"当初来为了能解决工作，到了部队之后，额发现部队的伙食不错，所以说现在额是为了吃好、睡好，人活着不就是为了吃穿吗，所以额得听部队的话，领导叫额干啥额就干啥。"

李寒雨突然意识到，和一个单纯的吃货谈未来是件荒唐事，于是岔开了话题。

"你说话时能不能把舌头捋直了。"

"额天生的，教导员说的也是方言，你怎么不敢让他去捋呢，就会欺负额。"王二宝一脸的不服。

李寒雨笑着拍了拍王二宝的肩头。

"逗你玩呢，还当真了，走吧。"

和王二宝走在一起，李寒雨的心里是平衡的，通过一段时间的锻炼，至少自己对部队的理解比他更深刻一些。回营区的路上，李寒雨哼起了流行歌曲《披着羊皮的狼》，可没一会儿，他就住嘴了，因为王二宝吼起了秦腔。

"'食神'，你小点声，一会儿再把狗熊招来，你没听'苦瓜脸'说吗，这山里的狗熊一窝一窝的。"

"没事，遇到狗熊装死就行，这是额二爸说的。"

"但狗熊也有小众的，万一装死不顶用呢，不过你二爸是真牛，啥都懂。"

"额不是跟你说了吗，额二爸是先生，人家懂得可多嘞。李寒雨，额跟你说实话，虽然你给额起绰号，但额不怨你，额还把你当兄弟看，以后你要是饿了吱声，额在帮厨的时候给你开小灶。"

虽然王二宝有点以权谋私的嫌疑，但李寒雨还是被感动得半天没说出话来。

晚餐格外丰盛，还有野猪肉。这里的野猪非常地嚣张，有时甚至会袭击哨兵，与军犬 PK，毁坏菜地，可以说无恶不作、泛滥成灾，经请示上级，必要时可以击毙那些作乱的畜生，晚上老连队送来一整扇野猪肉，让新兵改善伙食。

由于野猪肉有限，司务长让炊事班负责分配，每人一勺，而这个重任落到了帮厨王二宝的身上。

"'食神'，你偏心眼啊，怎么到郭鹏那儿就是满满的一勺，到我这儿怎么就多半勺了？"徐少佳明显有些不快。

"哪儿能呢，徐少佳，差不多吧。"

"差不多也是差，让你这饭桶少吃一块肉你干吗？我看李寒雨说的没错，你这货就一饭桶。"

王二宝立刻变了脸色，咣当一声把饭勺子扔在了菜盆里。用秦腔的方式吼了起来。

"你说谁饭桶呢？"

"孙子，就说你呢，怎么着吧？"

徐少佳说完竟然猛地向王二宝扑了过来，王二宝也一勺子甩了出去，幸亏十三班班长程刚手疾眼快挡在了中间。

香喷喷的野猪肉没有吃成，纪律整顿却开始了。

打架事件的影响蔓延、扩散至整个新兵连，连长王大军交代副连长李鸿刚一定要严肃处理这件事。通过小道消息，得知要被处理的李寒雨表面上很镇定，心中却紧张得不行。

"郭鹏，我的心好像在滴血。"

"废话，不流血的心是餐桌上凉拌的。"

"不会被退回去吧？"

"这我哪儿知道啊。"

"这件事我的确有不可推卸的责任，当初就不该给人家王二宝起绰号，其实二宝人挺好的，狗日的徐少佳。"

"主动找副连长认错吧，说不定能被宽大。"

"只要不把我退回去，咋样我都认了。"

"我给你找个辣椒吧，涂在眼睛上。"

"就咱这演技还用那个。"李寒雨眼珠朝上翻了几下，眼眶果然红了。

"这招儿怎么弄的，你教教我。"

"这是天赋，你学不来的，要是没有这招儿，我的屁股早就被我妈用鸡毛掸子打得桃花朵朵开了。"

"可以啊，中戏的水平。"

"一看你就是个没水准的观众，最好的演员不在院校，在社会。"

"不，在军营，而且就在我眼前。"

郭鹏一脸的崇拜。

"算你小子识货。"

表面轻松、内心忐忑的李寒雨敲了李鸿刚的门。

"报告！"

"进来。"

"是你小子啊。"

"副连长，我又犯错了。"

正在洗脚的李鸿刚用毛巾擦了擦脚。

"林黛玉又附体了，说说看，这次又错哪儿了。"

"我嘴欠，不应该给王二宝同志乱起绰号。"

"据我所知，你可不光是给王二宝同志，连我都没能幸免，还'苦瓜脸'，你怎么没说我是火龙果呢？"

听了李鸿刚的话，李寒雨的心凉了半截，完了，这次肯定要被退了。

"怎么不说话了，不要以为王二宝给你求情了，就没事了，徐少佳和王二宝一人一个警告处分，而你，要在全连点名的时候做深刻的检查。"

"是！"听了李鸿刚的话，李寒雨又是一阵感动，王二宝这小子真够意思。

"还有一件事儿。"

"请副连长同志指示。"

"坐下吧。"

如坐针毡的李寒雨努力地回忆着最近自己还干过什么坏事。

"听指导员说，你写的书评在军报上登出来了，以后啊，把功夫用在这儿，别总想一些旁门左道。"

"没问题。"

"谦虚点，要再接再厉。"

"请副连长同志放心，保证完成任务！"

"把我床头柜的抽屉打开。"

拉开抽屉，一股书香迎面扑来，原来是一本精致的笔记本。

"拿走。"

"副连长，这——这——"

"磨叽什么，这是你嫂子送给我的，我也用不上，在你手里还能发挥点作用，你拿去用吧。以后我尽量多保持一点儿笑容，你嫂子也经常这样批评我。"说完，李鸿刚还真的朝李寒雨露出灿烂的一笑。

"谢谢副连长，也请副连长代我谢谢嫂子，其实我和嫂子的初心都是一样的，不是批评，是爱。"李寒雨的语言天赋彻底被激活。

"滚吧。"

纪律整顿完的第一个星期天之后，新兵连又出现了打架事件，这次的主角是郭鹏和徐少佳。

徐少佳鼻青脸肿，而郭鹏却毫发无损。

"副连长，郭鹏打我。"

"他打你，为什么打你，我听说，你到处对人说你是梅花拳第十八代传人，怎么，你这位掌门人也有失手的时候？"

"报告副连长同志，我的的确确是梅花拳第十八代传人，但是郭鹏这孙子不按套路出牌，还用凶器——板凳。"

"你骂谁是孙子呢？"郭鹏又拉开了架势。

"两位勇士别着急，有你们施展的地方，先说说是怎么回事。"

"副连长，我和我老乡正在探讨上次野猪肉事件，凭什么没给李寒雨处分，被郭鹏听见了，他就打我。"

"李寒雨是我兄弟，我不许你给他穿小鞋。"

"徐少佳，给不给李寒雨处分，是连党支部决定的。郭鹏，这里是部队，收起你江湖那一套。通信员！"

"到！"

"来，给两位勇士拿拳击手套来，全连集合去器械场。"

器械场，李鸿刚、郭鹏、徐少佳三个人分别穿戴上了拳击手套和护具。

"两位勇士，我们来个擂台淘汰赛，这样，我在擂台上守擂，你们两个谁要是把我打倒了，可以进入下一轮。"

"副连长，我看还是算了吧，您看您那么单薄，我怕伤着您不合适。"膀阔腰圆的郭鹏显得很难为情。

"是啊，副连长，您看我这都背上一个处分了——要不算了吧。"徐少佳也没有把李鸿刚放在眼里。

"两位放心，我保证今天的事既往不咎，你们就放开了打就行了，梅花拳传人，我看你跃跃欲试的，先来吧。"

徐少佳到了擂台上，先朝李鸿刚抱拳行礼，颇有点大家的风范。但是让人大跌眼镜的是，没两个回合，徐少佳就被李鸿刚一记摆拳和两记勾拳干倒了，从地上挣扎着起来的时候，徐少佳还在振振有词。

"没理由啊，我堂堂梅花拳第十八代传人怎么这么轻易就败了呢，副连长也没用暗器啊。"李鸿刚没有理会周围的笑声。

"该你了，郭勇士。"

李寒雨本来对郭鹏充满信心，可是没出两个回合，郭鹏也倒下了。这次李鸿刚没有用拳，用的是腿。

"下一次有谁再想打架，可以来器械场打擂台，我陪着他单练，既能锻炼身体，又能卸掉大家的思想包袱。"

从此以后，徐少佳再也没对外宣称过自己是梅花拳第十八代传人，而郭鹏也没有再和别人讲过自己在学校的风云史。

这次全连大会上，"中奖"的人是孙超。会后，几位"生死与共"的战友聚拢了过来，李寒雨率先开了腔。

"孙超，别难过了，最起码回信了。"

"是回了，不过也多了一个处分。"

"这个部队是不是太变态了，不就是写了个县城地址嘛，这深山老林的谁能找进来啊。"徐少佳开始发起牢骚。

"看来你是擂台没打够，不知道这大山里有什么吗？什么叫绝对安全、绝对可靠？"郭鹏的质问让徐少佳沉默。他不沉默也没有办法，郭鹏的拳脚他深刻地领教过。

连里面的擂台原本是战士们锻炼体能、提高军事技能的训练场，现在却成为男人之间解决隔阂的平台。李寒雨清楚，自己和徐少佳的恩怨是时候出手解决了，不然总是让朋友出头，一是没面子，二是添麻烦，主要是自己也想搞清楚对方为啥总是和自己过不去。

"你非常恨我？"

"恨谈不上，明说了吧，是嫉妒。不管在班里还是连里你总能成为焦点。"

"我伤害到你了吗？"

"至少让我很不舒服。"

PK 结果让除郭鹏外的人大跌眼镜。开始大家都以为外表清秀的李寒雨肯定会败下阵来，结果李寒雨的出手速度和质量绝对是上乘，几个回合之后，徐少佳主动认输。

"兄弟，更不舒服了吧。"

"别得意，过二十年，我让我儿子替我报仇。"

"好，到时候，我派我儿子应战！"

二人哈哈一笑，握手言和。

"班长，你们怎么在这儿？"两人发现了擂台下的观众。

"今天我这脸可丢大了，借此机会我正式宣布，梅花拳第十八代传人金盆洗手，正式退出江湖。"徐少佳说道。

"看来我失职了，没让人给掌门人准备一个洗手的盆来。"

郑天宇的话让五班的新战士们很是欢乐。

"都严肃点，你们两个，回去把士兵职责抄上一百遍，明天交给我。"郑天宇板着脸。

一个周末，晚饭过后，李寒雨凑到了郑天宇身边。

"班长，跟你商量个事呗。"

"有事说事，别矫情。"

"都说你服役的营队是个英雄的团队，获得过集体一等功，负责守卫着国之重器，您带我去长长见识，刚好我想写一篇关于部队英雄事迹的散文。"

"我考虑考虑。"

"班长，择日不如撞日，今晚连队安排自理，这机会千载难逢啊，再说，你不是一直想让我代你给嫂子写几首情诗，这事我包了。"

"我去和连长请个假，不过你小子学过保密守则，不该看的不看，不该记的不许记。"

参观回来的路上，李寒雨显得格外兴奋。

"班长，我想用一首即兴原创歌曲，来表达我参观完营队实训的感受，就叫《在导弹阵地上》。"

在神秘的阵地上，
导弹刺破黎明曙光。
踏雾穿云蓝天交响，
腾越千山弓满弦张。
为了守护祖国安宁，
飞向党指定的地方。
密林烈焰点燃强军梦想，
戈壁雷霆撑起大国脊梁，
剑舞长缨等那一声令下，
不忘初心万里东风浩荡！

在神秘的阵地上，
导弹呼啸子夜巡航。
霜天幻影铺满山岗，
核常兼备威震天疆。

为了守护人民安康，

飞向党指定的地方。

密林烈焰点燃强军梦想，

戈壁雷霆撑起大国脊梁，

剑舞长缨等那一声令下，

不忘初心万里东风浩荡！

"真好，你小子确实有才。"

听了郑天宇的夸奖，李寒雨持续亢奋，又唱起了民歌，不过是改良版的，"这里的山路十八弯，这里的小溪水潺潺，这里的乌鸦飞满天，这里住着清一色的男子汉——"

任何一个人在这里，唱歌都会收获意想不到的效果，大山的回音是最完美的天然音箱，同时大山和溪流也是最忠实的听众。

没想到李寒雨的一嗓子高音，却吼出了事。

"小心，快闪！"郑天宇在喊出这句话的同时，瞬间把李寒雨扑到一边，而山上滚落的石块却砸中了郑天宇的额头。

原来李寒雨突然的一嗓子，把路边觅食的黄羊惊动了，而黄羊蹬动了山上的滚石。

李寒雨用手捂住了郑天宇流血的额头，脸色煞白。

"班长怎么办？怎么办？班长，你可要挺住啊，千万别吓我。"

"瞎叫唤什么，离死远着呢。"郑天宇说着从体能作训服上扯下了一块布条系在了头上。

虽然是皮外伤，郑天宇依旧得打吊瓶，这在训练场上成了一道亮丽的风景。几天后，郑天宇的伤口拆线了，但受到一个口头警告的处分。

"班长，这辈子我都欠你一道疤。"

"扯淡，这和你有什么关系，不过你小子别忘了答应我的事。"

"哪能呢，哪能呢，我好好地发挥，保证把嫂夫人的眼泪拽下来。"

"你没事拽她眼泪干吗？说心里话，我最怕你嫂子哭了，跟我这些年，她没少哭。唉，马上就过年了，对她来说又是一个难过的年啊。"

班长，讲讲你和嫂子的罗曼史。

有一年的冬天，我收到了你嫂子的电报。

"天宇，我们有整整一年没有见面了，我专程和单位领导请了假，你能出山吗？只要能出山，多久我都等你！"

连队把情况向团里做了汇报，团首长批了我七天假。我立即动身，恨不得马上赶到你嫂子的面前，不知道是老天故意开玩笑，还是月老对我的考验，刚出军事禁区没多久，便飘起了鹅毛大雪，在车快驶进县城的时候，大雪封路了。

在县城里我下不了山，而你嫂子在市里上不了山，我蹚着半米来深的积雪找到了县城的一家电话亭，拨通了你嫂子住的招待所的电话。

还没说两句，电话就占线了，一旁看电话的老大爷告诉了我咋回事。

"小伙子，雪太大了，还在一直下，不知道什么时候是个头呢，估计啊，是通信设施被压断了，你要是有什么急事的话，就去邮局试试吧，应该可以发电报。"听了老大爷的话，我已经顾不上被雪水浸透的衣服，朝邮局的方向跑去，当赶到邮局的时候，邮局已经关门了。就这样雪停停歇歇下了七天，在第六天的时候，邮局终于开门了。这六天是我一生中最煎熬的六天，我在县城的苦苦等待算不了什么，那些天你嫂子又该是啥心情啊。

第七天的时候，县城到市里的路还没有通，而我只能随车返回大山。直到第二个月，我才收到你嫂子的回信。

"天宇，你的电报我收到了，衣带渐宽终不悔，你放心，我愿意等你，直到能和你一起坐在雪地里赏雪。"

"兄弟，你觉得我是个合格的丈夫吗？"

李寒雨理解郑天宇的无奈，却不知道该如何回答，默默地跟在了他身后。看着营区里战友们开始挂上了灯笼，拉起了横幅，知道春节的脚步越来越近了。

"小雨，今晚上可以给家人打电话。"郭鹏抛出来一个重磅新闻。

"不是吧，谎报军情是死罪啊！"李寒雨边说边激动得按住了郭鹏的双肩。

"你要是说谎，罪该万死。"孙超也在一旁附和。

看到营区内的彩灯亮了起来，和大门上文采斐然的春联，李寒雨才意识到今晚就是大年三十。

在中国的传统佳节中，春节的"诱惑"是毋庸置疑的，如果说八月十五是远在外地游子思家的前奏，那么，年三十就是游子思家的主旋律。

如果有一个谜语的内容是"众多官兵守着一部电话，只能想，不能打",谜底打一部队单位名称,肯定就是李寒雨所在的某部新兵连。也难怪把李寒雨几个人激动成这样。晚饭后,副连长李鸿刚的男中音响彻了礼堂,也给像李寒雨一样思念家乡的新战士们带来了福音。

"同志们,告诉大家一个好消息,经过连党支部研究决定,今天晚上,大家可以给家人打个电话,报个平安,送上2006年的春节祝福。"

李鸿刚的话音一落,小礼堂内响起了阵阵掌声,掌声中自然少不了泪花朵朵。

"大家都知道,我们新兵一连光新战士就有一百多人,而连部却只有一部对外电话,所以在这里我代表党支部提三点要求和一个前提,如果做不到,对不起,你的通话资格将被取消。"

"副连长只要不让额去跳河,额什么都答应。"性子较急的王二宝甚至忘记了打报告,他的话引起了大家的哄笑。

李鸿刚没有计较,清了清嗓子。

"第一点,严禁泄密,保密的重要性在这里我就不重复了,因为我们平时的保密教育一直在抓。第二点,你们在打电话时要带去部队首长和连领导对大家亲人的祝福。第三点,每个人通话不得超过两分钟。"

"副连长,那赶紧开始吧,现在已经7点半了。"王二宝又忍不住吐露了心声,不过他的心声也是大家共同的心声。

"开始?开玩笑吧,哪有这么容易的事?"李鸿刚的话给大家高涨如火的热情浇了一盆无形的冷水。

"大前提都没说,想打电话,门都没有。"

"副连长，你快说呀！"这次不是二宝一个人在战斗，是新兵一连的集体发问。

"为了公平起见，大前提就是站军姿。"

"站军姿？"

"对，就是站军姿，现在是 7：40，谁先站出汗谁就去连部排队打电话，当然了你们也可以选择退出。"

看意思李鸿刚还要说点什么，但是大家已经挺胸、收腹、两腿绷直、目视前方……比起平时的队列训练认真程度有过之而无不及，统一原地站起了军姿。

李寒雨虽然也不甘落后，但是他的内心十分不爽，因为他平时就不爱出汗。刚开始的时候，李寒雨还不怎么急，可是身边的战友们纷纷过关离开后，一百多人的队伍剩下还不到五十个人了。

让李寒雨感到欣慰的是急性子二宝竟然也没走，但是他的夸张表情帮了他，最终他也先李寒雨一步去打电话。他得到了李鸿刚的特许，理由是王二宝同志流了很多眼泪竟然没有用眼泪冒充汗水。正是这个理由点醒了李寒雨，水龙头就在自己身边。

"李寒雨，去打电话吧。"

李寒雨刚一出礼堂，就被打完电话守在门口的郭鹏叫住了。

"小雨你的演技呢？怎么才出来？"

"狗屁演技，关键时刻还得凭实力。"

李寒雨第一个电话拨给了李凤武，可是电话一直处于占线的状态，嘟嘟的声音让李寒雨的额头上真的急出了汗，在开运动会参加跑步比赛时，两分钟是那样的漫长，但是此刻却如此短暂。

"怎么，没人接？"

"不是，是占线，唉，算了，时间到了，副连长。"

"再给你两分钟，不然额头上的水不是白抹了吗？"

听了李鸿刚的话，李寒雨也顾不上脸红了，再次拨通了电话。

这次电话通了，接电话的是李凤武。

"爸，我是小雨。"

接下来就再也没有李寒雨说话的机会，时间一直被家人占据。

"爸、妈、大姐、二姐，祝你们身体健康，春节快乐！"

挂了电话，李寒雨对着李鸿刚嘿嘿一笑。

"副连长，我刚打了 1 分钟，还有 1 分钟。"

"不能再打了。"

"军令如山，副连长，你不能说话不算数啊。"

"你小子还要反咬一口，你有没有代我们连党支部向你家人拜年？"

李寒雨朝李鸿刚敬了个标准的军礼。

"连首长的拜年，我代表我的家人领了，在这里我也代表我家人给各位连首长拜年，也祝你们新年快乐！"

看李鸿刚低头看书，不再追究。李寒雨立即把电话拨给了秦丽。

"丽丽，春节快乐。"

"我在和朋友打牌，回头聊。"

听得出来，她的身边有很多的朋友。在信中秦丽有千言万语，但这通电话，秦丽的态度让李寒雨突然感觉到陌生，也许她并不知道这次通话的机会有多么的来之不易。挂掉电话之后，李寒雨的额头上真的沁出了许多的汗珠，自己似乎应该做一个重要的决定。

观看完春晚，指导员王小军播放了一首能道尽军人所有思家情结的《军中绿花》，先是个别新战士眼泪夺眶而出，紧接着整个新兵一连集体泪奔。

"瞧你们那点出息，都二十岁的大小伙子了，哭什么哭？"大家清晰地看见指导员王小军在讲完这句话的同时，也转过了身，摘下了眼镜……

李寒雨听郑天宇讲，王小军已经有近十年没回家过年了，而且五年前和爱人约定的婚期一直拖到了现在。有了王小军的现身说法，有些老兵几年没有出过大山的传闻，李寒雨终于相信是真的了。

"班长，过年好！"

大年初一一大早，李寒雨第一个给郑天宇拜年，之后大家纷纷互相拜年，徐少佳在给郑天宇拜年的时候还添加了贺词。

"班长过年好，年年好，未来嫂子漂亮，退伍工作好找，自然红包也少不了。"

"要不说你小子不会说话呢？班长就不兴提个干啥的。不过班长，徐少佳有一点说得没错，当家长的给孩子发红包，我们老家也这个习俗，你作为班长加兄长，确实该给弟兄们表示表示。"

郭鹏的脸皮厚到了这个程度，让李寒雨始料未及。郑天宇还真的给每个人发了一个红包，而且应该是早就准备好的，打开一看，大家喜出望外，每个红包里有五十块钱，大家都知道，郑天宇的节俭在全连是出了名的，一瓶老干妈辣酱他能吃三个星期。李寒雨曾经还专门用巴尔扎克笔下的"吝啬鬼"来形容他。

入夜，李寒雨、郭鹏、孙超三人相约来到了大山前，排列整齐地跪在了大山前，朝着家的方向磕头，磕完头准备回宿舍的时候才发现，其实这儿早就聚集了很多人。

"不是打过电话了吗？这可不像你啊。"

"老子失恋了。"

"什么？你和秦丽分手了？"

郭鹏有如此大的反应，倒是让李寒雨始料未及。

"喊什么喊？你想让天上的神仙都知道，我在地球上这点破事吗？"

"打死我也不相信秦丽会和你分手。"

"是我在心里和她分了，在今天打电话的时候，我已经决定了。"

"因为距离？"

"不全是，主要是感受。"

"也好，不爱就该说出来，这样对秦丽也是公平的，既然爱情死了，施主请节哀顺变。"

听了郭鹏的话，李寒雨一脚踹了过去。

"李寒雨，你个孙子下脚也太狠了，我是在安慰你。"

"踹你，是对我最好的安慰。"

"收心吧，过几天就打靶了，副连长放出话来，打靶成绩直接决定我们回不回家。"

反复的模拟射击训练，并没有缓解李寒雨的压力，当收到明天就实弹射击的通知后，李寒雨辗转难眠，转身发现郭鹏也睁着眼睛。

"郭鹏，你怎么也不睡？"

"和你一样，明天实弹射击，我睡不着。"

"我和你可不一样，这有什么好紧张的？我们平时不是有训练过吗？再说，实在不行的话，你把实弹射击就当过年时在家放鞭炮不就结了嘛，上学那会儿我带你炸楼长，当时你可是一点儿也没手软。"

"战场上谁放鞭炮？"

经郭鹏这么一说，李寒雨的内心再次波澜起伏。

"熄灯了，养精蓄锐，争取明天打出好成绩。"听了郑天宇的话，寝室里恢复了安静。

打靶的路上，李鸿刚领唱了一首《练为战》，紧接着排与排之间展开了队列间的拉歌。一路上军歌阵阵，天上一队队乌鸦遥相呼应，不知它们是在欣赏军歌还是在学唱军歌。李寒雨不时回头看看王二宝，看他是否能再次中奖。

有了模拟训练的基础，到了靶场后，射击考核有条不紊地进行，清脆的枪声在大山中回荡，回击着山谷里的寂静。李寒雨顿时知道枪声可比鞭炮要震撼多了，就连一直占山为王的乌鸦听了也不得不移驾茂密的原始森林。

休息时，李寒雨听老兵讲，新战士第一次打靶时，要么选择第一队列，要么选在最后，最好别在中间，选择在中间打靶无异于把自己的心放在火炉上烤，而且是烤来烤去，在前面打的话，烤不疼，在最后打，烤熟了也无所谓疼不疼了。李寒雨和郭鹏偏偏就被分到了中间的一组。

"郭鹏，我的心烧得厉害，仿佛掉进了火坑里。"

"真金不怕火炼。"郭鹏在说这句话时明显嘴角也在抽搐。

"卧姿装子弹。"指挥员开始下达口令，李寒雨一个跃身趴在了地上。

"4号靶台射击前准备完毕。"

"打开保险自行射击！"

李寒雨没敢再贸然开第一枪，因为试验弹已经打完了，接下来的实弹射击成绩将与新训军事考核成绩挂钩，所以他格外谨慎。

李寒雨琢磨着，考核弹只有5发，能上4发就心满意足了，因为上靶4发刚刚及格，不计环数。射击结果不仅让李寒雨本人吃了一惊，也像一颗炸弹在射击场引爆，团参谋长王军亮甚至把望远镜加大了倍数。

"四号靶台上弹6发，54环，三个10环，两个9环，一个6环。"

指挥员要求重复报靶，结果还是54环。"这小子百步穿杨，祖上会不会是飞将军李广？"

"这新兵一箭双雕。"

"依我看八成是弹夹里装了6发考核弹。"阵地上开始不安静了。

李寒雨本人也是百思不得其解，因为自己明明只扣动了五下扳机，而且确定是单击。

五号靶台上靶0发0环。当报完五号靶台郭鹏的成绩后,大家似乎明白了什么。

李寒雨和郭鹏被重新编到了最后一组,郭鹏珍惜这来之不易的机会,在全团战友的重点关注下,过了及格线,两个人都顺利过了关。

指挥员整好队后,团参谋长王军亮放下望远镜,来到队伍前的一处高坡上开始总结。

"同志们,今天的考核很有效果,说明你们平时的训练很扎实,打靶场上打得稳,未来战场上才能打得准。今天在打靶场上还发生了个小插曲,大家在生活和战场上发扬团结互助的协作精神没错,但考核场上还是要各司其职。"王军亮的话让新兵爽朗的笑声直冲云霄,再次惊走了伺机落脚的鸦雀,回连部的路上《打靶归来》的旋律在新兵一连的方阵上空悠扬地响起。

"徐少佳马上过生日,送他点什么?"面对李寒雨的询问,吊在单杠上的郭鹏没有停下来的意思。

"送啥都一样,城市兵,不差钱。"

"要不你送他两盒创可贴算了,这三个月人家兢兢业业地陪着你打擂。"

"李寒雨,你少挤对我,我和他现在成朋友了。"

"拳王带徒弟了。"

"看来,你是检查没写够?"

"自省使人优秀,检查使人进步,古代皇帝还经常发个罪己诏呢,叫拳王是给你脸,不高兴了叫你傻大粗。"

晚上点完名后，徐少佳和战友们庆祝了自己的二十一岁生日，这也是新训以来五班的第一次生日会，郑天宇格外重视，李鸿刚也应邀参加了。早在晚饭的时候，炊事班长已经特意给徐少佳煮了长寿面，这是新兵一连的传统，不久前，全连有五名战士在同一天过生日，连里办了集体的生日会，就像集体婚礼一样热闹，生日会上孙超弹奏了吉他，刘晓刚表演了杂技，全连集体唱生日歌。这种场面让李寒雨激动了许久，今天终于轮到了五班的主场，虽然主角是不合群的徐少佳。

"从小，我父母离异，我就跟着爷爷奶奶一起生活，这么多年的生日我都是在网吧里过的，谢谢副连长，谢谢班长，谢谢战友们，谢谢你们陪我过生日，给了我一次难忘的、温暖的生日会，我记一辈子，这杯酒我先干为敬。"

一杯啤酒下肚之后，徐少佳接着表达。

"刚到新兵连的时候，我对新训的变态训法十分不理解，但现在我不仅接受了新兵连的一切，还彻底地爱上了它，我发现我长大了，我也成熟了，我从被动地适应到主动地去热爱，我突然觉得对得起这身军装了，虽然还没有授衔，但是我觉得我有点军人样了，不信你们闻一闻，我已经满身的兵味了。"

郭鹏还真的配合着上前去闻了闻。

"放屁，满身的汗臭味，说，你这衣服多少天没洗了？"

郭鹏的调侃，让大家笑了起来，但是又不约而同地低下了头，紧接着是哭声连成了片。李鸿刚始终是理智的，即使喝酒也不例外。

"有什么想法，都说出来。"

山东籍战士王龙先开了口。

"以前，我哪块蹭破点皮，都要去医院看大夫，有什么困难都要向父母求助，受不得一点儿委屈。可就在过年打电话拜年的时候，我告诉我爸妈，我很好，其实当天晚上我膝盖爬战术时结的痂还没有脱落，突然间我觉得自己有担当了，像个男人了，不想再让父母为我担心了。"

河南籍战士王骥也喝了一口啤酒，接着说：

"副连长，我入伍前是个地方青年，在全国各地都打过工，在打工的地方受了不少窝囊气，员工丢了东西，硬是赖在我身上；吃饭的时候，我说我是回族，伙夫骂我穷摆谱……我就不明白了，我们惹谁了？"

"王骥，不用自卑，河南可是中原大地，绝对的荣耀，中国的土地上哪儿都有好人和坏人，好人、坏人没有地域之分。"李寒雨插了话。

"谢谢寒雨，战友们，到了部队以后我自信了，我找到了自尊，在吃饭的时候，连里还特意为我们几个回族的战士开小灶，我巨幸福。"

徐少佳的生日刚好赶在了周末，11点才熄灯，不胜酒力的李寒雨翻江倒海地折腾起来，卫生间里李寒雨吐了一个翻天覆地，李鸿刚吐了一个地覆天翻，两人相视一笑，但李寒雨明白李鸿刚决不是不胜酒力……

授衔的这一天，晴空万里，这样的天气，在这座大山里很难得，在山外一年四个季节，而在这里，四个季节可以同一天出现。就像嫁娶一样，如果赶上当天风和日丽，男女双方都会心情愉悦。对于新兵连的战士们来说，今天就是大喜的日子，而且是正日子。

"我宣誓，我是中国人民解放军军人……在任何情况下决不背叛祖国，决不叛离军队。"雄壮的誓言响彻礼堂。

李鸿刚在授衔的时候，特意在李寒雨的胸上砸了两拳。授衔的人除了李鸿刚、连长王大军、指导员王小军、几位排长以及一些老兵外，还特邀了全团的"精神坐标"老山沟许家刚工程师。在那些老兵中，其中的一个老兵，就是李寒雨刚到新兵连时遇见的烧锅炉的老班长。从郑天宇那里得知，这个老班长不简单，他是李鸿刚的新兵连班长，烧锅炉烧出了三个三等功。也就是在那一刻，李寒雨明白了在部队的任何岗位，只要肯踏踏实实地干，都能体现出存在的价值。

军歌奏响之后，王军亮来到了队伍前。

"同志们，经过三个月的正规军事训练，你们已经完成了从一名地方青年到一名军人的蜕变，从此刻起，你们就是光荣的中国人民解放军的一员了。"

瞬间，台下爆发出雷鸣般的掌声。

"你们已经成为共和国的钢铁卫士，你们的一言一行将代表着军队的形象、民族的形象、国家的形象。同志们，这分量可不轻啊，有好多新同志，对我们这支特殊的部队还不了解，有的同志也许会留在这里，有的同志也许再无缘回到这里，将来在你们当中，有的人可能是将军，有的可能是一名普通的公民，但是你们一定不要忘记，这块热土上曾留下过你们的足迹，这片热土里沉淀着你们的真情，你们在这里的新训，将是人生篇章中值得骄傲的一页——"

山里山外不同单位前来接新兵的车，统一停在了训练场。

新兵们分到哪个单位去，有的人心里早有了底，有的没底，而李寒雨就属于没底的那一拨，尽管半个月前，团里有领导找自己谈过话。

"班长，你交给我的任务还没完成呢，我这就要下山了。"

郑天宇拍了拍李寒雨的肩。

"赖不掉，到时我打电话你可不许装蒜。还有，我知道你小子自尊心强，但是毛病也不少，不要恃才傲物，谦虚点，要知道山外有山、人外有人，无论何时何地，都要记得，你是从咱这大山里走出去的兵。"郑天宇用手指了指大山。一阵风徐徐吹过，郑天宇额头上那道伤疤似乎也在动，李寒雨鼻子突然有些发酸，眼泪快速在眼睛里打转儿，这时李鸿刚也走了过来。李寒雨强忍着稳定了下情绪，朝李鸿刚微笑。

"副连长，我不想走。"

"铁打的营盘流水的兵，服从分配吧。"

"副连长——"

"傻小子，到哪儿都要好好干，记着，下了连队一定得谦虚，多干事，少说话，别炫耀你过去获得的成绩，只要你有能力，迟早会被发现的。"

"知道了，副连长。"

"在新兵连还有什么合理的未了心愿？说出来满足你。"

"我想要金山，咱新兵连有吗？"

"都说了合理心愿，我看你小子欠揍。"

"那就说说锅炉班老班长，这个不过分吧？"

"你小子算是问对人了。

老班长可是不简单，他在这个岗位上立了三个三等功。第一个三等功是在战士定岗时，他主动请缨选择了任务脏、累、重的锅炉班。老班长说他要通过这个大家伙给战友们送温暖，他不仅这样说的也这样干的。下雨时大家忙着收衣服，他忙着给煤'披衣服'，背着煤爬过海拔几千米的山头，跨过几丈宽的溪流，十几年如一日把煤送到各个哨所。这么说吧，太阳都会在阴天时偷个懒，但老班长不会，他知道大伙等着煤过冬、洗热水澡。他干的事，战友们都看在眼里，这个三等功是大伙给团首长写信'要'来的。

第二个三等功，老锅炉淘汰时，受压元件某个部件超过了规定的承压，随时都有爆裂的可能，老班长第一时间把光着屁股的战友们从澡堂轰了出来，然后不顾一切地冲进了锅炉房关闭了所有阀门。锅炉的情况把后来前来检修的后勤部技术人员都惊出了一身冷汗，如果不是老班长处理及时得当，后果不堪设想，随后全团上下检修更换了隐患锅炉设备，这个三等功是团党委研究决定的。"

"这第二个三等功含金量确实足，但是副连长，咱这是男人沟，光着屁股也不算啥吧。"

"你小子别打岔，听重点。

第三个三等功一样货真价实，这么和你说吧，空军的飞行员优秀，但备飞的飞行员同样优秀，甚至更优秀，也许他永远没有翱翔天空的机会，但他一定掌握了翱翔天空的过硬本领。老班长也一样，训练标兵、内务标兵、优秀号手、技术骨干，就连他的书法和投篮水平在全团都是排得上号的，优秀的人放在哪个岗位都优秀，所以你小子下山后一定要低调，山外有山、人外有人。"

听了老班长的故事和李鸿刚的嘱托，李寒雨若有所思，很快一声清脆的哨声将他拉回了队列，分配定岗开始了。

李寒雨被分到了山下后勤的某仓库，分到山下的还有孙超、王二宝、刘晓刚。而郭鹏、徐少佳这对拳击组合被留在了大山里。

王二宝的不舍也是用秦腔的方式吼出来的，这个时候，没有人嘲笑他，大家纷纷过来拍一拍他的肩膀，特别是徐少佳，他一把抱住了王二宝。

"二宝，你放心，到了山外的单位他们一样会给你开小灶。"

"没事，到山外额就可以吃到羊肉泡馍了，津贴够用。"

这边，郭鹏也是紧紧地抱住了李寒雨。

"老子就是被你给诓到这大山的，现在你把我扔到这，自己出去躲清静了，所以你一定要混出个人样来，否则你欠我的。"

"别弄得这么煽情行不行，好好的，有机会我会回来看你。"李寒雨从包里取出了三个月下来采集的树叶，递给了郭鹏。

"这是我三个月来攒的全部家底，你要继承好，以后在给家人和女朋友写信的时候用得上，虽然他们没办法进这大山，但是得让他们知道咱这大山的特色。"

"你又不是我爹，还继承，再说你明知道我没有女朋友。"

"不错，国语有提高，没有你可以开发啊，喜欢谁，就冲锋。"

"听你的。"郭鹏咬了咬嘴唇，似乎下了很大的决心。

"小雨，提防着点孙超。"

"胡说啥，虽然他认了个和咱八字不合的干爹，但始终还是咱弟兄。"

"知道你为什么会被分到山下吗？"

"不是组织分配吗？"

"他告了你的状，说你入伍前暑假开船载客的时候，有美国游客乘坐过你家的船，并且和你有多次的书信往来。"

"你是怎么知道的？"

"分配前营长找我谈话，我在门外听到的。"听了郭鹏的话，李寒雨脸色铁青。

"我去找营长解释。"

"解释有什么用，营长也知道你不可能有海外关系，否则政审的关都过不了，但是绝对安全、绝对可靠是这支特殊部队的绝对要求，更何况班长、副连长、连长都去帮你求过情了，没用，分配的命令已经报团党委批过了。"

李寒雨回头望了一眼正在和其他战友告别的孙超，眼中充满了愤怒。

"难怪，连徐少佳这货都留下了，孙超，你大爷的。"

郭鹏清楚李寒雨的性格，知道他想干什么，一把抱住了李寒雨。

"别冲动，今天你这样做了，周围的战友会怎么看我们，选择原谅他吧。"

"原谅他是上帝的事，别拉我，你会原谅牛林吗？"

"会！矛盾大多都是因为攀比和嫉妒产生的，也许牛林身上有我得不到的东西，而我身上也有牛林所希望得到的，况且牛林没有对我做过什么，即便是做了什么我也会原谅他，因为我们是喝同一条滦河水长大的。"郭鹏异常坚定地望着李寒雨。

"到外边遇到牛林了替我问候他，告诉他其实我们一直是兄弟，只不过是还没开发完善的兄弟。"

"好。"李寒雨知道郭鹏说这番话的另一层意思，就是让他别再和孙超较真儿。

"另外一件事，告诉我实话，你和秦丽真的分手了吗？如果没分就好好对她，她对你是真心的。"

"真的分了，你小子还是给自己操心吧，记住，碰见合适的就立即进攻，精诚所至，金石为开，不然我三个月的积累白费了。"

"我再告诉你件事，咱连部那老乡通信员也分到山下了。"

"山下怎么了，弄得和发配一样，有的想下还下不去呢，不过这副连长城府可是够深的，不就是泄密紧急集合那点事吗？"

"这就告诫我们到什么年代也不能当'汉奸'"。

"聊什么呢，这么热闹？"徐少佳凑了过来。

"李寒雨，到了山下你小子可得低调点，听班长说到了老连队就相当于过了成人礼了，那里就是一个真实的'社会'，有太多像我这样心态失衡的人，但不是每个连队都设置擂台。"

"放心吧，如果社会是个加工厂，你徐少佳就是专利产品，假如真的遇见你的同类，我照单全收便是。"

"你就等着接收我儿子下的战书吧。"

"好，我等着。"

看孙超朝郭鹏走了过来，李寒雨扭头上了大巴。

"孙超，也许我没有李寒雨了解你，也许连李寒雨也不知道你是一个什么样的人，但是做人不要活得太累，这个时代活得轻松快乐的人才是榜样。"

孙超猛地看了看郭鹏，不知道他为什么会说这番话，但在指挥员的催促下只得带着疑惑上了车。

望着车窗外离别的场面，李寒雨的眼泪一直在打转就是不掉下来，即使操场到处上演着情侣分手都无法较量的感人剧情。

驶向分配单位的大巴车上，李寒雨打开车窗呼吸着自由的空气，过了几个月几乎与世隔绝的日子，马上就要下山了，这不正是自己所渴望的吗？但他头脑中的景象一个接一个地呈现，即使闭上了眼睛依然无法平静。这三个月来，除了训练就是条令，除了大山就是乌鸦，快忘记了城市高楼是横向还是竖向的，快忽略了世界上还有一种叫女人的物种存在。

最让李寒雨难以释怀的是，在这大山里的几个月，只知道这是一支既神秘又充满神奇色彩的部队、孕育着全军43种革命精神之一的部队。这里的兵，一年、几年甚至直到退伍都没出过山，却不知道这营房前那座山叫作什么山，执勤路上潺潺不断的水是什么溪。

李寒雨也不明白这大山深处究竟有何等的魅力，让一茬茬战友在这里献了青春献子孙，他曾听郑天宇讲过，这里的兄弟兵、父子兵，并不是什么新鲜事，而团部不远处的烈士陵园就埋葬着很多把生命献给大山的烈士。

为什么？究竟是为什么？李寒雨轻轻地叩问着自己不舍的心和大巴车路过并远离的一座座大山。

李鸿刚像讨债似的表情的脸、徐少佳那张贱得没谱的嘴、郭鹏的肝胆相照、郑天宇的两次全连公开检查，拉歌、淘粪、理发、受伤、训练，太多太多，多到脑子开始不够用，视线开始模糊，终于，李寒雨的眼泪再也抑制不住，像泉涌、像决堤、像家乡奔流的滦河水、像第一次揣着"二踢脚"去滦河炸鱼被父亲抽了耳光、像小的时候丢了心爱的玩具一样，流得肆无忌惮，酣畅淋漓。

第六章
铁血"男儿沟"

　　有的人为了分到山外的城市而飙歌，李寒雨和王二宝却在有节奏地飙泪，坐上了下山的大巴，李寒雨突然意识到，原来王二宝的世界里不是只有美食。

　　到了县城，几个人被一辆解放牌军用卡车接走。路上，李寒雨对孙超的不断主动攀谈，保持了足够的冷静，当孙超察觉到李寒雨的反常后，也不再自讨没趣，开始和接兵干部套起了近乎。

　　一阵山与河的穿越后，又见到了久违的高楼。大巴车在一处军用操场停下，王二宝被军医院还没来得及脱下白大褂的带兵干部领走了。身怀"绝技"的刘晓刚上了一辆满载女新兵的车，有人说刘晓刚可能是被通信团接走的，因为通信团也分配女兵，这种说法被李寒雨否定了。他给出的理由是，文工团的女兵大多留的是长发，而通信团的女兵几乎都是短发。从头发的长度看，刘晓刚应该去了文工团。

直到星星挂上天空，李寒雨和孙超才到终点站。后勤军需仓库内，李寒雨点名答到的声音少了在新兵连时的激情。

点名的间隙，李寒雨用余光发现，大晚上的竟然有一队战友正扛着铁锨和镐朝着菜地行进。虽然在大山里借着月光锄地也是常事，但这里好歹也是城市的郊区，出现此情此景，着实让李寒雨心头一凛。他知道，此刻的大山里，战友们应该正对着群山呐喊，锻炼肺活量。

在新兵连五班时，口号属郭鹏喊得最卖力，李寒雨曾劝过他要保护嗓子，郭鹏还回掉李寒雨肤浅，他认为这不是单纯地练肺活量，而是在培育战斗狼性。

李寒雨被分到大山外，狼性十足的郭鹏变得沉默寡言起来，郭鹏没能如愿和郑天宇一起分到一等功营的战斗连队，而是被分到了有鬼见愁之称的305哨所，战友们也叫它天剑哨所，在得知连徐少佳被李鸿刚所在的保管连领走了，这让郭鹏更没了盼头。

天剑哨所海拔近四千米，是一个别墅型哨所，里边配备了现代化的训练器材和时尚的活动室。对于郭鹏而言，这里和新兵连的区别不过是离女人更远，离大山更近。除了士兵职责外又多了一个哨兵职责，俨然是新兵连五班的加强版。

郭鹏寄给心仪女生的信死得比流星惨。尽管每封信都放了李寒雨留给他的象征好运的树叶。

望着哨楼，郭鹏不禁感叹，纵使子弹很多，遗憾没有敌人的暗堡。

"哨长，我头晕。"

"不用紧张，这是高原反应，去休息吧。"——哨长杜海川话音未落，郭鹏已经晕倒在训练场。

宿舍的天花板在转，整个世界天旋地转，郭鹏晕晕乎乎地打起了呼噜。再次醒来的时候，围坐了一圈的战友，一圈的红脸蛋，呼出来的白色气体让郭鹏仿佛置身在仙境一般，就像影视剧《倚天屠龙记》，众位师叔在为中了玄冥神掌的小张无忌疗伤的桥段一样。

"哨长，我这是咋了？"

"别紧张，卫生所的同志给你看过了，正常的高原反应，不是肺水肿，我下哨所的时候，两个月都没缓过来，不光头晕还流鼻血呢，来，先把这个吃了。"

郭鹏接过杜海川递过来的冒着热气的鸡蛋面，狼吞虎咽地吃了起来。

"怎么样？味道不错吧，这西红柿鸡蛋面可是咱哨长的绝活儿，一般人没这口福。"

郭鹏并没有理会周围的老兵说什么，吃完后蒙上被子继续睡了起来。一旁的老兵见了郭鹏的反应很是气愤，似乎要做点什么，但被杜海川用眼神制止。

"成文辉，等郭鹏醒了你带他去氧吧吸点氧气，再带他进行一下恢复性训练。"

"是。"

郭鹏并没有睡，只是早就打定了主意，不管使用什么办法，一定要离开这个地方。但肯定不会是绝食，在新兵连郭鹏能和王二宝关系不赖，是因为两人有着共同的爱好。

有了高原反应这个坚挺的理由，郭鹏不出操显得顺理成章。一旦有人来喊他起床，他一个"晕"字算是交了差。

哨所骨干会议上，大家要求把郭鹏退回连队，但是哨长杜海川始终不肯点头。

"好点没？"

"哨长，在离天这么近的地方，不好又能有什么办法。"

"在新兵连你是训练标兵。"

"是。"

"怎么选择来哨所呢？"

"哨长，想听实话吗？"

"说吧。"

"我想不只是我，没有人愿意来这种鬼地方，尽管这里基础设施齐全，但是山高地远、人少寂寞，是无法治愈的硬伤，再说，据我所知，来这里的兵，都是被组织淘汰的，有本事的兵都留国宝身边了。"

"你郭鹏很有本事，不然怎么拿的标兵。"

"只能说我运气不好，天生看大门的命。"

"好了！"杜海川陡然变了脸色，但是瞬间又恢复了平静，郭鹏也是被吓了一跳，来这些天，还没见杜海川和谁红过脸。

杜海川是大学生士兵入伍，后来提了干，军校毕业后主动要求进大山落脚在哨所，听说他还是烈士子弟，他的父亲是烈士陵园里安息的一位英雄。

当知道这些事的时候，郭鹏更加觉得这个哨长要么是个傻帽儿，要么是来这里镀金的官二代。他的这些想法并非空穴来风，杜海川最近的十几天，没做过一次器械，还整日里戴着一副白呢绒手套。

吃完早饭正在遛弯儿的郭鹏遇见了巡逻归来的杜海川，虽算不上冤家路窄，但多少有些别扭。郭鹏不喜欢这种感觉，立即转身离开，但还是被杜海川喊住了。两个人站在原地对视了十几秒，杜海川率先打破了沉默。

"郭鹏，你想离开哨所去连队？"

"是。"

"你以为哨所的兵就只会巡山、站哨？"

"是。"

"你最擅长的军事科目是什么？"

"引体向上。"

"你能一次性做多少？"

"随随便便 50 个，我想整个哨所也没人能做得了这个数吧？"其实郭鹏也在吹牛，50 个引体向上是他的极限。

"好，我们来个比赛，如果我在哨所里找到一个能赢了你的人，你小子以后踏实工作。"

"哨长，如果我赢了呢？"

"我马上向上级打报告，放你回连队。"

"同意，反悔的是孙子。"

杜海川当即吹响了集合哨。器械场内，大家都很疑惑，不知道发

126

生了什么事情，因为今天是周六休息日。

"今天我和郭鹏同志比武，请大家做个见证，如果我输了，我将向上级申请，将郭鹏同志送回连队。"

"好！"

杜海川的这个决定，竟然引起了战士的叫好声，郭鹏气得热血翻滚，憋着一股劲儿来到了单杠前。

整整 60 个引体向上，让同兵龄的新战士，甚至有些老兵都不禁在杠下竖起了大拇指。

"哨长，你——"副班长成文辉似乎要说什么，但杜海川已经握住了单杠，只不过他依旧没有摘下手套。

看杜海川亲自上阵，郭鹏明显放松了不少，因为他觉得这个养尊处优的官老爷上阵，自己胜券在握。在哨所，军事素质最好的人是副班长成文辉。

"哨长，不行就下来，别硬撑着，千万别把你的手套弄脏了。"

郭鹏调侃的工夫，杜海川已经做了三十几个引体向上，尽管杜海川在杠上的表情有些奇怪，但郭鹏已经没心思开玩笑。当郭鹏感觉自己鼻尖冒汗的时候，杜海川已经连续做了 100 个引体向上。

单杠下的战士都在为杜海川的过硬体能喝彩，只有两个人表情凝重，一个是郭鹏，而另一个是副班长成文辉，其实杜海川在做第 61 个的时候，郭鹏已经蔫了。

解散后，器械场上只剩下杜海川和郭鹏尴尬地对视，郭鹏低头的一瞬间突然发现杜海川的白手套在淌血。

"哨长，你的手。"

"没事，被蚊子咬了一口。"这个时候，副班长成文辉带着医疗包赶了过来。

"就知道得这样，非逞能。"

杜海川没有理会成文辉，摘掉了手套，一双血肉淋漓的手惊呆了郭鹏，成文辉急忙递过了酒精和纱布。

"郭鹏，你小子学过保密守则，这个事仅限我们三个知道。"

"哨长，你的手？"

"前几天哨所附近有小面积滑坡，哨长在钳制铁丝网防护栏的时候把手划了几道血口子，为了不影响日常工作，只能戴上手套。"成文辉和杜海川离开后，郭鹏看着地面上留下的血迹有些愣神。

"哨长，郭鹏不见了。"比武过后的第二天早上，大家发现郭鹏的被子整整齐齐，唯独不见了人，搁平时郭鹏肯定正睡着。

"哨长，这小子不会是跑了吧。"成文辉的一句话点醒了大家。

"对、对、对，他平时种种的表现已经说明了问题，早就应该把他送走。"哨所的战友们也开始七嘴八舌地议论起来。

杜海川紧锁眉头，脸色铁青。

"如果是平时的傲慢、任性，我还可以原谅他，如果郭鹏真的做了逃兵，天剑哨所决不会再有他的一席之地，这将是天剑哨所建立以来最大的耻辱。成文辉，吹集合哨。"

正在杜海川紧张地布置搜寻任务的时候，郭鹏挎着个小篮子，哼着小曲儿从后山回到了哨所，但样子看上去很狼狈，身上沾满泥土，厚厚的作训服被划了几道口子，应该没少摔跟头。

看到战友们列队整齐地排列在营院，郭鹏感到很诧异。

"今天可是礼拜天啊，大家起这么早干什么？"

"干你！"

成文辉跑上前来一脚飞踹，把郭鹏手中的篮子踢了几米远，成文辉在二度抬脚的时候被杜海川及时制止住，但成文辉依旧没有罢手的意思。

"逃兵，你还有脸回来？"

"把嘴巴放干净点，老子不是逃兵。"

"郭鹏，你去干什么了？"

郭鹏看了看杜海川欲言又止，走到了被成文辉踢飞的篮子前，从地上捡起撒落的东西，这个时候大家才注意到，郭鹏在捡一种叫银盏草的草药。

银盏草比金盏草更不易寻找，大多长在悬崖峭壁，而这种草药却是治愈伤口的消炎良药，据说比抗生素的效果还好。

"哨长，没和你请假是我不对，但我怕请假了你不让我去，这个草药在新兵连的时候我和我的战友李寒雨一起采过，把这个草药捣成糊，你手上的伤好得快。"

战友们互相传递着佩服的眼神。

"郭鹏，是我误会你了，别介意。"成文辉笑着拍了拍郭鹏的肩膀。

"解散，郭鹏你回宿舍把衣服换了。"

"哨长，我想和你去巡山。"

"换好衣服，我们等你。"

哨所后的大山，俨然一个现实版的动物世界。猴子爬树，黄羊攀岩，蟒蛇匍匐，狗熊列队。

"哨长，看，是熊，后面还跟着两头小的。"

"激动什么，你不怕把它招过来？"

"怕什么，我们这不带着枪呢嘛。"

"知道这娘仨儿去干吗了吗？"

"不知道。"

"前面不远的地方有口山泉。"

"哨长，你怎么知道得这么清楚？"

"我们巡山时经常去山泉那儿喝水，狗熊是邻家阿姨。"

"我是说，你怎么知道狗熊是公是母？"

杜海川刚刚还挺得意，突然感觉到不对了。

"胡说八道，小心我揍你。"

杜海川下达了就地休息的口令，郭鹏被眼前的景色惊呆了，站在山顶上放眼望去，山腰云雾缭绕，山脚处涓流成带，郭鹏不自然地联想到自己第一次坐飞机时，从空中俯瞰大地的感觉。此景只应天上有，人间能得几回赏，郭鹏想，如果李寒雨在这儿，肯定能作出一首唯美又深情的诗来，或者他会朗诵毛主席的那首《沁园春·雪》中的名句，"江山如此多娇，引无数英雄竞折腰"。想必伟人也是站在一定的高度才能有如此的胸怀吧。

"李寒雨！"——郭鹏在山麓上扯着嗓子喊开了。

......

山外，李寒雨已经成为同批兵的佼佼者，列兵就被选做了文书，是一份不小的荣耀。在连队里，文书算是个职务，相当于副班长。老连队不像新兵连，在新兵连的时候清一色的列兵，到了老连队列兵可是个稀罕物，基本上见了人就得喊班长，就连炊事班的猫的"兵龄"都比列兵长。

李寒雨觉得在新兵连时大家的生活非常规律，想法简单，可到了老连队完全变了。见到班长或者上级立正喊好，这是新兵连时的硬性规定，宏观讲这是优良传统，具体讲这是人与人之间的一种互相尊重。

新兵连时，在公共场所问班长或连长好的时候，他们会很制式地回答"你好"，在私下里，老兵们也会笑脸回答，那时李寒雨不但觉得问好是一种很好的礼仪，而且还是人际关系的纽带，甚至是一个人素质高低的体现。

到了老连队不过两个星期，李寒雨就产生了疑惑，楼道里遇到老兵或者干部时，李寒雨都会一如既往地问好，但有的老兵或者干部会当作没听见一样，若无其事就飘了过去。这些李寒雨也能理解，老兵嘛，毕竟得维护自己的权威，但是有些人回答的竟是"不好"，甚至是"好个屁"，这让李寒雨始料未及。

李寒雨心想，也许是这些班长或干部不喜欢被打扰，于是暗暗地记住了这些人，再遇到这几个人时，干脆也就不喊了，因为这样就免得大家都难受。但对方却不是这样想的，没过多久连队就流传出"李寒雨这个新兵很屌"的传言。言外之意就是老子可以不回应，但你必须得喊。

孙超的做法和李寒雨截然相反，不管老兵回不回应，哪怕是回应得很难听，孙超都会一如既往地问好。

想不明白的李寒雨请教了孙超。

"你是怎么做到如此从容的？"

"也许是老兵对我们的考验，也许是刚好我们问好的时候赶上对方心情不好。"

"那他们就没考虑过咱的心情吗？而且这几个人不止一次这样，不仅如此，这几个兵痞还向班长告我的状。"

"要想当爷，先当孙子。管别人怎么说呢？"

"我只想做真实的自己。能不管吗，背后告状会影响别人前途的，这样的人缺德，你说呢？孙超？"

孙超看了看李寒雨，似乎想说什么但又放弃了。

"我去打扫饭堂了，屋檐下低头不丢人。"

李寒雨所在的连队是部队的后勤保障单位，本职工作外，种地、养猪、搞农副业生产就成了大事。最初李寒雨被分到了保管连的二班，他虽然排斥但也无可奈何，在田间挥舞锄头和铁锹的时候，李寒雨暗下决心，人生不能被如此无端消耗。经过细心观察，文书是这个单位目前最理想的岗位，李寒雨认为这个工作既比通信员轻松，还比班长体面，自己在新兵连的时候就是文书，有着丰富的工作经验，干起来也会得心应手，如果不是孙超的诬告，说不定自己在大山里已经做上了团部的文书。

有了这个念想，也就有了目标，李寒雨的政治教育课笔记全连写得最工整，每次发言的时候思路最清晰，连队晚会主持节目的时候语言最幽默，在连队的征文活动中李寒雨又力拔头筹。刚巧保管连的文书调离，文书的位置空缺了出来，在评比中李寒雨以绝对的优势胜出。就这样，李寒雨如愿以偿地从集体宿舍搬到两人间的宿舍。

环境改变后，李寒雨的空间也大了起来。从家带来的手机可以随时揣在裤兜里，甚至在值班时，晚点名都免了。

晚点名过后，李寒雨接到了秦丽打来的第 15 个电话。

"为什么不主动打给我？"

"太忙，没有时间。"

"你的时间呢？"

"我是军人，时间属于部队。"

"军人不是人吗？"

"是人，是军营里的人。"

"少找借口，你是不是外边有人了？"

"我有你大爷！"

两人在电话中进行"辩论赛"是常有的事，李寒雨很清楚，情侣之间的事没那么复杂，就是爱或不爱，自己和秦丽之间也很简单，要么就是不爱了，要么就是爱淡了。李寒雨觉得对秦丽而言，自己算得上是个善良的人，既然已经明确说过分手，那就完全有理由拒接她的来电，杜绝这种无聊的拉扯，但毕竟是自己单方面提出的分手，那么就给对方一个缓冲的时间。

李寒雨不想秦丽再为自己浪费青春，他很清楚军人谈恋爱的局限性、约束性、不确定性，这些困难会让两个人的矛盾日益加剧，最终所谓的爱也会荡然无存。既然预见了结局，还不如早下决断。但在内心的深处，李寒雨人间清醒，不爱的导火索是 2006 年春节前夕的那通电话。

一段时间的工作之后，上级领导检查的次数日益增多，工作任务一个接着一个，李寒雨意识到，是自己武断了，这个后勤单位远没有想象的那么简单，除了参与核心保障工作，还担负着部队核心任务的警卫保障看护的工作。李寒雨在心理上不敢再漠视这个单位，和它越走越近，但是和战友们的关系却越拉越远。

二班班长徐明给李寒雨递来一支烟。

"班长，我不会吸烟。"李寒雨微笑着拒绝了。

"你老班长给的烟你都不抽啊，当上文书，谱大了啊？"一旁的三班班长苟冰开始风言风语。

如果是在学校，李寒雨肯定就是一句"去你妈的"。

"苟班长，我真不会吸烟，这没啥好装的。"

尴尬的徐明转手把烟递给了苟冰。

"今咱班魏全过生日，点完名回班里喝点酒。"

"班长，酒就不喝了，但我肯定会回班里去祝福一下，晚上我要和指导员整理连队安全形势分析。"

"那看你时间吧，我们先走了。"苟冰在走的时候，用一种近似于戏谑的眼神看了李寒雨一眼。李寒雨无奈地笑了笑，自己究竟招谁惹谁了。当两个人离开后，李寒雨还是进行了自我检讨，在徐明递烟的时候，不管吸不吸，都应该先接过来。即使晚上有事，也不应该当着徐明的面说出来，应该回班里再解释，搁以前李寒雨是不会也不屑琢磨这些的，但是做了文书之后，和指导员王山接触多了，思想也变了。王山管这叫人情世故。

　　"李寒雨，你小子可以啊，军报上又见你的文章了，下次少写点散文、诗歌，抽空也把咱们仓库先进事迹报道报道。"指导员王山看到李寒雨发表在兵种报纸第四版的文章，显得很激动。

　　"指导员，发表文章和年终考核挂钩吗？"

　　"是重要考核指标。"

　　"保证完成任务。"

第七章
山外的军机关

在李寒雨的眼里，指导员王山是个很有想法的人。如果有人邀请王山吃饭，他即便是正在忙也不会一口拒绝，而是和对方说等等看，过了一会儿，他再主动打电话过去给邀请的人解释说去不成了。

最初，李寒雨认为是王山太虚伪，后来才明白，只有这样做，发出邀请的人才更容易接受。

李寒雨还是没有学到王山的处事精髓，不然也不会主动约孙超来器械场。

"为什么是你？"

"谁告诉你的？"

"这你不用管，你承不承认？"

"山里的人也靠不住，没错，是我说的。"

李寒雨的拳头挥了上来，孙超结实地挨了一拳，身体一个趔趄。

"是我去营部听见的，不关山里的事，为什么诬告我？"

"啪"，李寒雨也挨了一拳。

"问你自己。"

李寒雨拎住了孙超的衣领。

"问你大爷！"

"和戴敏一起夜不归宿的人是不是你？"

李寒雨顿时明白了，也松了手。

"我们什么也没干。"

"戴敏那么漂亮，你忍得住吗？"

李寒雨看着孙超认真的样子，忍不住笑了，一屁股坐在了地上。

"你要是因为这个就诬告我，太冤了。就算戴敏有情，因为你，我也不会有意，我们不过是一起在云峰网吧通宵上了个网，你可以去调网吧监控，日子你都知道。"

"上网？当初怎么不说？"

"因为你心眼小，怕你多想。"

"已经多想了。"

听了孙超的话，李寒雨的火彻底被点着了。

"想有个屁用，实话告诉你，戴敏不喜欢你，你省省吧。"

"我的事不用你管，以后兄弟没得做了。"

李寒雨摆了摆手走开了，无论友情或爱情，先走的人都会显得潇洒一些。

一大早，电话一响，李寒雨穿上大裤头、套上迷彩背心冲到了对面的连部办公室，原以为连队有什么突发情况，没想到是营里找自己。

"李寒雨，上级通知你到军宣传处学习。"

要去学习的消息仓库教导员两个星期前就有了暗示，李寒雨没想到通知这么快就下到了连里。

在基层连队被上级机关点名要去学习，对单位特别是对个人是一件很荣耀的事。操场上，仓库领导、保管连全连战友列队告别。临上车前，教导员张兴刚还特意多嘱咐了几句。

"到了大机关谦虚点，少说多做。"

李寒雨记住了这句话，但如何去做，他却没有头绪。

李寒雨发现孙超在四楼的窗口张望，并没有下楼，当汽车驶出营门的刹那，李寒雨的眼睛湿润了。刚刚在院子里，在李寒雨回头的一瞬间，隐约看见孙超关上了纱窗，转头耸动着肩膀。

路过威严的军机关大楼，英挺的警卫、标准的军礼、平常不易见到的首长级的军官在这里也显得寻常，李寒雨睡意全无，车停到了宿舍楼，来接李寒雨的是个一期士官。

"我叫刘武涛，也是来宣传处学习的学员，已经来一年多了，以后有什么事你可以来找我。"

"是，班长。"

李寒雨心想，这机关兵就是不一样，说话含蓄但又能让你明白他在表达什么，无非是摆摆资历。安顿好行李后，刘武涛把李寒雨领进了机关大楼，宣传处的办公室内先后来了两个少校，简单问了李寒雨的一些情况。

李寒雨从刘武涛的口中得知，这两个少校一个是写新闻的干事王少飞，另一个是摄影干事许贺祥。一个是部队的笔杆子，一个是部队的"千里眼"。

下午，王少飞带着李寒雨向宣传处长报了到，分别和全处的人见了面。刘武涛见缝插针，把手中打扫卫生的活儿顺利地移交给了李寒雨。

刘武涛热情地提醒李寒雨多配几把钥匙，还叮嘱他顺便把办公室的公共卫生区的卫生也负责起来，但处长办公室的钥匙刘武涛并没有交出来。李寒雨虽然觉得这点活儿和连队比起来九牛一毛，但依旧感觉别扭，刘武涛越热情自己越别扭，但既然选择了，只能不计较。

王少飞经常来办公室给李寒雨一些书籍和新闻简报合集，让他翻阅着看，在一起走访市区基层连队时还会随机讲一些部队新闻报道和地方写作的区别。李寒雨觉得这种授课方式很新鲜，是门大学问。但是和同办公室的刘武涛相处是门更大的学问。

"小李，你哪里人？"

"河北。班长，你呢？"

在国外找不到话题时聊天气，在中国得聊家乡，李寒雨证实了这个没有写进法律条款的开场白规则。

"我，河南人。小李你很厉害，列兵就能来军机关学习。"

"所以班长，我会把握住这么好的机会。"

"来这么久了，还没去过市里边吧？"

"新兵连在山里，下了新兵连分在了郊区，确实还没去过市里。"

"原来你是大山里走出来的兵，那里可是英雄的摇篮，你这兵当得值了。就冲这一点，周末的时候我找许干事拿相机，带你到周围的景点转转，到时候给你多拍几张照片寄家去。"

"太麻烦你了。"

"甭客气，咱都是自己人。"

李寒雨暗想，能遇到这样的班长，真是自己的福气，看来之前是自己的格局小了，来了大机关就要把格局打开。

周末，刘武涛果然如约而至，还直接帮李寒雨请好了假。

有刘武涛做向导，李寒雨在市区附近的几个知名景点留了影，吃了当地的特色小吃，特别是吃了能让王二宝躲在水房掉眼泪怀念的羊肉泡馍。李寒雨不禁感叹，祖国人民真有智慧啊，论美食，这世上中国排第二，没人敢说第一，很多老外因为美食留在中国，很多海外游子因为美食回到中国，一句话，食在中国。

"小李，感觉咋样？"

"海阔天空。"

"不急，慢慢来。"

只要时间允许，刘武涛会主动和李寒雨谈心，最初李寒雨还有所保留，自从有了市区周末游的经历之后，他从心底认可了这位知心大哥。

"小李，你今后什么打算？"

"班长，不瞒你，我在入伍前就给自己定好了目标，考军校，做个军官，我和我们指导员都打听好了，以我的条件，明年就可以报考。"

"考学才是正事，这新闻报道顶多算个副业。"

"和班长同频了，我也是这样想的。"

"这么想就对了。"

一天上午，李寒雨突然接到了仓库教导员张兴刚的电话。

"李寒雨，新闻学得怎么样，有进步吗？"

"教导员，正想向您汇报呢，您电话就来了。我知道这个机会难得，不敢偷懒。"

"有这态度就对了，知道你小子志向是考学，但把新闻报道学好，一样在部队大有作为。许贺祥干事是我军校同学，有事你可以多向他请教。"

挂了电话之后，李寒雨很是气愤，孙超这孙子也太贱了，自己想考学的想法一定是他和张兴刚讲的，这梁子结深了。

李寒雨逐渐适应了在宣传处的工作，而且他的工作也得到处长和处里其他干事的认可，有了张兴刚的嘱托，许贺祥对李寒雨关照有加。在宣传处，李寒雨有了双重身份，既是学员又是通信员，但让李寒雨困惑的是和许干事走近了，离王干事远了。

清晨，是部队大院水房最热闹的时候，来打水的不仅有干部、男兵，还有女兵，大院的后边就是通信团和宣传处直属的演出队，演出队对外也称文工团。

"班长，我能不能插个队，我们马上就集合了。"

"可以。"一听是个女兵，李寒雨头也没回就答应了，当他回头的时候，激动得差点没把手中的水壶扔到地上。

"戴敏！"

"李寒雨！"

"你怎么会来当兵？"

"你说呢？"戴敏回答时有些幽怨。

"我说两位，要聊天去一边聊，后边排着队呢。"

李寒雨抬头一看，顿时惊呆了，不禁寻思今天究竟是怎么了，"蟠桃会"的局面。

发脾气的女兵，竟是新兵连慰问演出时，自己对郭鹏说的那个长得还行的女兵。在李寒雨眼里，戴敏的美和这个女兵不相上下，只是她输在了头发的长度上。

戴敏发现了李寒雨的异样眼神，大小姐脾气忍不住爆发了。

"您着急去卫生间啊？演出队的人很了不起吗？"

"你这个新兵怎么回事？你的班长是谁、谁？"演出队的女兵显然没有想到一个新兵敢和自己这样讲话，说话时显得有些语无伦次。

"我班长是谁，你认识吗？我和我的班长都没做花瓶的命，所以你用不着威胁我。"

李寒雨非常清楚戴敏的吵架经验值，为了避免伤及无辜，连忙向演出队女兵作揖道歉。

"班长，对不起，我们是高中同学，第一次见面难免有些激动，千万别见怪。"听了李寒雨的话，演出队女兵语气缓和下来。

"情有可原，不过这是公共场所。"

"班长海量，我们下不为例。"

李寒雨把戴敏拉到了一旁，戴敏嘴里嘟嘟囔囔，显然很不高兴。

"大小姐，你至于吗？"

"我不是因为她生气。"

"那你为什么？"

"因为你。"

"我怎么了？"听了戴敏的话，李寒雨感到非常诧异。

"刚刚你看那女兵的眼神，眼珠子都快飞出来了。"

"我倒是想飞，可是我都不知道她是谁。你这气生得也太无辜了吧，况且我又不是你们家孙超，就是真的想起飞，也碍不着你的事吧。"

"李寒雨，你真没良心，明知道我们已经分手，还提他干吗？"

"分手了？"

"就在车站送别的那一天，否则他会哭成那样？"

"最毒妇人心，看，这就是你们女人。"

听了李寒雨的话，戴敏扭头就走。

"你的水还没打呢。"

"打你妹。"目送戴敏进了通信团的营门，李寒雨充满无奈，原想告诉戴敏一些关于孙超的近况，可是根本没来得及。

"和你同学闹别扭啦？"

"当兵的时候她还在送行的队伍里，谁知这会儿已经在咱解放军的队伍里了，因为好奇就多聊了几句。她在家任性惯了，班长，刚刚别介意。"

"小女生可以理解，我没当兵那会儿也这样，脾气比她大。"

"班长，冒昧地问一句，几年兵了？"

"还冒昧，原来是个文学青年，我叫金婷，刚转的一期士官，是演出队的一名歌手。"

"我听过你唱歌，我在新兵连那会儿你去慰问演出，别人唱的都是民歌，只有你唱的是流行歌曲《记事本》，特别好听，我们大家可喜欢了。"

"真的假的？"

"千真万确，因为陈慧琳是我的偶像，班长的歌唱我心里去了，从那以后班长挤走了陈慧琳。"如果在地方的话，李寒雨还敢再贫一点儿，但此刻脸突然燥热起来，抬头瞄了一眼金婷，对方也是一脸绯红，为了缓解尴尬，李寒雨主动帮金婷分担了两壶水。

"你叫什么？"

"班长，你知道我是你的粉丝就行，而且还是个铁粉。"

"好，那谢谢你了，铁粉。"

有了上次的小插曲，之后李寒雨每次遇到金婷打水，都会充当义工帮她拎上两壶，而金婷也从来没有客气过。但奇怪的是，戴敏再也没有在水房出现过。

李寒雨端坐在电脑桌前反复地翻看《解放军报》上的头题，王少飞敲开了门。

"小李，我去邮局一趟，你到我办公室值会儿班，一会儿指控室可能有个文件要送过来，你帮忙签收一下。"

"报告。"

"进来。"

"你在这儿？"

来送文件的人是戴敏。

"文件签收了，我走了。"

"聊会儿？"

"有规定，我还有很多文件没有送，再说面对我这样一个毒妇有什么好聊的。"

"你呀心眼太小，我逗你的，真不知道孙超是怎么熬过的那些年。"

"少装蒜，你明知道我为谁来当兵的。还有，我警告你，以后不许再提孙超，即使没有你李寒雨，我和孙超也没可能。"

戴敏夺门而出。李寒雨陷入了沉思，如果说戴敏陪自己去网吧通宵有可能是心血来潮，但她能来当兵绝对是一个郑重的选择。

宿舍床上，李寒雨辗转反侧，床单被翻滚出一道道褶。作为一个正常的男性，面对戴敏能问鼎校花的颜值，不动心是忍着的，况且校花还为自己穿上了制服。但她的前男友是孙超，这是一道难跨的坎儿。

"铁粉，怎么有黑眼圈，昨晚上没睡好？"

"昨晚我在看一本印度的书《罗摩衍那》，睡得晚——"

"果真是文学青年一枚，对文学这么有研究。"

"谈不上研究，爱好而已，班长，你不能光说我，你呢？"

"我怎么了？"

"你的熊猫眼怎么弄的？"

"连队马上就要演出了，我们加班排练是常事。"

"我还以为班长演出完，忘记卸妆了。"

金婷白了李寒雨一眼，没说什么。

"班长，晚上睡前别喝水，不然真的会有熊猫眼。"

"你怎么知道？"

"当初为了关心我前女友，从百度上查的。"

"好手段，你那女友够幸福，对啦，这个周末我请你吃个饭吧，你帮我拎了快有一个月的水了吧，我得表达一下谢意，你要是害羞的话，我把你新兵连的战友刘晓刚也带上。"

"班长，我是特别想和我的偶像零距离接触，也确实好久没见晓刚了，可是我积攒了一大堆的脏衣服没有洗——你看下次行不？"

"好，我比较宠粉。"

周末约好了戴敏，李寒雨不得已只能拒绝金婷。他特意从许贺祥那儿借来了相机，虽然只请了两个小时的假，但两个人还是把附近的景区转了个遍。

得知李寒雨从许贺祥那里借了相机，刘武涛很快弄清了原委。

"小李，以后再和你的女朋友出去，假的时间不够，我帮你续，你们宿舍的孙班长我很熟。"听了刘武涛的话，李寒雨内心一阵温暖。

回宿舍后，李寒雨拨通了李凤武的电话。

"爸，看《新闻联播》上说，国家把几千年来一直征收的农业税都给免了，等我回家后，咱靠农业致富。"

"少扯淡，多吃饭，在部队好好干，农业致富的事，是大人的事。"

每次给李凤武打电话，他总是能把重点落在吃饱干好上来，吃饱是关心现在，干好是关心李寒雨的未来。李寒雨深知，父亲李凤武多么不希望自己回家种地。如果李凤武在银行、烟草管理局等单位上班，或许他会对李寒雨说，吃饱点，不想干了回来，接我的班。

无论在连队还是在机关，李寒雨坚持看《新闻联播》，当得知青藏铁路全线贯通，他又想起了李凤武的话，确实得好好干，等考上军官之后，带上爸妈去拉萨。

睡前李寒雨又把闹钟调到了六点半，因为第二天一早还要打水。

"李寒雨，你上次说的那本《罗摩衍那》我看了，印度名著，还不错。"

"那我再给你推荐一本《摩诃婆罗多》，两本都看完的话，以后你再看别的书就不费劲了。"听了李寒雨的话，金婷认真地点了点头。

打来开水，收拾好几个办公室的卫生，李寒雨办公室的电话突然响了起来。

"小李，你到我办公室来一趟。"

"好的，王干事。"

王少飞示意李寒雨坐下。

"小李，上午政治部开了个会，今年咱们军要树几个'扎深山不畏艰苦寂寞'的典型人物，需要着重了解一下官兵们的个人情感方面的生活。处长说，考虑到你的新兵连在大山里，又是咱宣传处的新同志，过些天准备派你进山半年，大山里环境的特殊性你是知道的，所以这次专访任务会很辛苦，给你两天时间，考虑好后答复我。"

"王干事，感谢处长和你的信任，我现在就能答复你，能回娘家，是我梦寐以求的事，我保证完成好任务。"

"好小子，你这次进山主要的采访对象就是'老山沟'许家刚工程师，与他同吃同行，睡上下铺，你要服从许工程师的管理，有什么事情可以通过值班室的电话打给我。"

"放心吧，王干事，许工是我新兵连的榜样。"

"他也是我的榜样，另外小李，这是大山里上报的先进事迹材料，哨所有个列兵，在全团比武中一次性做了5000个仰卧起坐，破了新兵的纪录，你整理一下，写个稿子出来。"

"好的，王干事。"

"小李，不仅要学许工，这样的战士也要学，人只有忙起来才不会出问题。"

"知道了，王干事。"

王少飞突然冒出这么一句话来，一时还真让李寒雨理不出头绪。

第八章
探秘"男儿沟"

　　王少飞口中的"老山沟"，李寒雨并不陌生。他既是一个人的昵称，也是一支英雄部队的精神缩影，党课教育、宣讲报告、生活中、训练中，这个人就像是活着的图腾启示着这支部队一茬茬的官兵，他的昵称是战友们认证过的。新兵授衔的那一天，李寒雨近距离地见到了"老山沟"的真面目，"天上"掉下来的专访任务直接让李寒雨有了和英雄朝夕相处的机会，圆了新兵连时的梦。

　　这次回娘家，李寒雨收起了探亲的心，毕竟任务第一。

　　"小李，从哪儿讲起？"

　　"许工，讲讲你入伍。"

　　"我入伍那天，很冷。"

　　许家刚娓娓道来，将李寒雨带到了属于他的那个遥远而又亲切的年代。

几堆篝火冒着不显眼的青烟，不知道是在质疑冬天的寒冷，还是在同情解放牌大汽车上一个个被冻得通红的稚嫩脸庞。

接兵干部从驾驶室麻利地跳了下来，对着车棚里的一众昏昏欲睡的新兵开始招呼。

"好了，到部队了，以后这就是你们的家，下车吧，到火堆旁烤烤手，一会儿统一到食堂吃面条。"

在这个年代，吃面条就代表着过年，一听有面条吃，本来已经困乏的许家刚又精神起来。大家直奔食堂，没人在乎营房操场上燎得很旺的柏木火堆。

食堂的桌子上放着一大盆冒着热气的面条，桌子旁边站着一个比面条还显瘦弱的军人，军装被围裙遮挡了一大半，三点红的风采，在许家刚的眼中大打折扣。

吃着吃着，我就开始犯嘀咕了，这要是在过年，我能吃上两大碗，怎么刚刚只吃了半碗，肚子就开始罢工了，不行，怎么着我都要把这一碗吃完，想法很丰满，现实太骨感，刺骨的寒风把吃进肚子的半碗面条给夺了出来。

"当晚我们睡的是几个猎户留下的柴棚，这就是所谓的营房，怕晚上有暴雨，我们连长把车上的油毡和苫布都压在了房顶上。小李，你看，现在住的都是别墅式营房，战友们赶上了好时候啊。"

"许工，现在有现在的苦，到了山外之后，我证实了一件事情，我们大山里的'硬件'确实不差，差就差在了'软件'上。"

"你指的软件是什么？"

"'软件'就是无形的条件，谁都知道软件的脆弱是能逼出硬伤的，咱大山里的硬伤，就是寂寞。"

"你小子，绕来绕去不就是想听寂寞惹下的祸事。"

"许工，早就听说，你不仅是咱国宝的特护师，还是情感的特护师，谁有啥心事都不瞒你。"

"你们这些记者，不仅是文学家，还是外交家。再给你说说张晓东的事儿。"

有天，助理工程师张晓东来找我，说他离婚了！

听了他的话，我的心里咯噔一下，张晓东和他妻子王思雨是大学同学，结婚还不到两年，他们举行婚礼的时候，我还是证婚人。

这张晓东结婚后，原本是打算和父母住在一块儿，但是他爱人说要过二人世界，和老人一起住会很拘束，所以在他家老房子附近又买了一套房子。

张晓东家附近有家超市，也是县城唯一一家全国连锁超市。张晓东的父亲张天顺是一个军工厂的老职工，退休后的爱好非常广泛——看看报、钓钓鱼，这家大型超市建成以后，他又多了一个爱好——逛超市。

有一天，张天顺和老街坊下完象棋之后，就来到了超市，左挑右拣终于选到了一根称心如意的碳素鱼竿。这下可把他乐坏了，摸着口袋里的钱包就往柜台冲，柜台结账的人排起了一条长龙，而排在最前面的竟是他儿媳妇王思雨。

看着王思雨拎着重重的一大包东西，张天顺心里很不是滋味，儿子当兵在外，思雨这孩子一个人照看家不容易，得，碰上了总得管管，哪怕是给结个账。

在张天顺正要喊住儿媳妇的时候，一个年轻男人却抢在王思雨的面前结了账，还拎过了王思雨手中的货物，结完账，两个人挽手离去。张天顺顿时傻了眼，把鱼竿扔在附近的货架跟了出去，因为那个年轻男人并不是自己在外当兵的儿子张晓东。看到儿媳妇和这个男人又是拥抱，又是亲吻，张天顺的心彻底凉了，就连给张晓东的弟弟张晓磊拨电话的手指也麻木了。

张天顺把这个事情告诉了小儿子张晓磊，之后拨通了张晓东的电话。

"许工，军婚是受法律保护的，出轨张助理爱人那个王八蛋该判刑。"

"小李，这是出轨被抓住的，抓不住的比抓住的多。不从根上解决，判不过来。"

李寒雨听了许家刚讲的故事很不好受，把宿舍的两扇窗子全部打开还是觉得憋屈。他仰望着大山，长长地吐了一口气。多好的青年军官，大学毕业后就一头扎进了这深山里，从不给组织添麻烦，一心一意地工作，光是国家级的科技进步奖就拿了好几个，这么优秀的人才却被流氓偷了家。

周末的晚上，许家刚拍了拍正在梳理采访笔记的李寒雨。

"走，小李，带你去找找灵感。"

"许工，这大晚上的，找灵异容易。"

"男儿沟，阳气重，没那玩意。"

许家刚的幽默让李寒雨很放松，许家刚所指的灵感大门，原来是隔壁营教导员姜先平的宿舍门。

"许工，你终于想起我这个老邻居了，平时请都请不来，今天还带来了贵客。"许家刚闻言笑了笑，一屁股就坐在了姜先平的床上。

"教导员好，新闻报道员李寒雨向你报到！"

"欢迎，欢迎，你去山外是我们的损失，回娘家了。"

姜先平非常神秘地从床头柜里拿出了一个小袋子。

"你们今天可是来着了。"

"啥宝贝？"

"山参？"李寒雨也好奇地凑了上来。

"看来小李懂行，这还是我当指导员的时候，去哨所巡逻的路上发现的。我原以为这东西只有我们东北长白山有，没想到在咱这大山里也有，发现这东西那年，刚好是我本命年，激动得我从裤衩上扯下来一个红线头。"

李寒雨听姜先平这么一讲，顿时来了兴趣。

"教导员，挖参还有这讲究。"

"我们当地把参叫作棒子，拴上红绳是告诫其他的挖参人，这宝贝有主了，再说了参这东西不好发现，也算是做个记号。"

"姜导，再急也犯不上扯裤衩呀，咱团除了你，谁有这中彩票的命，能赶上这样的好事。"

听了许家刚的话，正在泡参茶的姜先平哈哈大笑，尽管许家刚的年龄和军衔都比姜先平高，但按行政关系，许家刚还是姜先平的下属，毕竟他走的是技术级。但由于两个人是十几年的老战友了，再加上许家刚是团里的元老级干部，所以两个人开这种玩笑是常有的事。

"姜导，有个事要麻烦你。"

"老哥，啥事，这么严肃。"

"咱们几个一起去团部向政委汇报吧，车上说。"

"那好，刚好我也要找政委，不过这参茶——"

"回来再喝，这是你'缩衣节食'换来的，我们不会错过。"

吉普车像一头奔跑的野兽，沿着抛物线对折似的盘山路向团部驶去。车上许家刚讲的话，让姜先平双眉紧锁，加上他彪悍的身板，看上去更加刚硬。

凌晨，团部办公区的灯基本上都还亮着，在大山里，白天和夜里都是灯火通明的，白天的光是天上的，夜里的光是办公室自给自足的，政委王海祥又在加班，许家刚和姜先平是王海祥的老部下，早熟悉了他的工作习惯，因此才敢这个点来。

"报告！"

"请进！"

团政委放下公文，起身握手相迎。

"老许，先平，你们一起来了，这位是？"

"报告政委，这是军机关宣传处的李记者。"

"这事我知道，宣传处王处长给我打过电话。李记者，欢迎你来大山，不，准确地说应该是回大山指导工作。"

"报告政委，我永远是大山的兵，今天来，既是向政委报到，也是向政委学习。"

"向他学就行了，这是我们的团魂人物。"政委指了指许家刚。

李寒雨做完自我介绍之后，一旁拿起了笔记本。

"政委，这么晚还来打扰你。"

"都是工作，说什么打扰，全团上下谁不知道你老许工作起来是拼命三郎，平时我想请都请不来。这次先平你们一起来，肯定是有什么事，说吧，正好让我换换脑子。"

许家刚在姜先平的配合下把张晓东离婚的事，向政委王海祥做了详细汇报。

"这个张晓东我知道，军校毕业后主动要求进山，做了一阵子的宣传干事，后来又主动要求转型，做一名基层技术干部。还是我做的工作，把他分进你老许的组。晓东同志工作踏实，为人勤恳，还获了很多奖，为我们团争了荣誉。"

许家刚点了点头，王海祥把手中的茶杯放在了桌上，继续说道：

"晓东同志遇到的只是我们团官兵婚恋问题的冰山一角。最近我也在思考，夫妻长期两地分居，山水相隔。部队高度保密，干部战士不好出，家属进不来，家甚至成为现实中的驿站、旅馆。山里的兵一年和家人只有几十天的相聚时间。即便是驻地的官兵，一个礼拜只能出去一次，一年下来夫妻在一起的时间还不足一百天，不出问题，难。"

听了政委的分析，许家刚和姜先平认同地点了点头。

"大山的离婚率居高不下，我们有责任，我们这些政工干部要从源头上下功夫，要多操心。这些孩子已经付出了青春，我们要尽量减少他们在情感上受到伤害。帮助咱团优秀参谋吴志平的'家庭工作组'已经派出去了，如果这次调解不成功，你们两个一组，再去，我们要做好打持久战的准备，争取让小吴的妻子回心转意。不过我们也要做两手准备，老许，给你个任务。"

"政委，请指示！"

"从现在开始，你就要有意识地培养一个小吴的接班人。小吴的工作岗位是一个重点要害部位，马虎不得，听去小吴家了解情况的同志讲，小吴家确实有实际困难，尽管我们部队不愿流失人才，但也不能毁了人家家庭。"

"政委，吴参谋的事我多少也知道一些，做这个准备是必要的。"许家刚向王海祥表了态。

"政委，我认为解决晓东乃至其他官兵婚恋问题的根本途径是，我们大山官兵择偶要选择那些能理解我们军人，有感情基础、有牺牲奉献精神的女性，要正本清源。"听了王海祥一番话，姜先平似乎也受到了很大的启发。

一旁的李寒雨心头一震，这教导员不愧是政工出身，谈恋爱还能给规范化，尽管他的出发点是好的，但这脑回路也是没谁了。

"你们一位是张晓东的技术组组长，一位是他的教导员，这个任务只能交给你们去完成，而且要快，我可是等着喝喜酒呢，要是有什么其他的困难你们只管提，组织来给你们解决。"

几个人离开团部之后，王海祥抿了一口茶，嘴角开始不经意地上扬。

姜先平回到宿舍，把给许家刚和李寒雨泡好的参茶又重新换了热水。

"姜导，你这沾了福气的参茶就是不一样，味道好极了！小李，没白来吧。"

"没白来，赚大了，会延年益寿。"

"许工，我们还是说正事吧。看，政委又把这太极拳打回来了，难题最终还是落在我们两个人肩上了。"

"姜导，你没听政委说吗，他可是等着喝喜酒呢，大不了小张大喜那天，咱多灌他几杯。"

"老哥，晓东的事，我也确实想帮上一帮，这都是分内的事。这么优秀的干部不帮，是我们这做领导的没水平，不然咱也不会大半夜地去打扰首长，可我实在是没辙了。"

"教导员，你很有水平，你给媒婆指的思路，多清晰。"

姜先平并没有听出李寒雨的弦外之音。

"小李，你可能还不太清楚咱营里边官兵的情感生活，这也是我们政治工作的一部分，不光我要负责，营长也要负责，我们营以下干部的家属差不多都是我爱人和营长爱人介绍的。我爱人在银行工作，三连、五连指导员的爱人就都是银行的；营长的爱人在学校工作，三连长、五连长、二排长的爱人都是教师，要是举行拔河比赛呀，这阵营可是泾渭分明。"

"小李啊，教导员说得不错，家属帮带是咱团的优良传统，所以先平，这事还是得请弟妹帮忙。"

"老哥，我媳妇单位的同事都不叫她王会计了，都直接喊她王干娘了，这口我实在不好意思再张了。"

"也罢，看来我只能做做你嫂子的工作了，她一直在山外待着，手里总得有几个'名额'吧。"

"这个主意好，嫂子是医生，今年三八节军嫂山外聚餐的时候，咱营肯定比其他营要风光，教师、职员、医生全了。"

"姜导，你不是有事要向政委汇报，刚刚怎没见你吱声呢。"

"本来想在车上跟你交换一下意见，但我还是觉得晓东的事比较重要。再说政委又提了下次要咱俩负责吴参谋的事，又在写调研报告，没好意思烦他。"

"什么事，和我有关系？"

"有。"

第九章
"男儿沟"里的男人们

看有新的故事要出炉，李寒雨立即把头转向了许家刚。

"出什么事了？"

"你新收的徒弟蒋云峰的事。"

"小蒋，他不是休假了吗？"

"这小子一直是我们三连的班长，军事技术硬，自我要求严，还自学了武器维护保养技术，成了你的徒弟，平时不言不语，关键时刻顶得上，简直是三连的一块宝。阵地一直施工，他几年都没休假了，营里考虑到他的情况，特意安排他休了假，谁知这小子还真不含糊，回到地方也是个宝。"

"怎么了，蒋云峰回到地方又办了什么出彩的事。"看着姜先平高深莫测的表情，许家刚不知道他葫芦里卖的什么药。

"哼，不但出彩了，而且还挂了彩，整整超了两天的假！"

许家刚听姜先平这么一说，立刻紧张起来，如此看来，蒋云峰不仅在休假期间打架受了伤，还违反了部队的条令超了假期。

"伤得重不重，关于超假他怎么说的？"

"头上缠了两层绷带，不管谁问，都说是摔的，再问就蒙上被子睡大觉，典型的褪毛猪，真不明白这么优秀的一个同志，休了个假怎么就变成这样。"

"营里是什么意见？"

"先在卫生所养好伤，然后军人大会从严处理，本来想明天再和你商量，然后上报团党委，既然你过问了，让你先知道也好。"

许家刚又喝了一口参茶，嘬了嘬嘴唇。

"教导员，你看能不能这样，明天我去找小蒋谈谈，这孩子我还是了解的，虽然平时性格有点内向，但办事还是有分寸的，说不定里边还有什么隐情。"

"许工，这太好了，这事我也纳闷，这么多年我了解他带兵训练不讲情面，但没听说他和谁红过脸。"

"姜导，那你早点休息，咱俩这作息，小李不一定能适应。"

"我没关系，喝了教导员的参茶，精神百倍，我得去水房冲个冷水澡。"

从姜先平的宿舍里出来，已经是凌晨两点多了。

许家刚从口袋里摸出了 IC 电话卡，借着皎洁的月光，按下了熟悉的号码。

"喂，小萱啊。"

"老许，电话一响，我就知道是你，也不怕把孩子吵醒了，又加班了？"

"这不，想你无时无刻嘛，也没看个点。"

"老夫老妻了，肉麻。"

"老夫老妻，也没人家新婚夫妻在一起时间长呀，这么多年，委屈你了。"

"到底有什么事直说吧，你老许呀，不用给我灌迷魂汤。"

"小萱，我还真有一个事需要你帮忙，而且这个忙你必须得帮。"

"又拿军人的口吻命令我，我是你的爱人。"

"我知道，我知道，你不仅是我的爱人，同时还有一个特殊的身份，是一名光荣且了不起的军嫂。"

"真拿你没办法，又帮你哪个同事当月老呀。"

许家刚讲了张晓东的遭遇，本想再动之以情，没想到爱人回答得异常干脆。

"老许，这件事我理解，我支持，保证完成任务。"挂了电话，许家刚心里一阵温暖。

在这一天之内能碰到四个季节的大山深处，难得赶上一个风和日丽、悠闲自得的周末，吃过早饭之后，许家刚带着李寒雨顺着柏油路，朝卫生所的方向走去。路边上既有清晨偷偷采集雨露的小松鼠，也有在溪流里炫耀舞技的无鳞鲑，还有阵地建设彻夜施工埋光缆的战友。等到两人走过来，小松鼠继续玩耍它的松球，无鳞鲑继续摇摆它的舞姿，而战士们则是纷纷地放下了手中的铁锹和尖镐，齐刷刷地立正、敬礼，还完礼之后，两人折进了林子里的小路，因为他们不想打扰这些正为国防建设挥洒血汗的可爱战友。

卫生所内，几个穿着白大褂的战士进进出出，看到许家刚来了，都很高兴地围了过来。许家刚在这里算得上是"常客"了，施工任务中，受伤是常事，许家刚和武器装备挨得最近，年轻的战士都缠着许家刚讲故事。许家刚自己都开玩笑说，自己和阵地的故事简直可以写成一部深山游记，所以每次讲的故事他都有新内容，但每当涉及武器的保密问题时，他一句"欲知后事如何，且听下回分解"就戛然而止，也算是结了尾，以至于有些战士在背后抱怨，听许工讲故事就像听谜语，从来就没底。但大家知道，这是许家刚三十几年来的原则，即便是自己的战友，不该说的，他也决不多说。

"许工，看我运气多好，采访明星，也获得了明星的待遇。"李寒雨看到许家刚在战友们之中威信如此之高，觉得很有面子。

"我算啥明星，咱们保护的'老伙计'才是明星。"

许家刚指了指崇山峻岭。

这个时候，刚刚给蒋云峰扎过针的李军医来了。

"许工，来看你那宝贝徒弟了吧，这家伙还真倔，又是两顿没吃饭了，谁劝也不听，他连长都没招儿了。"

"人呢？"

"在一病室输液呢。"

"伤得重不？"许家刚很着急地问道。

"要是搁一般人早就撂倒了，许工，你也别太担心，这小子体格好，只是轻微脑震荡，得养些日子，受不得风。"

"李医生，你看是摔的吗？"

"棍棒击打造成的外伤，但你徒弟一口咬定是自己摔的。"

"知道了，这些天麻烦你了，李军医。"

"许工，看你说的，职责所在，再说了都是战友。"

一病室内，在床上输液的蒋云峰蒙着被子，饭盒里的饭丝毫没动，听见了脚步声，还以为又是连长派通信员来做工作。

"摔的，就是摔的，怎么处理我接着，二十年后又是一条好汉。"

李寒雨心里暗笑，这家伙匪气还挺重，真把自己当绿林好汉了。

"蒋云峰，你休假回来，脾气见长啊。"

一听是许家刚的声音，蒋云峰激动得从床上坐了起来。

"许工，我——"

看到蒋云峰，许家刚也是大吃一惊，一个多月不见，整整瘦了一圈，眼睛通红，布满了血丝，头上缠着两层绷带，嘴唇干巴巴的，看到他这个样子，许家刚心里一阵不好受，心中的火气也顿时消了不少。

"这么大人了，还照顾不好自己，搞得这么狼狈，幸亏摔得不是很严重，马上就有新任务，我还怎么带你。"

"许工，我——"蒋云峰又是欲言又止。

看到这种情况，李寒雨识趣地退出了病房。

"小蒋啊，知道你受伤了，也没带什么给你，你知道咱团不兴这个，不过我倒是从姜教导员那儿抢过来一个宝贝，纯种野山参，刚刚我跟李军医交代了，每次饭前给你冲杯参茶，效果不比输液差。"

"许工，我这次肯定得挨处分吧，到时候你不会把我逐出师门吧。"

"你现在什么也不用想，先好好养伤，有什么事等养好了伤再说，先这样，我得回阵地，周一首长要带检查组去验收。"

许家刚把蒋云峰的被子盖好，轻轻地拍了拍他的肩膀，许家刚走到门口的时候，蒋云峰叫住了他。

"许工，我不是摔的，是和人打架了，超假也和这次受伤有关系。"

听了蒋云峰的话，许家刚又折返了回来。

原来蒋云峰买好了返队的火车票，突然想到一件事，还没给战友们准备特产，这还了得，家住北方的战友宗林特别交代了，要吃云南的毛栗子、火腿，这要是不带，指不定人家还以为咱小气。一看表，时间还早，就要去附近的特产专卖店转转，打定主意后，蒋云峰走进了一家名叫"山里人"的农特产品店。

里边卖货的大姐把蒋云峰当作了外地人，将几样云南特产夸成了无所不能的神丹，还给他推荐了几个地标性景区。老乡的热情让蒋云峰觉得很高兴，一激动又多买了半斤炒货。

别看这大姐能说会道，但是账算得可不怎么样，蒋云峰买了60块钱的山货，大姐却找回了130块的零钱，走出店门几步远的蒋云峰暗笑了一下，这老乡肯定是把100块当成10块了，当蒋云峰把多找回来的90块钱还给大姐的时候，这位大姐红了脸。

"小兄弟，我原本还想向你推荐几个景区能多提点成，你看大姐多找你钱，你还给送回来，真是，这些山货算大姐送你的，这60块钱你拿上。"

蒋云峰憨厚地一笑，婉言谢绝了大姐的好意，拎着山货，朝火车站的方向走去。

"救命啊！救命啊！杀人了！杀人了！"

蒋云峰心头一紧，顺着声音的方向望去，看见火车站广场中心迎面而来一群手持棍棒、匕首、铁链等凶器的歹徒，在追打一个已经满头鲜血的中年人。看到这一幕，蒋云峰的正义感从心底油然而生。

"住手！"蒋云峰的这声大喝犹如晴天里一个炸雷，镇住了正在行凶的一伙人。

"同志，救救我，一定要救救我，这些人喝醉酒调戏一个过路少女，我只是劝阻了几句，他们就打我。"

蒋云峰知道了是怎么回事以后，把中年人护在了身后，攥紧了双拳严阵以待。

六个年轻人有的染着金发、有的文了身，满身的酒气，各式各样的凶器在手中甩来甩去。

"小子你混哪里的，知不知道哥几个是'车站六虎'，现在滚一边去还来得及，一会儿血溅身上可别认怂。"

"你们是什么虎我不知道，我只知道，你们光天化日之下行凶，就是犯罪分子，我就不能不管。"

"去你妈的，剁了他！"领头的黄毛一声令下，几个青年猛地向蒋云峰扑来。

如果这几个人没带凶器的话，蒋云峰还真不担心，因为转型之前他练的就是擒拿格斗，最擅长的就是实战对打，可是几个人带了凶器，他心里还是没底。但这个时候已经容不得他多想了，一个摆腿、一组勾拳瞬间已经倒下了三个，不过蒋云峰的头上也结实地挨了一板砖。

一伙人，显然是被蒋云峰的身手惊着了。

"孙子，看来你是成心找死。"

"少废话，你们现在悬崖勒马还来得及。"

听了蒋云峰的话，黄毛显然是受到了巨大的刺激。

"我勒你大爷，弟兄们拼了，把他命留下。"

六个人已经有两个在地上起不来了，其余的四个在领教了蒋云峰的身手之后，也不敢再贸然进攻，采取步步逼近的方式，而蒋云峰也意识到自己的不利局面，理智地从广场中心退到了胡同里有效还击。

十分钟后，醉徒们已是强弩之末，而蒋云峰的体力也基本透支，特别是头部在遭受了棍棒的敲击之后，鲜血直流，千钧一发之际，警察赶到了。是卖山货的大姐最先报的警。到了警察局，这伙青年酒也醒了，才知道蒋云峰是名军人，纷纷向蒋云峰道歉，借这个机会，蒋云峰还给几个年轻人上了一堂思想教育课。最后，由于受害人在医院昏迷了两天，公安局要核实情况，蒋云峰只好又等了两天，因此超了假。

许家刚握紧了蒋云峰的手，用欣赏的目光看着他。

"了不起，既保护了人民的生命安全，又给我们军人增了光，这样的好事，就应该直接向组织汇报，为什么还要遮遮掩掩。"

"许工，我是怕说了之后，没人信，反而会说我强词夺理找借口、吹牛皮。"

"你平时的表现，大家是有目共睹的，我信。"

听了许家刚的话，蒋云峰的眼泪再也控制不住，狼吞虎咽地吃起了桌旁的饭菜。

路上，许家刚一阵轻松，但很快就放慢了脚步，小蒋的遭遇，其他人真的会相信吗，至少理论上是成立的。这事先放一放，等检查组过后，大不了自己亲自去蒋云峰的云南老家走一趟，如果小蒋说的是真的，当地的公安机关肯定有备案。

第十章
"男儿沟"的秘密

浓雾沉沉地落进了看不到头的森林，许家刚不断地用手中的军用匕首修整路上的杂草和新生的灌木，边走边和李寒雨介绍，这条小山路，是他和战友王大成最先开辟的，已经有二十年以上的历史，放眼全团知道这条路的也没几个人。这条路离神宫很近，已经退休的高工王大成，还特意改写了唐朝诗人常建的古诗《题破山寺后禅院》来告诫几位老伙计要时常照看一下这条路，改得还是挺押韵的。直到现在许家刚依旧能背得出来："清晨入深林，初日照不进。曲径通圣地，神宫镇乾坤。山光耀鸦雀，清泉静人心。此路天上来，过者常剪裁。"李寒雨听了这首诗，觉得这王工还是挺有才的，要是在古代，至少能捞个秀才，想到这儿，李寒雨忍不住嘿嘿一笑，但很快他的笑声就僵住了，而且额头和鼻尖上沁出了汗珠。

原来就在许家刚砍杂木的时候，一声兽吼乍现，地动山摇，就连许家刚手中的竹叶也被吼声震得撒落一地，一团漆黑的庞然大物，朝两个人扑来。

李寒雨心里惊呼，是黑熊！已经不是第一次碰上这家伙了，不过以前是大部队一起，这次是两个人，而且这家伙大得惊人，体形足有自己两倍。许家刚和李寒雨对视了一眼，分别一个鸽子跃，闪在了小路旁的一块大青石旁边，两人不约而同地屏住了呼吸，把军用匕首放在胸前，做最坏的打算。

碰见黑熊，有树爬树，没树屏住呼吸、不乱动是最理智的做法，黑熊找不到目标就会离开，这还是李寒雨的新兵连排长教他的野外生存技能，但他依旧把匕首攥得死死的，因为畜生这东西不能用人的思维去想它，正在二人紧张万分的时候，戏剧性的一幕在他们的面前上演了。

黑熊突然转移了目标，张开血盆大口冲着路旁的竹林吼叫起来，这时从林子里蹿出一条两米余长的大蛇，直奔黑熊而来，显然大蛇是找错了对手，没几个回合，两米长的大蛇就被黑熊扯成了几段，蛇血甚至溅到了两人面前的大青石上，黑熊并没有吞食被肢解的大蛇，又在竹林里转悠了一会儿才离开。这时李寒雨惊奇地发现，原来大熊的身后一直跟着几只小熊。

等黑熊走远以后，李寒雨长长地吁了一口气，军装早已经被汗水湿透了。等缓过神来，两个人在竹林子里挖了一个土坑，把被肢解的大蛇埋了进去，等收拾好了，他们又在林子里的"小瀑布"洗了洗手，快步地朝神宫的方向走去，因为他们不知道要是再来一群其他的野兽，自己还有没有这么好的运气了。

"许工，你常见这东西吧？"

"是常见，但是这么大个头的还是头一次，一会儿再遇见了，你先跑，我掩护。"

"我可不想当逃兵。"

"好样的，不愧是咱大山走出去的兵，别看这熊瞎子咋咋呼呼的，胆不大。"

"许工，不瞒你说，我这是第一次来阵地。"

"我跟你强调一下纪律。"一听纪律李寒雨停住了脚步。

"到了阵地上，不能拍照，咱自己人也不行。"

"明白，许工，我把相机放宿舍了。"

看见了熟悉的橄榄绿，李寒雨很快就忘记了刚才的惊险，因为在团里，没见过几只野兽或野生动物的人自己都觉得不好意思，而且这里的动物和神宫里的宝贝一样，基本上都是国宝级的，就比如说娃娃鱼，在我国的其他地方极为罕见，但是这里却是它们繁衍的乐园，在这寂寞深山里，官兵和动物是真正意义上的朋友。

"许工，您这是摔跤了？"在阵地上等待许家刚开会的技术人员，看到他满身泥垢后，都关切地问。

许家刚哈哈大笑。

"没事，没事，我和小李刚刚碰见一窝熊瞎子，摔了跤，不碍事。"

"老许，你来了，各业务口已集结，等你验收呢。"技术组副组长、团参谋长王军亮上前一把握住了许家刚的手，许家刚是这次任务的技术组组长。

"参谋长，辛苦你了，又干了个通宵。"

"咱俩就别客套了，谁不知道你许高工这一周都在连轴转，好不容易赶上了一个周末，做了月老还要兼职心理医生，刚刚还在小竹林上演了一场人熊大战。"

技术组人员报完数，许家刚做了任务动员。

"同志们，这次任务凝聚着全团官兵近百个日夜的心血，饱含总部首长的信任，踏入这神宫的领地，我们都该感到无比幸运与自豪，党从亿万的中华儿女中选择了我们，就注定了平凡的我们要做这项伟大的事业，明天的检查验收，大家有没有信心？"

"有！有！有！"国宝卫士的雄壮吼声，穿破云层，直冲九霄。

"各单元开始汇报情况！"

"武器单元一切正常！"

"指控单元一切正常！"

"维护单元一切正常！"

如果是在其他的领域也许有人会认为这只是个形式，但李寒雨知道，在战略导弹部队，绝对、百分之百、万无一失是日常。

眼前的雄壮场面，让李寒雨底气十足，也让他坚定了，只要方向选择得对，全心全意地付出，完全可以换来百分之百的收获。

许家刚反复核对着数据，频频点头，突然，他紧盯手里操作单元的数据资料眉头一皱，变了脸色。

看他疾步走进了机房，李寒雨意识到一定是线路材料出了问题，果然，机房长李涛被点了名。

"李涛！"

"到！"

"这是怎么回事，为什么要用铜线代替铜箔？"

"许工，库存的铜箔不够用了，山外的铜箔能买的都买了，铜线和铜箔的效果差不多，所以剩下的一点儿线路就用铜线代替了。"

听了李涛的话，许家刚突然提高了嗓门。

"差不多？差不多是差多少？马上返工。"

"许工，要是返工的话，明天的检查——"

"检查重要还是国宝的安全重要，你什么工作态度！"许家刚说完，一把扯掉了铜线。

"通知采购组，无论如何在今天也要把铜箔买回来，你李涛要作出深刻检讨。"

"老许，李涛使用铜线代替铜箔是经过我同意的，我看先使用铜线，等检查过后再整改吧。"参谋长王军亮在这个时候提出了建议。

"不行，坚决不行，我是技术组的组长，这个问题上我说了算，执行命令吧。"

"许家刚，明天来验收的是总部首长，如果不能按期完成，这后果你担得起吗？"

"王军亮副组长同志，我再重申一次，执行命令吧！"许家刚瞪着王军亮吼道，大家见许家刚动了真火，都纷纷投入了工作，李涛也小声劝慰王军亮。

"首长，许工一工作起来就这样，这事是我不对。"山东大汉王军亮看了看李涛，嘿嘿一笑。

"我是那小心眼的人吗，听组长的，干活！"王军亮到底有没有介意，谁也没工夫理会了，李寒雨心里倒是在嘀咕，这许工平时温文尔雅的，一发起火来和国宝发火一个脾气。

快傍晚的时候，采购组把从省城购回来的铜箔交到了许家刚手中，看着原材料到位，许家刚心里踏实多了，而在负责重新检修的王军亮看许家刚又是忙得一天没吃东西，开始体谅起这个工作起来不要命的老战友来，热腾腾的开水泡好了两包方便面，还特意在饭盒里放了两个剥了皮的咸鸡蛋，许家刚嘿嘿一笑，接过了王军亮的面狼吞虎咽地吃起来，边吃边说。

"参谋长，你放心，我有把握在凌晨两点之前把线路整改好，让大家睡个好觉，精神抖擞地迎接首长的检查。"

听了许家刚的话，王军亮既欣慰又感动。因为他知道，这几个月，许家刚又是没有出过一次山，没有一晚不加班，许家刚是武器维护保养方面的权威，他说两点，肯定是没问题。铜箔买回来的时候王军亮还在担心，如果光靠李涛和一些年轻的技术人员整改，别说是两点，两天也悬。

"参谋长，这咸鸡蛋真够味，要是再有两只辣椒就更好了。"

王军亮指了指许家刚哈哈一笑，"你这同志，不是坐地起价吗，小张，去附近五班的菜园子给我们许工扯几只朝天椒来，要快。"

小张跑步去了菜地，一会儿工夫，辣椒到位，许家刚如获至宝，吃得不亦乐乎，吃完之后，许家刚还不忘调侃一下老战友。

"参谋长，对我来说，这辣椒可比那个商场里的什么鸟巢咖啡管用，每次加班前咬上几个，我这浑身有劲啊。"这次王军亮没有笑。

"老许，这东西你得少吃了，你的胃病也有几十年的历史了吧，身体是革命的本钱，身体垮了，就没办法守护咱这'老伙计'了。"王军亮用手指了指面前的神宫。

"知道了，老王。"王军亮的一番话听得许家刚心里热乎乎的。工作起来，许家刚没再说过一句闲话，站着，蹲着，猫在线路下面，遇到线路窄的地方，许家刚还得趴在管道里。

"小张，把测量仪递给我。"

"小李，你再去检查一下铜箔的质量。"

"田助理，你帮下忙，给我擦下汗，刚刚有汗流到我眼睛里去了——"

在李寒雨看来，许家刚不像是在整修线路，更像是一位医生正在完成一台大型的手术，其实在许家刚的心里，自己何尝不是在做惊天动地的"手术"呢。

凌晨 1:45 分，线路整修完毕。通过测试，完全达标，阵地现场一阵欢呼，正在大家欢呼雀跃的时候，许家刚晕倒了——

"李军医，许工的情况怎么样，严重吗？"李寒雨关切地问。

"李记者，许工本来就有胃病，再加上这次任务的强度和他精神一直处于高度紧张的状态，这是累虚脱了，需要好好休息。"紧接着李军医又对一旁的参谋长汇报。

"首长,我多句嘴,您真应该好好批评一下许工,这么工作,铁人也吃不消。"

"知道了,李军医,你把警卫连连长给我叫来。"

"参谋长同志,警卫一连连长卢海涛前来报到,请您指示。"

"卢海涛同志,你们警卫连请示的关于野兽袭扰哨兵和菜地的问题,经团党委慎重研究通过了,原本想在检查组走后再通知你们,考虑到近期野兽活动频繁,时常袭击哨位。哨位神圣不可侵犯,畜生更不行,批准你们必要的时候可以使用枪支,但使用时必须严格控制,注意安全。"

"是!"

"参谋长,就在刚刚,803哨位的值班哨兵报告说,有一群野猪正在哨所周围活动,有的野猪直拱哨位的铁门。"

"你带人去处理吧,记得把野猪给我拉回来。"

"是!"

"通知炊事班,准备加个夜餐,把阵地上加班的技术组的同志都叫上。"

当王军亮和李寒雨走进病房,许家刚已经缓了过来。

"首长好!"已经返回阵地的蒋云峰站起身来向王军亮敬礼。

"你们真是上阵师徒俩,受伤父子兵啊。"很快王军亮就发现了蒋云峰头上的伤。

"小蒋,你的头是怎么受伤的?"蒋云峰显得很尴尬,愣在原地,不知道如何回答。

"摔的。"这次是许家刚帮蒋云峰作的回答。

突然，远处传来几声清脆的枪响。不到十分钟，警卫连长卢海涛带着几个战士拖着一头野猪回来了，而炊事班的同志也早已磨刀霍霍，又过了一个小时，肉香味从食堂中传出来，阵地上许多已经熟睡的技术组同志愣是被肉香给熏醒了。

这顿夜宵很丰盛，等吃完的时候，已经是凌晨3点多了，大家没有回营区，在点完名之后，就在阵地上搭建的临时帐篷里睡了。许家刚也是在吃完夜宵就和蒋云峰分开了，回阵地前他还特意嘱咐炊事班的同志多盛一饭盒猪肉给蒋云峰带过去。

清晨，当第一缕阳光洒进阵地，葱郁的森林充满了朝气，手持钢枪的哨兵眼光更加锐利，"欢迎首长同志莅临检查"的条幅在阵地上飘来飘去，愈发的醒目，技术人员们在进行了最后一次数据核对、设备检修之后，列队整齐，等待着首长的检阅。

镶嵌在山腰的柏油路上，一列车队缓缓地朝神宫驶来。先是两辆考斯特停在阵地前，接着就是五六辆越野车。总部首长在各级首长的陪同下，来到了队伍的面前。军容严整的许家刚跑到了队伍前面向首长报告。

"首长同志！部队改建工程已完毕，请您检阅，工程技术组组长，许家刚！"

"开始验收！"

"是！"

首长一声令下，总部验收小组的同志和专家组的同志开始展开验收，工程审查和设备检查验收有条不紊地进行，因为许家刚也属于专家组的人员，所以其中有好多同志都认识他，在路过他身边的时候，还不时开个玩笑。

　　"老许，是不是金子，下午就见分晓了！"验收小组组长戴庆生的话，更是让团技术组的人员暗自庆幸。

　　"同志们，要重点检查机房和指控室的武器操作线路，在地方的某些单位存在着线路材料铜箔用铜线代替的情况，在我们这里，这种情况是绝对不允许的。"

　　经过权威专家组的数个小时的考核、论证、审查，下午三点，检查验收结束，阵地工程改建各项指标达标，各要素精准无误，各单元任务圆满完成，专家组给予的评价是，可作为示范性工程进行推广，交流先进经验。

　　听了专家们的汇报，首长很满意，在阵地上作了重要讲话。

　　"同志们，你们辛苦了！"

　　"为人民服务！"

　　"同志们，刚才专家组的同志们向我汇报了你们的成绩，我很满意，我代表军委首长，向你们表示崇高的敬意！"

　　"谢谢首长鼓励！"

　　"通过此次任务，说明了我们部队技术阵线上的同志，工作作风很严谨，技术很可靠，保障很有力，也反映了我们部队是一支敢打硬仗、敢于攻坚，让祖国和人民放心的队伍！"

"最后，请允许我再次对部队改建工程的圆满完成表示热烈的祝贺！"

阵地上的掌声如潮，持久不断，慢慢地消失在连绵起伏的崇山峻岭之间。

第十一章
真金不怕火炼

"许工，政委在团部等我们。"

"姜导，出什么事了吗？"

"电话里听政委的语气有点不对，我们得谨慎点。"

"许工，那我一起去合适吗？"李寒雨也被姜先平的话弄得有些心虚。

"要批也是批我们，你就踏实地做你的笔记，记者同志就要做一面镜子，无论阴面还是阳面都是你们的素材。"

本来很尴尬的状况，被许家刚的寥寥数语化解得无影无踪，这份从容淡定也让李寒雨十分叹服。

许家刚和姜先平在车上琢磨了半天，也没猜明白政委王海祥这么着急找自己干什么。

"报告！"

"请进！"

常委会议室内，不但政委王海祥在，团长韩宇和一众团常委也在。

"老许，先平，你们两个老同志怎么回事，出了这么大的事也不及时报告，人家地方公安机关把信寄到了这里，我这个当政委的还被蒙在鼓里，你们两个看看吧！"

许家刚连忙拆开了信，一看是关于蒋云峰的，心立刻提到了嗓子眼，但慢慢地许家刚的眉头舒展了，最后竟然咧开嘴笑了起来，而姜先平的反应和许家刚一模一样，让一旁列席的李寒雨更加迷糊了。

原来这两封信，一封是蒋云峰家乡的公安机关写来的表扬信，信中详细介绍了蒋云峰见义勇为的英雄事迹，并请求部队首长为其立功评奖。第二封信是行凶的一伙醉酒青年写来的悔过书，信中不但赞扬了解放军同志的过硬军事素质，还深深地忏悔了自己的罪行，并感谢解放军同志拯救了自己。

看完信之后，不待团长、政委发问，许家刚和姜先平便把整件事情的来龙去脉做了详细汇报。

"原来是这样。"听完了汇报，王海祥若有所思地点了点头。

"首长，我检讨，我的粗心大意险些冤枉了这么好的一名同志，这多亏了许工。"

"姜导，你不能这样说，蒋云峰都和我讲了，你可是彻夜给他做思想工作啊，是这孩子死心眼。"

"老许，我问你个问题。"团长韩宇突然插了一句话。

"首长，请讲。"

"你们知道蒋云峰同志为什么不愿意对人讲吗？"

"首长，蒋云峰说他怕自己说了会没有人信。"

"不，不，你们来看。"韩宇推开了窗子，站在一旁的李寒雨也有些疑惑，因为窗外除了连绵起伏的大山以外，再无其他，他不知道韩团长到底让大家看什么。

"因为蒋云峰同志作为一名老兵，已经有了这大山的性格——朴实、低调。"

听了韩宇的话，李寒雨才恍然大悟。

"团长说得对。"政委王海祥继续补充道。

"就像你许家刚、姜先平，宁愿把根扎进这大山，把魂融进这大山，这是一种精神，这是咱男儿沟一种特有的精神。"

回营区的路上，姜先平带点抱怨的口吻问许家刚。

"许工，你隐藏得够深的。"

"老姜，你多理解，我准备检查过后，去蒋云峰家乡的公安机关了解情况的，不光你要检讨，我也得检讨，你看我们每天学典型、赞英雄，英雄在哪儿？英雄不就在我们身边吗？倒是我们，应该擦亮这双寻找英雄的'慧眼'。"

"老许，你说得对，不瞒你说，知道事情真相以后，就是团首长真的给我一个处分我也高兴，看来以后我们要多了解自己的战士，多关心自己的战士，多信任自己的战士，只有这样，他们心里才会时时刻刻装着组织，为组织着想。"

两个老战友把手握在了一起，这时车颠簸了一下。

"小徐，注意力集中，回去把驾驶员守则给我抄上 50 遍交给我。"驾驶员小徐应了一声，不过回营的一路，车就再也没颠过了。

没过几天，团党委向上级党委机关报请的关于给见义勇为好战士蒋云峰立一等功的请示审批下来了，不仅如此，上级党委对此高度重视，号召集团军官兵向蒋云峰学习，军地媒体对此事进行了相关报道。山外，蒋云峰成为"徐洪刚式"的英雄，李寒雨近水楼台先得月，成了军报头条的常客。但是大山里的蒋云峰还是那个低调朴实的战士，在操练时偶尔疏忽了个动作，依旧被许家刚训得面红耳赤，照例写检查。

经过一段时间的接触，李寒雨觉得姜先平宿舍的床头柜简直就是一个名副其实的百宝箱，和清水村自己的小木船的船舱有一拼，总是宝物不断，许家刚和李寒雨两个人刚坐下，他立刻掏出了一个大罐子来。

"许工，你的命是真好，今年又荣立了一等功，带出来的徒弟一个个也不甘落后，特别是你每次来我这儿，都赶上我这儿有绝世珍宝。"姜先平说完，拍了拍手中的罐子。

"姜导，你这是又碰见'棒子'了？"李寒雨好奇地问。

"那倒没有，这东西味道比'棒子'好。"

"土蜂蜜，这东西我知道，祛风湿，还有养颜美容的功效，不过咱们大山清一色的男子汉，就没这个必要了吧。"

"当然有必要，咱这大山里虽然没有异性，但是有'女神'啊。"

姜先平提到"女神"，李寒雨的表情开始变得庄重起来。连许家刚也忍不住开始感慨。

"'女神'是我们的老朋友了，她和我一起进的这大山，你看她依旧那么年轻、美丽，而我却老了，说心里话姜导，我也想像'女神'一样，永远都那么年轻，这样就可以一直守护着这大山，守护着神宫了。"

姜先平把泡好的蜂蜜水递给了两人，刚要说点什么，门外有人敲门。

"报告"

"请进！"

"晓东同志，你深夜来访，啥事？"

"教导员，我刚刚去了许工的宿舍，发现他不在宿舍，我就知道他一定在你这儿，刚好我也有事向你汇报，就冒昧打扰了。"

"还冒昧打扰，要去机关工作了，连措辞也讲究起来了，说吧。"

"许工、教导员，给！"张晓东把带着心心相印图案的请柬递给了许家刚和姜先平。

"李班长，我就不给你发请柬了，当面邀请，希望你能参加。"

李寒雨明知道对方是在给自己这个不速之客台阶下，也欣然应许。

"诸位，山外的百合花酒店，不见不散。"

"想必还有好多事要和许工这个证婚人商量吧，许工啊，我就不留你们啦。"

"你都下逐客令了，想留我们也不好意思留了。"

"许工，政委找我谈话了，要我回机关工作，和吴志平参谋学习，刚刚姜教导员所指的就是这个。"

许家刚当然早就知道这事，是他向王海祥推荐的人选，但是他却一本正经起来，"组织的安排，你还有什么说的？"

"许工，一直是你带我，要不你和首长说说——"

"晓东同志，组织的决定是说改就能改的吗？在任何岗位上，不还是在这个集体工作吗？在守护着——"许家刚说着用手指了指茫茫的大山。

看张晓东还想说点什么，许家刚站起身拍了拍他的肩膀。

"好好干，不许丢脸！"张晓东一个立正，加上一个标准的军礼，转身离开了。没一会儿，姜先平提着半罐子的蜂蜜进来了。

"姜导，你看你总是这么明目张胆'贿赂我'，你不怕小李把你的事迹报道出去啊。"

"许工，你别得了便宜还卖乖，你以为这土蜂蜜是谁都可以搞到的吗？不懂行的人去招惹土蜂是有生命危险的。"

"看不出来，你姜导还是个多面手啊，这生命的馈赠我得好好珍藏，直说吧。"

"生命的馈赠，果然文采飞扬，看来这小杜，没找错人。"

"小杜？"

"小杜是今年二炮的优秀士官，咱营305哨所哨长杜海川。"

"这小伙子我知道。"

"怎么，你们还有过接触。"

"前年，特殊武器入库，由我带队负责检修，杜海川就是当时的警卫执勤组组长。那个时候，是夏季，天气潮热，别说是夜晚，就是白天，盘山路上也随处可见爬行的毒蛇。为了保证技术人员和总部的导弹专家安全，他组织人员，抓捕洞库附近的毒蛇，姜导你知道，蛇这东西好抓，但是难放。"

"对，抓的时候，人员高度小心，再加上那个时候的蛇一般都有逃跑的心态，而放就不一样了，闹不好它转身就是一口。"

"是啊，这杜哨长就是在放蛇的时候被蛇咬到了小拇指，我们是怎么知道的呢，他被咬的刹那，发出了一声惨叫，大家都围了过来，才明白是怎么回事。"

杜海川在小拇指尖被毒蛇咬了的时候，立刻从怀中掏出军用匕首直接削掉了一节小拇指，一旁的人都看傻了，在卫生员往跟前跑的空当，杜海川又把咬自己的那条毒蛇给打死了，还把死蛇打包装进了袋子，说是这样做方便医生在注射蛇毒血清时配型。

"在场的人无一不被杜海川这份睿智和果敢折服，他也给我留下了深刻的印象。"

后来听卫生所的同志说，就连解放军医院的众多专家都纷纷感叹，因为袭击杜海川的毒蛇是大山腹地特有的一种蝮蛇，如果不是他处理得及时有效，肯定就没命了。可是杜海川第二天就神奇地出现在了阵地的执勤哨位上，只不过小拇指上多了一节绷带。

"姜导，检修任务顺利完成后，我和检修组的几位工程师去看望了辛苦执勤的战士，我还特意把珍藏版的《徐志摩诗全集》送给了杜哨长。"

"这就难怪了，原来是有渊源的，一开始我还不知道怎么对你说，既然如此我就直说了。"

"说吧，他让我帮什么忙？"

"他想让你有空儿的时候，指点他写情书。"

"指点写情书，这不是扯淡吗，一个革命战士，不好好钻研业务，却想着怎么写情书，而且你姜导还在背后支持。"

"许工，你别激动，这个忙啊，你还非帮不可。"

"怎么帮，我又不是西门庆。"

"许工啊，你还别说，西门庆实战可以，但是写情书不一定比你在行。"

"你得给我个理由。"

"许工，这既是海川同志的现实需要，也是我们工作的需要。海川同志说了，不仅需要你指点写情书，而且还拜托你带他去提亲。"

海川的人品，许家刚还是信得过的，因为在两年前执行特殊任务时，每个组员都要经过自己这个负责人精挑细选，这个杜海川，是那种很容易就给人留下深刻印象的人。

杜海川是甘肃天水一个小村落的人，不知道是不是和新疆接壤的关系，外貌囊括了所有新疆人的优点，坚挺的鼻梁，大大的眼睛，身材健硕，有点香港标志性帅哥何家劲的意思，特别是他穿上一身笔挺的国防绿制服后，走在城市的大街上，回头率不是一般的高。

"教导员，咱大山里的兵，个个都是好样的，谁找到我那是对我这个老家伙的信任，更何况杜海川那么优秀的一个小伙子，还是我的老搭档，我更是义不容辞，不过你得和我说说杜海川的爱情故事，也好让咱这当'媒婆'的做到心中有数不是？"

"好的，许工，那我就先从杜海川同志的山外浪漫邂逅开始说起。"

李寒雨拿出了笔记本摆开了阵势，许家刚还不忘调侃：

"刚来的时候，李寒雨同志还为素材发愁，现在知道咱这大山里的家底有多厚了吧？另外你得好好地发挥，我看最后写情书的重任还得落在你肩上。"

"许工，君子不夺人之美，我一个未婚青年岂敢在两位模范丈夫面前班门弄斧。"

姜先平哈哈一笑，绘声绘色地讲起了杜海川的情史。

话说团里派杜海川出山公差时他本是满怀欣喜，毕竟几年没有出过山了。每次在山里，听出山的战友讲一次山外的事，就多储存一份对山外世界的向往。在他看来，山里山外简直就是两个世界，大山里那片热土永远无法拥有山外的热闹，而山外的世界也永远无法体验大山里的这份宁静，但是宁静久了，便是寂寞，在山里寂寞，出了山更寂寞。

这次在山外忙完公务，杜海川本来还剩三天空闲时间，前两天在招待所里除了睡还是睡，实在是不知道做些什么，是他最寂寞的两天，真像有些歌词唱的一样，世界那么大，去哪儿都一样的迷茫。回大山前的最后一天，杜海川在大街上溜达了一圈，在路过招待所值班室的时候，被值班室的一位神采奕奕、结实硬朗的大爷叫住了，并主动拿出军队职工证件递给杜海川看。

老大爷也是个老山沟，知道在山沟里当兵不容易，事实上也的确如此。有的战士几年都没出过一次山；有的战士在山外认识一些战友后，不管关系好不好都会叫上一遍，请吃饭，今天请完明天继续。山外的战友都说，山沟里的兵，大方、实在，其实大部分都是因为寂寞，不请战友吃饭，他们能干什么呢？

门卫老大爷是过来人，毫不吝啬地给杜海川指了一条通往爱情诺曼底的大道——河滨公园。

公园的风景很美，山腰上的凉亭风格古典，山脚下的巨型佛像金光闪闪，游乐场、动物园一应俱全，加上镶嵌在公园中央的湖水和络绎不绝的游人，构成了一幅人与大自然完美融合的画卷，这让杜海川暗呼不虚此行。

因为穿着军装，又没有什么玩过山车、印度飞毯一类游戏的经验，四处转了一会儿后，杜海川就在公园报亭内买了一本篮球杂志，满足地坐在公园的长椅上看了起来。

天公作美，一个颜值不输李嘉欣的美女，让杜海川帮忙照相。

和宣传干事学过摄影的杜海川接过相机之后，立刻打开镜头，调好焦距，开始选景，干起了老本行，杜海川自然显得底气十足。

缘分也就从这儿开始了，回大山那天的早晨，杜海川敲响了门卫大爷的门，托他把一个装了999颗五角星和一颗红色的心的水晶罐交给那个叫王熙若的女孩。

这位叫王大成的门卫也拜托了杜海川一件事，代自己向老战友许家刚问好。

说起来杜海川和王熙若的相识其实也很戏剧化，尽管没有莎士比亚剧那样煽情，但现实中哪儿有那么多的戏剧，无非是"见色起意"或是天时地利……

回到山中，杜海川和王熙若开始了鸿雁传情，慢慢地就确立了恋爱关系，但是现实问题也接踵而至。由于交通不便，对于杜海川而言，山外的日报就变成了现实中的周报，而信件更是像走了神的蜗牛，时间快的话，一封信也得慢腾腾地爬一个礼拜以上。

就这样，柏拉图式的爱情让两个年轻人爱并牵挂着。

就在前不久，杜海川同志接到了王熙若打来的电话，说王熙若的爸爸要见见他。杜海川在向姜先平请假时，提出了他自己的特殊请求。

许家刚从姜先平那里得知杜海川的情况后，觉得这忙自己应该帮，也值得帮，而且尽量要帮好。

应承这个事的当晚，许家刚就来到"女神"的面前敞开心扉。"女神啊，小杜这孩子命好，眼看就要修成正果了，这忙无论如何我也帮他一把，你是知道的，在这大山里，有些孩子就没那么好命了，远处不说，就说我们组的上尉刘技术员，和一个姑娘从高中就相互暗恋，人家姑娘主动发来了求婚信，要求尽快回复，刘技术员接到信之后就往回赶，等回到家中的时候，正好赶上那姑娘的婚礼，到后来小刘才知道，那封信人家姑娘四个月前就发了，见久久没有回复，人家姑娘死心了。"

"还有那炊事班的小胖，你别看他每天乐呵呵的，其实才离婚不久，这你都知道，这孩子对我说呀，在签离婚协议的那一天，他求那个女人不要离婚，他说把在大山里攒的这些年的工资十万元给她，那个女人对他说，求求你和我离婚，我可以给你二十万，想必这些小胖都对你说了吧——不说了，不说了，说多了你也难受。"许家刚从口袋里掏出了老婆李雅萱定亲的时候送给自己的手绢，轻轻地拭去了眼角的泪滴。

清早，许家刚带着李寒雨晨跑，专程把他带到了女神雕塑前，这是李寒雨专程要求的，他要从许家刚这个老山沟的口中揭秘"女神"，尽管在新兵连的时候已经与女神打了照面。

女神，是一尊乳白色的女性雕塑，也是这大山里的唯一的"女性"，她的纤纤双手正在放飞一对舞动的白鸽，下方有一个嗷嗷待哺的婴孩仰视着她，渴望她那甘甜的乳汁，嬉戏的麋鹿、展翅的仙鹤和奔驰的骏马把她围在中央，她宛若翩翩起舞的天使守护着大山和大山里的官兵。

在这大山里，从首长到普通的战士，没有人把她当作是一尊普通的雕塑，因为这尊雕塑是有生命的。在官兵心中，她不仅仅是一个精神的寄托，更是一个永恒的象征，也许她分饰着很多的角色，恋人、女儿、母亲……她见证了大山里的点滴变化，她承载着每名官兵的喜怒哀乐，她也是扎根在这大山里的一员。

"小李，我和雕塑一起进的这大山，我们算是同批兵，几十年了，我看到过战友们在这里读家信、看照片、说心里话，还在大年三十的夜里在雕塑下朝家的方向磕头、掉泪，这么多年没有人组织，大家也会自发地为她清洁、粉刷，她永远都是那么的洁白美丽。"

第十二章
"男儿沟"里的老伙计

　　大山赋予许家刚的提亲的任务还没到日子，但国家赋予大山的核心任务如约而至。

　　团委会上，团常委们和一些被邀列席的工程师讨论激烈。

　　"我看大家都不要争了，这次上级决定更换老化的总进风机，对我们来说是一次挑战，这项任务关系重大，这种机器安装复杂，技术要求高，老杨啊，你是总工程师，我看就由你亲自来挂帅吧！"听了团长韩宇的话，常委们纷纷表示同意，但总工程师杨海新却发表了自己的想法。

　　"团长，如果是导弹的引控任务，我杨海新敢拍着胸脯说没问题，但是对于更换总进风机的任务我必须实事求是地讲自己还差点火候，所以我推荐一名同志，他一定能出色地完成这次任务。"

"许家刚同志！"杨海新此话一出，在场的常委安静了下来。

"我们怎么把许家刚同志给忘了，好，就这样定了，老杨，这件事由你负责和老许谈。"韩宇最终拍了板。

杨海新和许家刚算是老战友了，他了解许家刚的脾气，领受完任务决不侃大山，任务完成后拉着人侃大山，所以在布置完任务后杨海新就离开了。许家刚一组的助理工程师小田，忍不住发起了牢骚。

"许工，这算什么嘛？谁都知道这次任务是一块难啃的'骨头'，在会上，本来是要交给杨总负责的，最后杨总硬是推给了你，我想不通。"

"想不通啊，你就慢慢想，不过有一点你要记住，不许带着情绪干活。"

新的风机与老的风机区别很大，难度更大，许家刚在同事们的面前总是笑哈哈的，但是等同事们都走了，他悄悄地爬进直径窄小的进风管，打着手电进行调试，一天下来，进进出出调试了30多次，总算掌握了诀窍，这下许家刚的心里笑开了。

一天中午开饭，许家刚突然失踪了，这下任务组的人急了，因为许家刚有急性胃炎，这个病耽搁不得，况且许家刚就没出过洞库，他能去哪儿呢？

"李记者，你没见到许工吗？"

"许工在工作时从来不允许我采访的，刚刚他让田助理带我去参观阵地了，我们分开的时候，他换了一套防护服。"

经李寒雨一提醒，助理工程师小田突然喊道：

"快去进风管，许工一定在管道里。"果然大家在窄小的管道里找到了已经累得虚脱的许家刚。

喝了几口水之后，许家刚缓了过来，又要进去，硬是让大伙给拉住了。

"好，我不进去了，小田，你帮我钻一趟，我的手电还有记录数据的册子都在里边。"

"好！"在说好的同时，小田有些哽咽，含着眼泪爬进了管道。

历经几天几夜的鏖战，大功率的总进风机按技术要求安装完毕。完成任务后，任务组的几个人跑步冲出了洞库，呼吸大山的味道，沐浴着温暖的阳光，没过一会儿，几个人突然对视着大笑起来。

原来几天下来，每个人都额外收获了两个黑眼圈。验收组的人要等到下午才来，因为任务的高度保密，炊事员只能在技术组的同志里选，基本上都是二把刀，午饭又要在阵地上进行，忙乎了半天，成果只有 11 个馒头和一小桶水，但就任务组 5 个人这几天的饭量来算，也算是绰绰有余。

可能是任务完成，心情放松的缘故，包括许家刚在内的几个人开始狼吞虎咽起来，喝一口水就一口馒头，吃着吃着，馒头只剩下一个了，五双手一起抓在了上面又几乎同时缩了回去。

"许工，你吃。"

"我吃饱了，小蒋你吃了。"

"我也早吃饱了，你看都打嗝了。"蒋云峰还真煞有其事地打了几个嗝。

"田助理，还是你吃吧，看你那么瘦，应该补补。"

"老刘你别扯了，我早吃饱了。"大家推来推去，馒头还是安静地躺在盆里没人动。

许家刚知道，如果不想个办法，这个馒头肯定是剩下了。

"我有个提议。"

"许工，什么提议？"

"如果再不吃这个馒头的话，一会儿就凉了，就是想吃也不好吃了，要不这样，这个馒头，我们大家一起吃，每人一口，就当是我们这次完成任务的庆功宴了，你们觉得怎么样？"

"好。"5个人一致同意。

"咱先从年龄最小的来。"

蒋云峰拿起馒头，小小地咬上了一口，接着是刘技术员，等到了许家刚的手里，馒头还有大半个。许家刚笑了笑也小小地咬上了一口。

"来，咱再来一圈。"就这样一个馒头被5个人十分民主地瓜分了。吃完之后，蒋云峰突然掉了眼泪，大家还以为他出了什么事，纷纷关切地问他怎么了，小蒋突然嘿嘿一笑。

"没什么，这是我长这么大吃的最香甜的馒头。"听了小蒋的话，许家刚微笑着伸出了手，在神宫的面前，几个人把手紧紧地握在了一起。

把这一幕尽收眼底的李寒雨，作为一个局外人，突然觉得自己下肚的两个面包不香了。

下午验收结束后，总工杨海新把许家刚叫到了洞库的外边。

"老伙计，怪我了吗？听说你为了这次任务可是吃了不少苦头。"

"总工，你要是没把这次任务给我争取到，说不定我还真会怪你。"

"哈哈，这才是许家刚！"

送走了杨海新等验收组的同志后，许家刚把田助理叫到了办公室，把盖了合格印章的验收证书递给了他。

"小田，知道杨总为什么把任务交给我们了吗？"

"总工这是信任我们。"

"这是其一，国宝的安全才是第一。咱们不怕麻烦，杨总是经常和死神打交道的人，更不可能怕麻烦。有天晚上，我去杨总那儿请教一个设备复检问题，走到门外我没忍心进去，因为从门缝里看见他用一条军用皮带把腰勒得紧紧的，顶在桌角上，疼得直咧嘴，手里的笔还不停地在纸上写着算着。"

"杨总咋了？"

"咋了，一定是他那骨质增生的老毛病犯了。"

"还有次实战演习，有一个爆炸点没有按原定计划爆炸，当时情况十分危险，杨总立即下达命令让我先带人疏散人群，然后自己穿上了防爆服冲进核心危险区域，抢修装备，用了整整4个小时分析、检测、诊断故障，险情才被排除。撤下来的人都清楚，别说是一件防爆服，如果真的发生爆炸，力量足以把两栋楼房夷为平地。"

"许工，我真的想通了。"

"那就好。"

回宿舍的路上，许家刚又用手指了指这连绵起伏的群山。

"小李，你看，这座大山是全世界最美的地方，我们要保卫它，让它永远美丽下去，而大山对我也是有感情的，它也会保佑我们平安顺遂。"

李寒雨把目光投向了群山。

"许工，你说的话，我信。"

受人之托，忠人之事，何况受的是老伙计姜先平的托，忠的是老战友的儿子杜海川的事。许家刚决定带李寒雨到杜海川所在的305哨所走上一趟。

通往305哨所的路蜿蜒曲折，像是一条安睡的巨龙。这条路是官兵们肩扛手挖而成的，当初为了这条路的顺利建成，团里还成立了独树一帜的"常委班"。

团长、政委带头背土、挖地，常委们领头干，官兵齐动手，团长韩宇还托人从山外的农户家买回来一头小毛驴。这头毛驴本事可大了，负重五六十公斤爬坡如履平地，休息的时候领导还组织大家给这头小毛驴起名字。"大山""神剑""白龙马"这三个名字入围，经过大家的热烈讨论，"神剑"最终以绝对优势通过，很快"神剑"就成为这个集体的特殊一员，但是运输任务实在是太重了，有的时候它也罢工，战士们舍不得打它，只好把它背上的石块卸下来均分在肩。"神剑"刚来的时候膘肥体胖，等路竣工的时候，它已经瘦得像一只大个的黄羊。竣工仪式上，战友们还特意为"神剑"佩戴了大红花，喂养它的饲养员王春亮还特意翻了几座山，给它打回了一大竹篓的青草犒劳它，鞭炮阵阵，"神剑"也咴儿咴儿叫个不停。

之前来305哨所时，许家刚也会从山坳拔上几把青草喂喂"神剑"这位有功之臣。大山里的官兵都知道，305哨所的路不好走，车走更费劲，即便是路修上了，也很少有人开车爬这个坡，不是大山里的司机不行，实在是太容易爆胎。有一次，许家刚和刘技术员搭后勤处的车来305哨所测量海拔，结果车爆胎了，而且是四个轮胎分别爆了一遍，结果修理所的同志来来回回跑了七八趟。

本来许家刚和李寒雨这次来305哨所，姜先平要派营里的车送他们，却被许家刚谢绝了。

"姜导，我看还是算了吧，你呀，还是省几个轮胎钱，留着到山下请我喝酒吧，这次我和小李'驴行'。"

"小李，你不比许工，他可是个老山沟。"

"教导员，我也是大山里的一员，男人的世界里就没有'不行'这个词，而且我还非去不可，我新兵连有位战友就分到了这个哨所。"

许家刚和李寒雨从营部出发，顺着公路直奔305哨所，二人边走边聊，从"神剑"一直聊到了"绿剑"。

正是因为环境的制约，"神剑"的作用就越发地突显出来了。哨所的粮秣、蔬菜、生活必需品大部分靠哨所战士从近十公里的山下连队肩挑背扛外，另外的一部分自然就落在"神剑"的身上了。

除了"神剑"，305哨所在编军犬"绿剑"也是赫赫有名。这只"绿剑"在大山可谓是威风凛凛，声震八方。"绿剑"是大山里军犬中的"带头大哥"，实战演习参加过近百次，功勋卓著，和战士一起抓过间谍、偷猎者，咬过毒蛇，吓跑黑瞎子救了战士的命，就连它手下的小弟"蓝剑"黄剑"也协助过地方小城的公安机关破获过贩毒集团。大家都开玩笑说，除非迫不得已，否则"绿剑"绝对不能出山，因为它知道的秘密太多，整不好容易泄密。

许家刚和"绿剑"也是老相识，他们的相识还要从那次特殊武器检修任务说起。当时"绿剑"始终不离杜海川左右，就连放毒蛇，"绿剑"也参与了，其实回头反咬杜海川的毒蛇不止一条，还有两条当场被"绿剑"咬死了。许家刚记得，尽管杜海川处置果断，但是左臂还是浮肿了，被卫生员用担架抬上车的时候，"绿剑"用牙齿死死地咬住了杜海川的衣角，这一幕也是让在场的人感动了好久。

两人经过几个小时的长途跋涉，隐约地看见了305哨楼,擦了擦汗,相视露出了微笑。

"口令！"

"国！"

"回令！"

"防！"

"首长同志，305哨所哨兵于海波正在值勤，值勤情况一切正常，请您指示！"

"继续值勤！"

"是！"

带哨的于海波把新战士徐东叫了过来。

"徐东，你快去电话通知哨长，有首长来视察工作了。"

"是！"徐东刚要跑步走，许家刚示意他站住。

"小徐啊，不用通报，我是你们杜哨长的老朋友，今天刚好有时间，带着宣传处的李记者过来看看。"

"首长，让徐东带您进去吧！"于海波说道。

"不用，这305哨所，我熟悉，正好看看咱哨所的变化。"

"首长，您上次来哨所作报告的时候，我还是个新兵。"

"我记得你，我们汽车爆胎，还是你送的饭，变化真大，两年不见，你个头高了，也结实了，还成了带兵的班长了。"许家刚在于海波的肩膀上拍了拍。

"小徐，你老家是哪里的啊？"

"报告首长，我是河北人！"

"在这里还习惯吗？"

"习惯！"

"你在说假话。"许家刚微微一笑，"你一个北方来的娃，来到这海拔几千米的大山，还要背负训练和工作，肯定吃不消，辛苦了。"

看许家刚如此和蔼，徐东不好意思地笑了，但也打开了话匣子。

"首长，刚开始来的时候，的确不适应，站着都发晕，别说跑步了，鼻子还经常流血，但慢慢地在我们郭鹏副班长的指导下，经常进行有氧训练，现在我不但适应了这里的环境，而且还成了哨所的训练标兵。"

"那我恭喜你啊，小徐。在咱这大山里，好多的战士都和你一样，从不习惯到习惯，从习惯到爱上这里。"

"首长您不知道，小徐还是我们哨所的大学生士兵，在新兵连训练的时候，听说咱大山里有一支英雄的部队，主动要求进的山。”听了于海波的话，许家刚显得很激动，紧紧地握住了徐东的手。

“了不起，你和你郭班长都了不起，有志青年就应该选择这大山，而大山也需要你们这样有觉悟、有知识、有理想的年轻人。”离开时，许家刚向两个年轻的哨兵敬了一个标准的军礼。

“小李，刚刚你是不是想问小徐什么？”

“许工，刚刚徐东说的郭鹏就是我新兵连的战友。”

踏进305哨楼前，突然传来一阵猛烈的犬吠，李寒雨知道，有这气势的应该是刚刚许工说的“绿剑”。顺着声音传来的方向，李寒雨加快了脚步，但眼前的一幕让二人止住了脚步。

威武凶猛的“绿剑”在军用的制式铁笼里朝外狂吠，铁笼的外面拧着铁丝，而“绿剑”狂吠的方向有一个庞然大物在散步。散步的正是毛驴——“神剑”，听到了“绿剑”的猛烈咆哮之后，“神剑”似乎听懂了什么，朝铁笼的方向走去。

来到了铁笼前面的“神剑”，咴儿咴儿地叫了两声，让李寒雨没有想到的是“神剑”竟然用嘴解开了铁笼上的铁丝，没一会儿工夫，“绿剑”就顺利地出笼了。李寒雨当即取出相机，给“绿剑”和“神剑”来了一张绝美的特写。他想，如果不是亲眼看见，别说是山外的人不信，就连几十年的老山沟许工也不相信。眼前的一幕让李寒雨回想起，新兵连时副连长讲的哨所战士和蚊子做朋友的故事。

有的哨所战士，因为寂寞，和叮在皮肤上的蚊子聊天，等蚊子吃饱了才把蚊子放走。听到这个事的时候，李寒雨连连摇头，说是无稽之谈，一定是副连长李鸿刚编出来唬大家的，此刻，李寒雨彻底相信了。

"首长好！ 305哨所哨长杜海川向您报到。"

"海川，咱们快两年没见了吧，不错，还是那么精神。"

"是，两年没见首长了。"

"别叫首长，叫许工，这位是咱军机关的李记者。"

"许工、李记者，真是辛苦你们了，几十里的路。"

"今天我和李记者，特意来看哨所的战友们，也顺便完成一下你让姜教导员传达的任务。"听了许家刚的话，杜海川傻笑了一下。

"许工，教导员都给您说了。"

"说了，不但说了，还公开地贿赂我，送了我半罐子的土蜂蜜，又说了你小杜一箩筐的好话，这忙我是不帮不行了，再说你小杜同志又是我的老朋友，咱团的标杆骨干，于情于理我也得帮。"

"许工，给您添麻烦了。"

"不过我先声明，提亲的忙我可以帮，但是写情书你还是另请高明吧。"

"哎呀，教导员连这个都给您说了，这个是开玩笑的。"

"你们这些年轻人啊，一点儿谱也没有，净拿我们这些老山沟寻开心。不过没关系，你和小王姑娘要是真能走到一起的话，值了。"

"许工，我带你们去哨所后院转转，这两年咱哨所变化很大。"

"刚进哨所的时候，我就发现了，那些根雕和塑像都是战士们搞出来的吗？"

"是，都是原创。教导员说了，到时候选上几件好的作品，拿到军里去参加艺术品评比。"

"应该去评，305 哨所的兵就该文武双全。"

听了许家刚的话，杜海川又是一阵傻笑，好像自己手下的兵真的获奖了一样。

"哨长，怎么没见到郭鹏？"

"李记者，你们认识？"

"哨长，我们是同批兵，也是一个火车皮来部队的。"

"他带队去巡山了，路有点远，一来一回就一整天。"

"没关系，任务第一。郭鹏已经是副班长了？也应该，在新兵连时他就是我们全连的军事标兵。"

"你的这个老乡了不起，也是我们哨所诞生以来首个列兵班长。"

没能见到郭鹏，李寒雨虽然有无限的遗憾，但也未轻易地表露出来，他明白郭鹏和自己一样都在任务当中，于是便岔开了话题。

"哨长，除了训练、巡逻任务，哨所平日里忙些什么？"

"比如今天，大部分新战士都在上政治教育课，还有几个人在输液。"

"输液？谁病了？"

"不，李记者，怪我没说清楚，是给老鹰输液。"

"怎么回事儿？"

"前两天去巡山，在一处峭壁上发现了一只受伤的老鹰，就把它带回来了，已经输了两天了，学过卫训的小陈说，再输一次，就该没什么问题了，准备明天放飞。"

听了杜海川的话，李寒雨点了点头，并把刚才目睹"神剑"放"绿剑"的事情对他讲了一遍。让李寒雨没有想到的是，杜海川并没有什么特别的反应。

"李记者，'神剑'和'绿剑'这老哥俩感情好着呢。"听了杜海川的话，李寒雨顿时明白了，看来这种事并不是第一次发生。

哨所办公室内，哨长提出了请求：

"许工，想麻烦你一件事。"

"只要不是写情书。"

"哪能呢，哨所分来的大多是'80后'的新战士。您是大山里的英雄人物，平时想请您都请不来，今天赶上了，您就给战士们讲一课吧！"

"没问题。"

看许家刚答应了，杜海川很激动，因为在平时，大家也只能在报纸上看到他的事迹。

会议室里正在组织学习的值班员，看到哨长正陪着一位上校在门口，立即起身报告。

"起立！立正！首长同志，305哨所全体新战士正在组织政治理论学习，请您指示！值班员，宁海滨！"

"坐下！"

"是！"

等战士们都坐下以后，杜海川走到了讲台前。

"大家有没有觉得这位首长很面熟？"听了杜海川的话，下面开始窃窃私语。

"不会是前天早上咱们在《火箭兵报》上看见的那位首长吧？"

"好像也上过《解放军报》。"

"《长缨》杂志上也见过。"

"是许工程师！"有的战士已经认出了许家刚。

"对，这位就是我们的神宫特护师，许家刚工程师！"掌声如雷鸣般地响了起来，在杜海川示意下大家安静下来。

"今天，许工程师和军机关的李寒雨记者专程从营部赶来看望大家，让我们以热烈的掌声欢迎他们的到来，并请许工给我们授课。"

许家刚看着台下一张张朝气蓬勃的脸庞，看着一双双炯炯有神的眼睛，满心的欣慰，朝大家行了一个标准的军礼。

"大家好，我是许家刚，是你们哨长的老朋友，是在座的每一位国宝卫士的战友。新战友们，刚刚我和你们哨长聊天，他对我说，每天晚上他在查夜哨的时候，总会发现有的战士说梦话，梦话的内容是什么呢？是'班长，我想家！'先是班长再是家，这说明什么呢，说明大家已经把班长当作了亲人，把大山当作了自己的第二个家，这不容易啊，你们辛苦了。"

新战士们听了许家刚的话，精神振奋，屋里再一次响起了热烈的掌声。

"不瞒大家说，看到你们，我仿佛看到了三十多年前的自己，也想起了我的班长，想起了我的战友们，也许这个故事你们哨长听说过，它就真实地发生在我的身边，每一名大山的官兵都应该记住，曾经有这样的先烈为了国宝的安全，宁愿将血肉之躯长眠于青山，把灵魂永远驻扎于神宫。"此时此刻，许家刚已经眼含泪花，会议室顿时安静下来，空气似乎凝结了，战士们的呼吸声似乎都那么小心翼翼。

让李寒雨没有想到的是，许家刚讲的故事，竟是新兵连紧急集合自己和郭鹏弄虚作假被抓时，李鸿刚讲的"洞口五壮士"的故事。

"我经常梦到他们，二十多年了也忘不了，特别是我那班长，洪水来袭前他还跟我说，再有两个月他就要当爸爸了。"讲到这里，许家刚有些哽咽了。讲台下还是一样的安静，只不过新战士们略显稚嫩的脸庞上多了两道泪痕，特别是杜海川甚至哭出了声。

"战友们，作为一名军人，无论在任何岗位上，对党的忠诚，对国家的忠诚，是不容动摇的，尤其在这大山里，忠诚就是我们的信仰，任时代如何更替，信仰的传承不会止步，用热血和生命铸就的精神的发扬不会止步——"

授课结束之后，文书拿来了相机，许家刚和李寒雨在305哨所留下了一张宝贵的合影。吃过午饭后，许家刚和杜海川约定在张晓东婚礼那天，带他去提亲。杜海川也转达了王大成对许家刚的问候，这让许家刚激动了好一会儿，对身边的李寒雨打趣道：

"这老王不仅做得了秀才，做月老也不含糊。"

"月老和媒婆也是战友。"

下午，哨兵报告说营部派车来接许高工和李记者回营，305哨所的全体战士列队欢送了许家刚和李寒雨。而毛驴"神剑"和军犬"绿剑"也在欢送的队伍当中。临上车前，李寒雨把在山外特意买的保温杯托杜海川转交给郭鹏。

第十三章
百年好合

　　百合花酒店的大厅内座无虚席，祝福的鲜花簇拥成欢乐的海洋，就连酒店的工作人员和一些陌生顾客，也为这大山的军人再续姻缘送上了深深的祝福。

　　张晓东夫妇把婚礼放在了上午举行，为了沾沾战友的喜气，李寒雨还捞到了和迎亲队伍一起放鞭炮的好彩头。

　　许家刚在为张晓东夫妻证完婚之后，送上了自己最真挚的祝福。

　　"刚刚王政委的祝福已经代表了我们大山深处全体官兵的心声，借这个机会，我还要道三声感谢：感谢张晓东的父母，养育了这么好的儿子，扎根深山矢志奉献；感谢人民医院的医生张璐和她的父母，感谢张璐这位漂亮、善良、了不起的女孩选择嫁给我们大山军人，感谢张璐父母的理解和支持；最后要感谢大山，感谢大山保佑这一对佳

偶永结同心。"许家刚送完祝福,掌声如潮,一直为大山军人做婚礼的地方司仪小刘笑着对身边的李寒雨说:

"兄弟,这当兵的讲话水平挺高,快抢我的饭碗了。"

"这当兵的可是干大事的人,他可没工夫和你抢饭碗。"听了李寒雨的话,小刘闹了个大红脸,暗想,这当兵的说话真直。

并不是李寒雨讲话直,而是他故意要这么讲,司仪话中"当兵的"一词让他听了不舒服。"当兵的"三个字如果是乡亲们讲的,会显得很亲切;如果是军人自己讲的,那是自谦;如果当作职业讲出来,多少显得有些不够郑重。如果不知道职务至少称呼个"军人"也算是一种礼貌。

席间,许家刚把姜先平悄悄地拉到了一边。

"姜导,是时候让政委兑现承诺了,一会儿你要代我和他多喝几杯,你知道我下午还有重要任务。"

"你放心吧,政委这儿交给我了,不过嫂子那儿是不是你得亲自去。"

"你提醒得对,不愧是政治教导员。"许家刚端着酒杯来到了爱人李雅萱的席上。

看见许家刚来了,李雅萱的这些老同事,纷纷端起了酒杯,要和这大山里的骄子喝上一杯。

"老许有胃病,不能喝酒,这杯酒呀,我代他喝了。"李雅萱连忙替许家刚打圆场,除非是有什么特殊的事,搁在平时许家刚的确是不喝酒的,但今天不知道怎么了,许家刚自己竟主动倒上了一杯。

"雅萱啊，今天在台上我本来想说四句感谢，但想了想，还是要当面感谢你，感谢你这位最美丽的红娘。"

许家刚和杜海川来到在大厅沙发上打盹的李寒雨面前，轻轻地拍了拍他的肩膀。

"小李，休息好了我们就出发吧。"

"许工，我就不去了吧。"

"你不是找素材吗？素材来了，你却不去？"

"李记者，正好你也给我的爱情做个见证。"看杜海川如此一说，李寒雨也不好再推辞。

"师傅，咱去滨河小区，6栋。"

"哨长，这小区我知道，是这座城市为数不多的别墅群小区。"

"李记者，她家我也是第一次去，我在乎的是熙若本人。她是比尔·盖茨的女儿也好，洪七公的传人也罢，我杜海川这辈子娶定她了。"

"这话你别对李记者说，还是一会儿见了小王亲口告诉她吧。"

"许工，这次您一定帮我过关，我现在手心里全是汗。"

"去相亲是吧，这位解放军同志长得这么帅，肯定能成，没问题！"出租车师傅也在一旁插起了话。

"借你吉言！只要能成，以后再来市里，我不坐公交车了，出门就打出租。"

"解放军同志，你打出租固然好，关键是你打不打我的出租。"出租车师傅的一番话，逗得几个人哈哈大笑。

"你们是空军还是陆军，我经常拉陆军。"

"师傅，我们是武装部的民兵。"许家刚当即止住了笑声。

"民兵也是兵，小伙子你老爸可是够严谨的。滨河小区到了，祝你们马到成功！"

李寒雨想，看来出租车师傅把许家刚当作了杜海川的父亲，而许家刚充当的正是长者的角色，许家刚是大山里的元老，分量足，一直以来他还是杜海川的偶像，更重要的一点原因是杜海川是个孤儿。

这些都是从305哨所回营部后，许家刚讲给李寒雨的。

杜海川的母亲在生他的时候，难产死了，而他的父亲就是洞口五壮士之一，是许家刚的排长杜天河。正因为如此，许家刚在给哨所的新战士讲五壮士的故事的时候，杜海川才会泪如泉涌。杜海川是姜先平受组织的委托接到部队的烈士子弟兵，直到提亲前不久，姜先平才把这件事情对许家刚和盘托出。李寒雨帮忙从出租车的后备厢里拿出了礼品，杜海川还把一个黑色的公文包提在了手里。

"哨长，包里是什么？"

杜海川神秘地一笑，"重要资料。"为了杜海川的婚事，许家刚和姜先平可谓下足了血本——珍藏了几十年的茅台酒和价格不菲的"棒子"都拿出来了。开始的时候，杜海川还准备用自己攒了近十年的工资给这些宝物估个价，结果被许家刚和姜先平两人训斥了一顿，只好又把钱乖乖地收了起来。

王熙若家的别墅里，停着两辆黑色奔驰轿车。院子里还有几个工人在修剪草坪、整理花园，四层的小别墅被这些园景一衬托，霎时间有点梦幻庄园的感觉。

许家刚和李寒雨对视了一眼都很高兴，烈士的遗孤找了这么好的一个归宿，也许是上天的另一种安慰吧。

"小杜，你这未来的岳父是干什么的，该不会真是比尔·盖茨吧？"

"我也不知道，之前听熙若提过，说她爸爸是一家企业的老总，许工，要不咱改天再来吧，我怕政委找您有事。"其实杜海川就是不说原因，许家刚也明白，杜海川这是自卑了。但是许家刚有自己的想法，只要这两个孩子是真心相爱，任何阻力也是分不开他们的，即便真的因为家庭原因迫使两个孩子分开，早分开对杜海川也许是一件好事。

"我来提亲，是经过政委批准的，车上的勇气去哪儿了？非要人家小王是洪七公的传人才敢上去提亲是吧？"

听了许家刚的话，杜海川脸一红争辩道：

"许工，有你在前面领着，我冲锋就是了，上战场我都不怕，还怕这。"

"这才是军人。"

李寒雨特别想泼一瓢冷水，这个场可比战场复杂，战场上勇为主，谋为辅。这个场不仅要有勇有谋，还要两情相悦，但这些话李寒雨硬生生地忍住了。

开门的是一位气质妇人，看到门口站着几位穿着笔挺军装的军人，有些惊讶。

"请进，请进！"

"刘阿姨，再倒三杯茶来。"气质妇人对一个腰上扎着白色围裙的中年妇女说。看得出来这个气质妇人应该就是这栋别墅的女主人。

客厅里还有两位客人，看意思是一对父子，两个人都是西装革履，一身的名牌。看到许家刚、杜海川、李寒雨三人进来，也是显得有些意外，从沙发上站了起来。

果然，还没等杜海川自我介绍，女主人已经伸出了手。

"你是小杜同志吧，我见过你的照片，也经常听熙若聊起你。"

杜海川连忙伸出双手。

"阿姨好，我是杜海川，我也是经常听熙若提起您，没想到阿姨这么年轻。"

"都长白头发了，这两位是——"

"这位是许工程师，是我爸生前的老战友，也是我的老领导，这位是我们部队的李记者。"

"你好！许家刚，小杜目前的监护人。"许家刚的幽默让女主人露出了笑容，看情形她早就知道了杜海川是个孤儿。

"阿姨好，我是杜哨长的亲友团成员。"在来之前，李寒雨便为自己定位好了身份，不然会很尴尬，但当他发现客厅里还有两个陌生男子后，便不觉得尴尬了。

"许工程师你好，为了孩子们的事让你操心了。我来介绍一下：这位是张云海，熙若的大学同学；这位是张云海的父亲张铁柱，张氏钢铁的张总。"几个人寒暄一阵坐了下来，刘阿姨端来了非常考究的茶具。

从茶具上看，李寒雨不但感受到了王家对这次提亲的重视，也感受到了大户人家待人接物的讲究。

"熙若和她爸爸去超市了，马上就回来，我先去厨房看看，你们先聊。"

一进门许家刚就感觉不对，通过介绍，他更加坚定了自己的想法。这对父子不是普通的客人，弄不好也是来提亲的，意识到了危机，气氛也变得紧张起来。

作为亲友团一员的李寒雨也犯起了嘀咕，这是墨菲定律还是纯属巧合，再或者是王家的有意安排，来次现场版的非诚勿扰淘汰赛。但愿哨长是为爱而来的唯一男主角。现实中很多事情都这样，你看着像导演排练的，殊不知这个导演是"天意"或"命运"。

当熙若母亲从厨房再次出来，许家刚刚要说点什么，张铁柱抢先说话了。

"老姐姐，小海和你家熙若是大学同学，我和你家老王也是多年的生意伙伴，咱们两家也算是知根知底、门当户对，小海非常喜欢你家熙若，他俩这门亲事你觉得怎么样？"

"老张，我原本想等老王他们回来，让他们来和你谈这个事，既然你把话都说开了，那我就说两句。这位部队的上校也是来提亲的，我听熙若说，她和小杜已经恋爱3年了。"

"老姐姐，这事我早听小海说了，既然赶上了，我就直言不讳了，这位解放军同志并不适合你家熙若。熙若这孩子从小就在优越的生活环境和良好的教育环境下成长，而这位杜同志是个当兵的，而且还是大山里的兵，根本给不了熙若想要的生活。"

张总的话带着火药味，不但许家刚听出来了，就连王熙若的母亲也觉得非常尴尬。许家刚微微一笑，刚要说点什么，张总就示意他儿子从怀里掏出了一颗鸽子蛋钻戒放在了桌上，阳光的反射下，钻戒发出了耀眼的光，直刺杜海川的心。

这个时候，门铃响了，熙若母亲连忙起身："一定是老王他们回来了，几位先坐，我去开门。"果然是王熙若挽着父亲王明国回来了。

看到这父女俩手里提着的两大袋子菜，杜海川心里没那么紧张了，因为他发现王熙若袋子里边的菜全都是自己喜欢吃的。基本上可以确定，张家父子来提亲，熙若一家人并不知情，只是碰巧赶上的，城市就这么大，发生点电视剧里才能出现的剧情也是可以让人接受的。大家都不约而同地站了起来。

王熙若看到杜海川以后，难为情地低下了头。这是她在父母面前的矜持与羞怯，而这一切许家刚都看在了眼里。王明国脚还没有踏进客厅，就已经哈哈一笑，早早地把手伸了出来。

许家刚和张铁柱同时伸出了手。

"老许，怎么是你呀！欢迎！欢迎啊！"一旁的张铁柱尴尬地把手收了回去，大家都没明白，原来熙若的爸爸和许工是老相识。

"你好，王总，好久不见。"许家刚的口气完全是老朋友之间的相互问候。

"爸爸，他就是海川。"王熙若连忙指着一旁的杜海川向王明国介绍。

"叔叔好，我是杜海川。"

"小伙子很精神，经常听丫头提起你。"和杜海川、李寒雨打完招呼后，王明国才把手伸向了张铁柱和他的儿子。

"张老弟，什么风把你们父子吹来了？"

"这不是你侄小子非要来找他的老同学熙若坐坐，我就陪着来了。"王明国哈哈一笑想说点什么，却被熙若母亲叫到了厨房。

"老王，你和熙若把菜拿厨房来。"

从厨房出来的王明国明显没有刚进门那样从容了。

"难得今天我们大家聚到一起，不谈别的，好好地喝上几杯。"

这个时候，许家刚站起来了。

"王总啊，喝酒重要，可还有件事更重要，今天我和张总一样，是带着任务来的，是代表海川家长向你提亲来的，尽管比张总晚来一步，但我还是替海川感到高兴，张总带他的儿子来向你们提亲，说明熙若这孩子优秀。"

"杜海川！"

"到！"

"记住你许叔一句话，你和熙若要真是有这个缘分，一定不能辜负人家这么好的姑娘，将来你有什么对不起熙若的地方，许叔第一个就不答应。"

"许叔，我会一辈子对熙若好。"杜海川铿锵有力的回答，让王熙若和张云海同时低下了头，虽然同样是低头，但内涵却不同。

许家刚显然还没有完全表达出自己的想法，顿了一顿把目光转向了张总。

"我想借着张总刚才说的话谈谈自己的看法。"

"我们解放军是党的队伍，人民子弟兵的宗旨，就是全心全意为人民服务，全军上下两百多万的战友，岗位不同，分工不同，职责不同，坐在办公室的首长是为人民服务，在一线执行任务演习的战友是在为人民服务，甚至在猪场喂猪的战友都是在为人民服务，我们在大山里跑步、抢大锤同样也是为人民服务。在我们军人的眼里，只要能为人民服务，任何岗位都是值得的。"

"王总，几点了？"许家刚突然把话锋转向了王明国，大家都不知道许家刚葫芦里卖的什么药。

"三点一刻。"

"家里电视有央视七套吧？"

"有，军事频道，我们全家都很喜欢看。"王明国随手把茶几上的遥控按了几下，大尺寸、高清晰的墙挂彩电开启，央视七套节目主持人熟悉的声音随之响起。

"这是我们小李记者拍的大山纪录片，央视采用了，请各位欣赏一下。"

中国人民解放军第二炮兵，按照核常兼备、有效射战的战略要求，实现了由单一核部队向核常兼备、驻定阵地作战向机动作战发展，战略核反击和中远程精确打击能力明显增强，成为国家安全和发展的战略支撑和坚强后盾。

但是，您可知道这支威武之师背后，又有多少为共和国导弹事业鞠躬尽瘁的国宝英雄，作为全军43种革命精神之一的发源地，第二炮兵某部官兵居深山初衷不改，护国宝临危不惧，爱阵地生死相守，他们用热血浇铸神宫，用生命抒写忠诚，用大爱描绘人生，请观看本台专题节目《大山里的守卫者》。

"妈妈你看，那是许叔叔，那是海川！"看见电视里出现了许家刚和杜海川，王熙若掩饰不住内心的激动，喊了起来。

在高原戈壁之上、在沿海荒滩的某一角，有一大批像这样的国宝卫士，他们隐藏了情感，奉献着青春，以己之无名铸造着倚天长剑的威名，心中有爱，鸿雁万里传情愫，口无言，大爱无疆铸辉煌。9月12日上午，总部首长决定给该部记集体一等功，并为先进个人颁发了奖章。

这是一个特殊的英雄团体，这是一个无名的英雄团体，这是一个寂寞的英雄团体，这是一个伟大的英雄团体！他们把忠诚镌刻在大山，把无悔挥洒在阵地，请铭记这大山里的守卫者——

"许叔叔，您上台领奖的时候，好酷哦！"

许家刚摇了摇手。

"张总，本来我是想和海川回去在部队的政工网上看这段视频的，既然大家聚到了一起，多了解一下我们军人也好。我想说，祖国不会忘记我们，人民不会忘记我们，对于我们来讲这就足够了。他的父亲、我的战友，就是为了共和国导弹事业牺牲的革命烈士。是，我许家刚无法替他的父亲下百万的聘礼，也买不起豪华的钻戒，但我知道，物质基础也许能影响生活品质的高低，但它绝对不是评判幸福指数的标准，爱情不是能完全用金钱衡量的。"

"杜海川，我军优秀的士官人才，大学生士兵，两次荣立三等功，班长骨干提的干，他日后在其他的领域怎么样我不敢保证，但我敢保证的是他是一个好兵，一个负责任有担当的男人。"说完这些话，许家刚从容地坐了下来。一旁的杜海川从沙发上拿起了背包。

"叔叔、阿姨，我对自己的将来有信心，我爱熙若，我也爱大山，你们不知道，在大山里有一尊女性的雕塑，她很美，和熙若一样美。每当我想熙若的时候，我就会把心里话对她说，她总是静静地听，从不嫌我烦。也不怕大家笑话，我以前写作文水平一般，上学的时候语文经常不及格，但自从和熙若恋爱以后，我的写作水平提高了，就在前不久，我写的散文《大山的眼泪》竟然还被军报刊登了，熙若，我今天没有给你带来钻戒，我给你带来了这个。"杜海川打开背包，里面有一个心形盒子和七个厚厚的笔记本。他取出了心形盒子，里边装满了鲜红的枫叶，枫叶上写满了密密麻麻的文字。

"熙若，我们恋爱三年了，每天我都会在大山里为你捡上一片枫叶，每片叶子上都写着我想对你说的话，这七个本子是我为你写的日记，里边有大山里有趣的事，有我们的甜蜜，有我对你的歉意，你和我在一起，委屈你了。"许家刚红着眼眶抬头看了杜海川一眼，心想，这就是独属于我们大山里的战士的浪漫，有这心思居然还找我帮忙写情书……

看到这一幕，李寒雨也蒙了，这惊人的巧合再次上演。这种事自己在新兵连时也干过，只不过自己把这些爱的"遗产"留给了郭鹏。冥冥之中，大山里的军人对于爱的浪漫输出都有这个传统。

"许叔，您别看我，里边的内容不涉密。"本来接过枫叶和日记的王熙若已经哭得不成样子了，但听杜海川这么一说，很快就破涕为笑，客厅里的气氛也显得融洽了许多。

王明国紧紧地握住了许家刚的手，说道："这两个孩子，有缘分，走到一起是天意。"

"老王说得对，今天我们提前喝喜酒，给两个孩子祝福。"张铁柱不愧是企业家，台阶找得丝毫没有违和感。

"张总，不醉不休。"

"许老哥，怎么还张总张总的。"

"对，应该是张老弟。"

张云海也趁机收起了茶几上的鸽子蛋钻戒，握住了杜海川的手。

"兄弟，熙若我们四年同学，今后我会把她当妹妹看，她能找到你这样的男人，我替她高兴，能认识你这样的兄弟，我自豪！"

"张哥，一会儿我和熙若一起敬你一杯！"

"你们小两口，这么快就形成统一战线了。"

王熙若显得很不好意思，轻轻地捶了杜海川一下，拉着他进了厨房。见证了这一切的李寒雨也算是松了一口气，这当兵的提个亲和打仗一样，幸亏许工有经验，打的是有准备之仗。在祝福杜海川哨长提亲成功的同时，李寒雨更想知道，这个王总是怎么和许工认识的。

"我和许老哥认识的时候，还是在 20 世纪 90 年代，当时我在一家机械厂做负责人，刚刚接手这个厂的时候，整个厂就是一个烂摊子，只有几个车间在正常运行，大部分车间几套近千万元的生产设备故障，系统基本上是瘫痪状态，当时我那个急啊，要这么下去，厂子非破产不可，找来一大批的国内外的专家、维修人员都束手无策，当时厂里的几个主要领导研究了，谁要能把这几套设备修好，我们付两百万的维修费。最后我们向当地政府寻求帮助，通过军分区找到了驻地的军队，军方就派来了许老哥和几个助理人员。"

"说句实话，你许老哥别介意啊。"

"好，你尽管说。"

"你们刚来的时候，我们真没抱太大的希望，还以为，你们也就是碍于情面，走走过场呢。后来啊，老张，我跟你说，这几个当兵的真不简单，除了吃饭、睡三五小时的觉，其他时间都是在车间连轴转，有的时候还熬通宵。"王明国接着说。

"我们几个负责人研究了，这些军人不像之前来的那些所谓的国内外知名专家，吃住讲档次，工作讲价钱，还一肚子的怪话，所以不管设备修好修不好都要给一定的劳务费。"

"半个月的时间，近千万元的设备修好了，可以直接投入使用，可许老哥劳务费分文没取。"

不要报酬这种事让张铁柱很震撼。

"许老哥，我再敬你一杯！"

"老张，先别忙，听我讲完，后来我们几个厂里的领导想把许老哥留在厂里，想了好多的招儿，甚至把工作都做到他老家了，给他老家的弟弟户口农转非，安排工作，给许老哥处长的职务和一套四室两厅的商品房，年薪 50 万邀许老哥加盟，人家许老哥就是不答应，当时我都急了，我说，许老哥你不答应，你总得给我个理由吧。"

"老张，你猜许老哥怎么说？"

"怎么说？"

看得出来，不仅张总，在座的每个人都想知道，包括李寒雨。

"许老哥说，没理由，我是大山的一个兵，我得回大山。当时我们在场的几个领导彻底服了。"

"老王，你的记性可真不错，这事我都忘得差不多了，不过你老王我记得可是清楚得很啊，还让全厂的领导、职工列队欢送我们，我们可是拿了你们不少的锅盔和大枣。"

"许老哥，因为熙若和海川这两个孩子，让我们老哥俩十年之后再相逢，这是什么啊？这就是缘分。"

"那你们老哥俩为缘分单独喝一杯。"张总也被带入了情节。

"张总我提议，还是让大家共同为这大山里的兵干一杯。"

"好！为了大山里的兵，干杯！"

晚饭结束后，王明国让司机送张总父子，他们今天喝了不少。王海祥也早早地派来了司机在门外等着许家刚，看了部队挂着红车牌的越野车，张总父子发自内心地感叹，比咱家的奔驰大气多了。

杜海川被王明国夫妇硬是留在家里，开始的时候，杜海川还有点不好意思，被许家刚瞪了一眼，才勉强答应了。

张总的确是喝多了，临上车前，紧紧地抱住了许家刚。

"许老哥，老王十年前太抠了，要我怎么也给你500万的好处费。"

许家刚只是笑了笑，把张总扶上了车。

送走张总父子后，王明国不禁伸出了大拇指。

"许老哥，你可真有量，十年前我可不知道。"离开王明国家的小区没多远，许家刚突然让司机停车。

在路边，许家刚开始翻江倒海地吐了起来，一旁的李寒雨都不忍心看。

许家刚接过李寒雨递过来的矿泉水漱了漱口，感觉舒服多了。

"海川这傻小子，还害羞呢，就这还敢吹牛说去比尔·盖茨家都不怕呢。这姜导也挺有意思，为了给我们撑门面，把政委的坐骑都给弄来了，虽然过程有点复杂，总算大功告成了，得赶紧把这个好消息传递回去，让他们也乐一乐。"

山里的喜事接二连三，没多久，许家刚晋升大校的命令下来了。

月光下，肩上佩戴了两杠四星的许家刚坐在了女神面前，皎洁的月光和闪烁的星光形成了一道不易让人察觉的光环，光环环绕在女神周围，像一条舞动的彩带，镶嵌在她与大山之间，与大山紧紧地连在了一起。

"女神啊，肩膀上的星星多了，我压力更大了啊！组织给得越多，我对组织亏欠就越大，以后我得更加努力地工作才是啊，组织对我的恩情，能多还一点儿，就多还一点儿，别等有一天想还却还不了了，干着急啊。"

"小李，今天不仅是我和你嫂子结婚30周年的纪念日，也是我和这尊女神雕塑进山的33周年纪念日，没什么特殊的礼物送给她们，写两首诗歌，你听听。"

"许工，祝福你，也祝贺你，你说，我听，顺便学习。"

挂着雨伞寂寞的墙，对着打开许久的窗。

望着雨滴编织的网，泪水悄悄滑出眼眶。

孩子酣睡口水流淌，而你的目光在凝望。

凝望着大山的方向，想象着山中的营房。

营房里有属于你的肩膀，你却无法依靠只有自强。

营房里有属于你的情感，你却无法释怀只能隐藏。

不知道是谁赐予你力量，让你扛起持家的重担。

不知道你为了谁而倔强，宁愿承受委屈对外人说谎。

说你一点儿都不寂寞，说自己清净得像百合花一样。

说你一点儿都不劳累，说磨砺会让自己散发独特芬芳。

只有夜知道，你因为操劳又消瘦了脸庞。

只有夜知道，你一次次抚摸我的军功章。

只有夜知道，每个礼拜天你都要到院子徘徊几趟。

难为你了，这三十年的时光，小萱，我最爱的孩子他娘。

"女神啊，下一首送给你，这首诗歌是我代表大山里的官兵，写给你的。"

你是我的爱人，不忍我难过，用多情的眼神给我温存，不论是夜晚还是清晨。

轻抚着你的秀发，掩藏了疲惫的心，我把青春都留给了大山，你不要笑我笨。

你轻轻地给我吻，说喜欢我纯洁的灵魂，只有对祖国忠诚的男人才更有责任心。

你是我的母亲，担心我着凉，用慈爱的脸颊给我阳光，无论秋冬与春夏，凝望着你的容颜，不敢说伤痛，你说我的无奈你都懂。你深情地叮嘱我，身上的使命千金重，踏实工作听党号令，你就会有笑容。

　　你是永恒的女神，守护着这些大山里的男人，为了祖国安宁甘愿在寂寞里扎根，我深情地仰望着你，用生命融化风雨，呵护你的躯体，留住你永远的美丽。

第十四章
军人情更深

　　"老许，先平，任务完成得不错，同志们反映，张晓东在吴志平的帮带下，进步很大。"

　　"政委，这是吴参谋工作有经验，有能力，晓东同志爱一行专一行，肯下功夫。"

　　"忠孝两难全，如果吴参谋后院没起火就好啦。"

　　"团里不是又派工作组了吗？"许家刚不禁问道。

　　"连续五个工作组，都没什么进展。听工作组的同志反映，吴志平妻子李海翼同志，什么问题也不要组织解决，她的条件也简单，要么吴志平转业，要么离婚。"

　　"政委，那吴参谋是什么意见？"

　　"两年前，他跟我提过一次转业的请求，当时我让他再考虑一下，之后，他就再也没有提过了。吴志平同志对妻子感情很深，但他对大山、对国宝同样有着特殊的感情。"

"政委，要不我和姜导再去试试吧，万一事情还有转机呢。"

"原本是准备让你们两个去的，但是现在已经没这个必要了。李海翼同志已经向法院提起了离婚诉讼，我今天叫你们两位来，就是要让你们陪吴志平去法院，做好他离婚后的工作，拜托了。"王海祥一声长叹，眼泛泪花。

"放心吧，政委！"

这也是李寒雨生平第一次去法院，他此时的心情也很沉重，因为吴参谋的今天很有可能就是很多大山里军人的明天，也包括自己。

法院外，吴志平的表弟徐涛也来了，他还是当地比较有名的一个律师。

"表哥，像你这种情况，只要你不同意，不在离婚协议书上签字，她就离不成，军婚是受法律保护的。"

李寒雨发现，吴志平咬了咬嘴唇，已经干裂的嘴唇不断地沁出血滴，脸部有些抽搐。

"你表嫂没做错什么，捆绑成不了夫妻，离吧。"

庭外调解，李海翼有意给吴志平一次机会。

"志平，只要你现在答应我转业到地方，咱们还是夫妻，我还一心一意地跟你过日子。"

吴志平努力地不让眼泪流下来，从牙缝中挤出来几个字。

"办手续吧！祝你幸福！"

李海翼在签完离婚协议书之后，受了刺激，当场休克，被抬上了救护车。这一切大家看在眼里，却无能为力。

深夜，团部会议室的灯还亮着，团长韩宇、政委王海祥等几大常委悉数在场，许家刚和姜先平、李寒雨也列席其中。

听了许家刚的汇报，会场很静，空气像是被瞬间凝固了。团长韩宇轻轻地咳嗽了一下，首先打破了这沉默。

"老许，先平，你们做得对。这段时间，让志平同志在医院好好地照顾李海翼同志。吴志平同志的工作先让张晓东同志接手吧。"

"可是，团长。"许家刚刚要说什么，韩宇摆了摆手。

"老许，你想说的，也是我们大家所担心的，对于吴志平同志来说这不公平，等他从医院回来，他就是一个没家的男人了。"

政委王海祥接过了韩宇的话。

"两年前，为了任务我们留下了吴志平同志，但是现在张晓东同志已经逐渐接替了志平同志的工作，我们还有什么理由再抓着他不放呢。"

"政委，不是放不放的问题，我担心的是志平同志过不去他自己这一关，咱们放了他，他是否能放得下这大山，谁来做这个工作。"

"我来！"

"我来！"——常委们纷纷表态，有的常委甚至是吼出来的。许家刚和姜先平虽然不是常委，但也不甘落后，也表示愿意来做这个工作，意见统一了，现场的气氛热烈起来。

"对，为了让这小两口能破镜重圆，我们就像当初给李海翼同志做工作那样给志平同志做工作。大家集体来！"团长韩宇拍了板。

吴志平转业离开的那一天，几大常委都到齐了。

"志平同志，你还有什么要求？"韩宇代表组织发了言。

"团长，能不能在一会儿出山的时候，车开得慢一点儿。"吴志平的话让众人都不禁热泪盈眶。

当车路过女神雕塑的时候，吴志平下了车，朝着女神敬了最后一个军礼。

时间过得可真快，李寒雨进山也几个月了，因为对山外的环境熟悉，每次许家刚下山都会带上他，说是请他做向导，但是李寒雨明白，这是许家刚的变相关心。

这天，许家刚带着李寒雨在八一招待所看望了王大成后，还有大把的时间，决定去滨河公园溜达一圈。在公园的报亭处，许家刚指了指冰柜。

"喝什么，我请客。"

这些年净是请别人了，被大校请客也是一种荣耀，于是李寒雨也没推辞。

许家刚选了瓶矿泉水，李寒雨选的露露。

"小李，这喝矿泉水啊有三个好处：第一，解渴，老少皆宜；第二，有档次；第三，矿泉水瓶可以回收利用。"

"许工，我喝露露只因它好喝，如果还有点其他的情结的话，是因为它是我家乡的特产。"

李寒雨痛饮完准备把易拉罐扔进垃圾桶的时候，一个熟悉的声音传来。

"同志，把瓶给我吧。"

"好。"当看到伸手接瓶的人是吴志平后，李寒雨的手像触电一般缩了回去。

"吴参谋，怎么会是你？"吴志平的出现让许家刚也感到震惊。

"志平，这怎么回事儿，你不是转业到一家国企了吗？"

"是转了，许工。"

"企业破产了吗？"

"没有。"

"到底怎么回事儿？"

原来吴志平和李海翼复婚后，没过多久，李海翼怀孕了。

吴志平为了让孩子能有更好的生活，放弃了在家休整一段时间再上班的想法，想早点投入到工作中去。

转业办的同志也知道吴志平是军队转业来的优秀军官，很热情地接待了他，并让他回家等通知，离开时转业办的张副主任还特意送他到大门口。

可两个月过去了，工作一直没有落实。于是吴志平就再次找到转业办的张副主任问工作的情况。张副主任还是让他回家等消息。

几天后，张副主任的来访彻底击碎了吴志平的梦。吴志平没有被录用。张副主任拿来 20 万元，15 万元是转业费，剩下的 5 万元是企业给的。企业给出的解释是，优先录用转业军人的确是企业的用人原则，但是必须符合企业的应聘标准，吴志平的档案除了基本的资料之外，空空如也，企业不相信，一个在部队服役了十几年的军官，评功授奖几乎为零，无论转业办的张副主任如何解释，企业的人事部都不予接受，考虑到企业与转业办之间的合作关系，企业让财务部多拨了5万元，拒绝了吴志平的择业请求。

张副主任走后，怕妻子担心吴志平撒了谎，说张副主任是来通知他明天上班的。

第二天一大早，吴志平早早地就起了床。可没想到李海翼起得比他更早，并且还给他端上来一碗热腾腾的肉丝面。

香喷喷的面，吴志平吃着却索然无味，但妻子的爱，却让他心里暗暗发誓："老婆，曾经的我是一名军人，是大山里的军人，无论遇到什么事，我也决不退缩，我会给全家人一个幸福的未来，因为我的脊背是大山做的。"想到这儿，一大碗肉丝面一会儿就被吴志平吃完了。

西装革履的吴志平在离开家不久后，凭借自己过硬的身体素质和良好的交际能力，很快就找到几份兼职的工作，但大部分是体力活，出门时的这身装束显然是不合适的。左顾右盼的他最后进了附近的商场，在商场的试衣间里换了一身运动装和一双运动鞋出来，看得服装店老板目瞪口呆。和服装店老板道过谢之后，吴志平走出了商场。干完这几份兼职的工作后，吴志平看时间还早，又到商店买了一副塑胶手套和一个口罩，开始到市里的各个公园去捡水瓶。

晚上回家的时候，吴志平把白天干活穿的行头放在了门卫大爷那儿，叮嘱大爷一定要替自己保密。

由于这一段时间以来，吴志平经常在商场换衣服，引起了服装店老板的注意，在老板的一再追问下，和老板简要讲述了一下自己的境遇。服装店老板除了敬佩还十分感动，当即表示录用吴志平，让他负责采购。这样一来，吴志平的工作相对固定了一些，加上打点小零工，卖点废品，一个月下来也能拿到四五千块钱。吴志平把这些钱存到了存折上，交给了李海翼。激动的李海翼在吴志平的脸颊上轻轻地吻了一下，吴志平心想，有老婆这一吻，值了！

一连几个月，吴志平自认为做得神不知鬼不觉，可是再完美的计划也怕碰上巧合。

那一天，李海翼随吴志平的姐姐吴晴去商场购买儿童用品。在商场里，李海翼看见了吴志平的背影。她支走了吴晴，整整一天都跟在了吴志平的身后。在吴志平做完商场的工作后，她又尾随他去了公园。当她看到吴志平在公园戴上口罩和手套，弯腰捡水瓶的时候，跑到他的身后，抱住他痛哭起来。

吴志平知道已经穿帮了，顾不上周围人的诧异的目光，把妻子揽在了怀里。

现在，吴志平再也不用偷偷摸摸地换衣服了，可以光明正大穿着运动服回家了。

了解了这一切的许家刚，心里像打翻了五味瓶，酸甜苦辣咸一起涌上了心头，多好的退伍军官啊，这就是大山的兵，为了保守军事秘密，宁愿牺牲个人的利益，但作为组织，又岂能让这样优秀的青年蒙受损失。想到这儿，许家刚很激动，紧紧地握住了吴志平的手。

"志平，有这样的困难，就应该向组织汇报，大山永远是你的家。"

"许工，今天我们不说别的，这么久没见了，我高兴，今天一定要请你和李记者吃个饭。"

"要吃也不在这儿吃。"

"许工，你这是怕我请不起。"看我今天可是收获颇丰啊，吴志平哈哈一笑指了指满蛇皮袋子的水瓶。

"胡说啥，我和小李去你家里吃，顺便看看怀孕的海翼同志。"

"欢迎，欢迎。"

"那许工，我先回去准备准备。"

"准备什么，咱部队的传统不能变，'碰饭'，赶上啥吃啥。去，赶快把你今天的战利品处理了，我和小李就在这儿等你。"吴志平走后，许家刚和李寒雨在商店买了一些营养品，两站地，三个人就来到了吴志平的家。

席间，吴志平夫妇高高地举起了酒杯。

"许大哥、李记者，我们敬你们，为了我们两口子能重新走到一起，您和部队的战友操了不少的心。"

"许大哥，我虽然不能喝酒，但今天我以水代酒，以表对你的敬意和感谢，当初我没少给部队找麻烦，部队首长不但没怪我，还帮我们解决了不少困难。"

"海翼同志，志平在我们部队是优秀军官，在家里他也是一个模范丈夫，未来肯定是一个合格的父亲。"

"嫂子，吴大哥是我的榜样，他的担当很男人，你赚到了。吴大哥能娶了你，更是他的福气。"

听了李寒雨的话，小两口都不由得脸红了。

回大山的路上，许家刚不禁感叹：

"小李，还是你们年轻人敢整词。"

"许工，我一向是语不惊人死不休。"

大山是云海底的礁石，是乌鸦徒劳拍打着翅膀也跃不过去的天，几只乌鸦无奈地落在了一棵古杉上安家，另一边，几只饥渴的黄羊在贪婪地畅饮着小瀑布边上水潭里的溪水，还不时发出几句咩咩的感叹，女神安详地思考着这幅和谐的画卷，同时也在倾听两个肩膀上银星闪烁的大校的交谈。

"团长，老许向你汇报过了吧。"

"政委，吴志平的事，我们有责任，这么优秀的一个人才，却找不到合适的工作岗位，这是我们工作上的漏洞。"

"团长，你还记得前年转业的小柳吗？"政委王海祥突然转移了话题，"就是那个英语专业博士，精通好几国语言那个。"

"柳东阳，记得，上次随首长到沙特等国执行特殊任务，小柳是随行的翻译，得到首长的充分肯定，回国后还荣立了总部的二等功。政委，他不是你的小老乡？听说转业后进了外交部，情况怎么样？"

王海祥皱了皱眉头："柳东阳转业那年，外交部就两个名额，也是档案问题，结果一名和他相同专业的武警同志被录用了。"

听了王海祥的话，韩宇显得很惊诧：

"那他现在干什么呢？"

"在我们老家做了中学的英文老师。"

"除了外交部，他没尝试着去别的部门试试？"

"试了，柳东阳在大山工作这几年，他的许多同学在国外都做了企业的老总，成功人士，得知从'人间蒸发了几年'的柳东阳突然回到了地方，他在国外的朋友们都纷纷递上了邀请函，你是知道的，在咱这大山里工作的人，除非公派，脱密期内出国旅游都不允许，更别说去国外工作了，小柳就是在安检的时候被国家安全部门截留的，听小柳说幸亏是自己不知情，但一样被调查了几天。"听了王海祥的话，韩宇郑重其事地点了点头。

"政委，我觉得这不仅仅是个案，而是我们山里转业官兵的一个普遍现象，就像我们向上级汇报的'山里官兵婚恋难'现象一样。"

"是啊，团长，上级首长一针见血地指出，是环境制约了官兵们的婚恋，首先有些战士是因为身处大山，无法全面了解配偶的情况，甚至单凭一张照片，就订下终身。其次大山官兵纯朴善良，碍于情面和出于对前途等因素的考虑，即使生活中真的出现第三者也会忍气吞声，实在不得已才会被迫离婚。最后的一种情况也是最现实的问题，两地分居导致情感破裂。"王海祥拧开水杯，喝了几口茶水。

"自从汇报了婚恋难的现象，这老许可是增加了一个联谊会会长的头衔。"

"对，老许可是忙活开了，阵地工作了几十年的标杆，这做起月老来竟然也不含糊，上级首长指名要他许家刚来负责联谊会，一年下来好几场的联谊会，让咱山里的婚恋成功率金字塔式提升，关键是离婚率下去了。"

"团长，我看也该把转业官兵因保密问题找不到合适的工作这一现象向上级做汇报，在这个问题上，我们能做的实在太少了，说小了这是我们工作上的漏洞，往大了讲这是保密部队的转业体制机制问题。"

"好，就这么定了，报告要及时，但我们自己能做的也决不给组织添麻烦。"韩宇与王海祥达成了共识。

"那吴志平的事谁来负责？"

"当然是我们的许会长。"

这一次两个人又不谋而合。

林立的摩天大厦反衬出这家企业的雄厚经济实力，许家刚和李寒雨两个穿着笔挺军装的军人一前一后出现在人流不息的公司内格外地夺目。

"小李，包里这些东西可一定要拿好啊，首长们是下了很大的决心才决定把这些材料给这个企业负责人浏览的。"

"许工，这都是经过脱密处理的，你就放心吧！估计这里的老总看见吴参谋的'丰功伟绩'之后，不定怎么懊悔自己眼拙呢。"

"但愿如此吧，这是组织交代的任务，我们要拿下，再说了，志平同志亲手做的臊子面咱俩都吃了，你别说，他做臊子面的手艺还真是一绝啊。"

"想吃的话，我回头带你去吃更正宗的。"

"先办正事，这事要能成了，饿上我两顿也没事。"两人说话间就来到了大厅的接待处。

"先生，您好，请问有什么可以帮您的？"接待员看到是两名穿着军装的军人，很是热情。

"你好同志，我们找马总。"

"请问有预约吗？"

"有！"

接待员拨通了请示电话。

"让两位久等了，我们马总的办公室在十五层的 A15 室。"

也许是许家刚和李寒雨来得太早的缘故，刚好赶上了公司的上班时间，自然乘坐电梯也赶上了高峰。许家刚和李寒雨行动敏捷赶上了刚开启的电梯，但是随着人越来越多，电梯超员了，看意思没人愿意下。

"小李，我们再等等吧。"除了许家刚和李寒雨下了电梯，一个和许家刚年龄相仿戴着金丝边眼镜的男士也紧随其后，并且友好地朝许家刚二人友好示意。

许家刚也礼貌地点了点头。

"两位解放军同志发扬风格。"

"退一步海阔天空。"许家刚很务实地说了一句话。听了许家刚的话，男士显得非常赞同，若有所思地点了点头。这个时候电梯来了，李寒雨抢先一步按了 15A。

"几层？"

"我也是去 15 层 A 区，二位是去找我们的马总吧？"

"对。"

"刚好我也去他那儿办点事儿，一起吧。"

"您也认识马总？"听了这位男士的话，李寒雨忍不住发问。

"我和马总算是老朋友了，我给二位带路。"有了男士的带路，许家刚和李寒雨很快在科室密集的15层办公区找到了马总的A15室。

办公室秘书用门禁卡打开门之后，一个中年人正在办公桌上批复文件，许家刚想，这个人应该就是马总了。马总的热情却出乎了许家刚的预料，只见马总像离了弦的箭一样，从办公椅上弹了起来，刚要开口说话，却被许家刚身边的男士打断了。

"马总，你先和两位解放军同志谈，我和小于秘书一起看看你昨天的企划书。"

"好，好。"看马总毕恭毕敬的样子，许家刚意识到，这个戴着金丝边眼镜的男士，应该不仅仅是马总朋友那么简单。

马总的办公室很气派，清一色的红木家具，春意盎然的植被，珍贵的字画和摆件再加上现代化的电器让整个办公室的格局很上档次。

"基本情况我也都了解了，在你来之前人事部的负责人已经向我汇报了吴志平参谋的情况，现在我想听听部队领导的建议。"

"马总，如果我说我想代表部队向贵公司推荐一名优秀的人才，这样的话未免有点冠冕堂皇了，毕竟吴志平同志是被贵公司在几个月前拒绝的，但是这其中的确是存在客观因素，我代表吴志平同志的原单位，愿意出这个证明和材料，希望贵公司本着双赢和对人才负责的态度，重新考虑一下接收吴志平同志，并安排相应的工作岗位。"许家刚示意身边的李寒雨出示文件。

马总接过李寒雨递过来的文件简单地看了一眼，喝了一口茶水。

"大校同志啊，接到军方和转业办的电话得知你们要来，我们非常重视，公司内部专门召开了讨论会，冒昧地说一句，吴志平同志优秀与否对公司是造成不了多大损失的，但是大家一致认为，既然军方出面了，这个情面我们还是要给的，你说吧，需要多少钱？"

听了马总这几句不愠不火但却绵里藏针的话，许家刚顿时怒了。

"马总，我部优秀的转业军官的价值，不是你能买断的，你这不是给面子，你这是挑衅，小李，我们走。"

这时，带着金丝边眼镜的中年男子推开了门。

"解放军同志，不是退一步海阔天空吗？"

"这是原则问题，半步都不能退。"

中年男子哈哈一笑。

"吴志平同志留下，就做我的秘书。"

马总连忙跑上前来介绍，这位是我们集团的董事长。

许家刚和董事长的手紧紧地握在了一起，两人相视一笑。

…………

"小李，这半年多，你看到的、听到的、经历的，只是大山的一角。这个无名的山沟里容纳了多少官兵的牺牲奉献，他们有的离开了，有的依然还在大山里继续发光发热。"

李寒雨知道，大山里有很多个像许家刚一样的老山沟才会聚成了男儿沟。代代承继，进而成为这支英雄的部队的坚实底座。李寒雨钦佩"老山沟"，但同时也在掂量，自己是否有能力成为新时代的"老山沟"。

信仰是什么？有的人认为是主义，还有的人认为是血缘和家庭——除了这些，信仰还是一种能为之坚持的付出。

李寒雨离开大山的这一天，许家刚送了很远，直到女神的雕塑前，这是两个人最常来的地方。

"许工，这半年会是影响我一生的半年。"

"小李，常回家看看，这里有咱们的老伙计。"

许家刚用手指了指茫茫的大山。

李寒雨很感动，他知道许家刚这句话是代表大山说的，在大山眼里，李寒雨已经成为自己人。

第十五章
"无情"哨长砺精兵

血红的枫叶染红了连绵起伏的山脉，山的四周滚动着浓重的乳白色雾霭，蒙蒙的细雨在空中飘来飘去，轻柔得像恋爱中的少女，用娇嫩白皙的双手捧起留恋在山腰处的云朵，又像母亲襁褓中的婴孩，安静地睁开纯净的大眼睛，天真地哇哇叫着，禁不住流下晶莹的小泪珠。一辆军车，行驶在山脚的公路上。

天剑 305 哨所下属的 001 哨卡哨兵王明和张晓亮挥动红旗示意军车在警戒线外停下。

军车停下后，值班班长郭鹏按例上前检查。郭鹏认真地验证、看人、查点、对照，但是却迟迟没有放行。

郭鹏朝打旗的哨兵做了一个特殊的手势，打旗的哨兵马上朝关卡挥动了几下，现场的气氛立刻紧张起来。

防空警报鸣响，战士们呈高度戒备状态，车上的人似乎意识到了什么，走下来了一名年轻的军官。

"你是哨卡的负责人吗？"

"我是，首长！"

"我们是基地工作组的，刚刚证件你已经查验过了，走得急，没来得及开通行证，你先放行吧。"

"首长，没有通行证不能放行，请您理解。"听了郭鹏不容商量的口气，军官有些生气。

"那我给你们连长打电话。"

"首长，您给我们连长打电话也进不去，这就是我们连长下的命令。"

"你——你——"

车上，肩膀扛着金星的首长推开了车窗。

"下山，回去开通行证。"

雾大得可怕，整个001哨卡都被浓雾笼罩其中。凌晨五点钟的时候，值班哨兵张晓亮叫醒了郭鹏。

"班长，监控系统显示，三号山路有异常，可能是狗熊。"

"这狗熊也真会挑时间，大雾天的不在窝里睡觉满山乱窜什么，把'绿剑'牵上，我们去看看。""绿剑"是天剑哨所第一号的猛犬，救过郭鹏的命。

有一次郭鹏带着"绿剑"去山下背菜，一头受了惊吓的野猪从山上冲了下来横在了道路中央，扛着一麻袋萝卜的郭鹏从来没有遇到过这种情况，看到野猪的那嘴獠牙后，顿时蒙了。

野猪像发了疯一样，直奔郭鹏而来，尽管郭鹏手中攥着石头，但头脑中一片空白，在他万念俱灰的时候，感觉身边仿佛有一支箭，唰地一下射了出去。

"绿剑"和野猪扭打在了一起，这场战斗看得郭鹏目瞪口呆，几个回合过后，"绿剑"身上已经被野猪豁了几个大血口子，但是它丝毫没有退缩的意思，动作一点儿都不拖泥带水，口口致命，又过了几个回合，发疯的野猪生生被"绿剑"给咬傻了，扭头逃跑，在跑了百十来米之后一声巨响，野猪轰的一声摔下了通往后山的石崖子。

郭鹏看着倒在了脚下的"绿剑"，开始声嘶力竭地呼救，当哨所的战士们闻讯赶来的时候，看到路上只留下一摊血迹。都以为受了重伤的"绿剑"一定阵亡了，谁知两个月之后，军医院的人把"绿剑"从山外送还给了哨所。不仅如此，"绿剑"还因为这次战役荣立了一个"个人三等功"。

以前杜海川把喂养"绿剑"的任务交给郭鹏的时候，他还闹了几天情绪，有了这样的经历，"绿剑"成为郭鹏的掌上明珠，也成为他在天剑哨所的最佳拍档。

"晓亮，注意隐蔽，有敌情！"听到"绿剑"不同寻常的狂吠，郭鹏意识到眼前移动的黑影不是狗熊，是一个人，这是他和"绿箭"长久搭档形成的默契。

"口令！"

郭鹏喊了口令之后，对方没有回答，但是却停住了脚步。

"班长怎么办？"这个时候，郭鹏明显感到了张晓亮的紧张。

"鸣枪示警。"郭鹏说完也把子弹上了膛。

双方离得很近，子弹上膛的声音在浓雾里显得格外地清脆。

"别开枪，自己人。"

"单位番号，姓名。"郭鹏和张晓亮保持着极高的警惕。

"报告，管七营一连列兵徐少佳。"

听了对方的回答，郭鹏有些发蒙。

"班长，你怎么了？"

"没事。"郭鹏稳定了一下情绪。

"为什么出现在三号山路，我们需要解释。"

"首长，我迷路了。"听徐少佳的声音带着哭腔，郭鹏心里很不是滋味。

"晓亮，我们分头行动，时刻保持警惕，向目标靠拢，记住，没有特殊情况不许射击。"

"是，班长。"

徐少佳看清眼前的哨兵是郭鹏后，先是一脸错愕，然后扭头就要走。

"站住。"郭鹏一声厉喝，徐少佳愣在了原地。

"徐少佳，怎么回事？"

看到徐少佳满脸的划痕和沾满泥土的一身便装，郭鹏似乎已经意识到是怎么回事儿，但是他却不愿意相信这是真的。

"我——"

"别说了。"在确认徐少佳没有携带武器之后，郭鹏打断了徐少佳的话。

"晓亮，这是我新兵连战友徐少佳，他来找我的，先带他回哨卡吧。"

一旁狂吠的"绿剑"似乎也感觉到眼前这个穿着和恐怖分子衣装相似的人，与自己的搭档有着不同寻常的关系，不再乱叫。

"少佳，怎么回事儿？"

"我要走，我要离开这个地方。"

"你要当逃兵？"

"我没有。"

"那你现在在干什么？"

"我想当一个堂堂正正的兵。"

"放屁！"

郭鹏啪地一拳落在徐少佳的胸前。

"打得好，如果没有这一拳说不定我还下不了这个决心，即使这次走不了，我也要想办法调走。我想象中的部队不是这个样子，既然是一名战士，就应该活在硝烟里，就该流血，每天守着大山过日子，为了一场空洞的守候，我就要葬送我的青春，这不是我内心的选择。"

听了徐少佳的话，郭鹏愣住了，他原本以为徐少佳是因为怕吃苦才这样干。

"郭鹏，过了你这道哨卡我就可以出去了，看在我陪你打了三个月的擂台的情分上，就当没看见我行不行？"

郭鹏没有再说什么，从床头柜里找出了一套自己替换的迷彩服。

"你离队几个小时了？"

"差不多5个小时吧，我是夜里一点多走的。"

"那还好，先去洗个澡吧，剩下的事一会儿再说。"

洗完澡之后，徐少佳在郭鹏的床上倒头便睡。听徐少佳呼噜声起来，郭鹏拨通了已经晋升为管七营保管连连长李鸿刚的电话。

"连长，我是305哨所001哨卡值班班长郭鹏，徐少佳在我这里。"

"什么，他在你那儿，全连找他都快急疯了，他去你那儿干什么？"李鸿刚的语气冰冷严肃。

"连长，都是我不好，前些天我打电话让他来看我，可能是这阵子你们连施工他没有时间，于是这小子就想出了这么一个愚蠢的办法来，我已经骂了他半天了。"

李鸿刚在电话里沉默了一会儿。

"等你下哨后，先把徐少佳带到你们305哨所。我明天下午派人去接他，你顺便写一份事情的经过叫司机带回来。"

"是，连长。"

"等等，你小子有没有回保管连的想法？"

"连长，我做梦都想，但是我觉得我自己还没锻炼好。"

"听说你小子刚去的时候，对哨所挑三拣四的，现在怎么谦虚起来了。"

"连长，到后来我才闹明白，高手在哨所。"

"想明白就好，既然徐少佳去找你了，人我就交给你了，出了问题，我拿你是问。还有，你想来我们保管连的话，我和你们连长说。"

"谢连长。"

挂了电话之后，郭鹏开始写事情的经过，废纸扔了一地，直到夜空开始泛白，事件经过才算写完，这是自己生平第一次撒谎。

郭鹏下哨后把徐少佳带回了天剑哨所，哨所来了外单位的战友，哨长杜海川很重视，还特意让炊事员加了袭击哨兵被击毙的野猪肉。

饭后，哨所的人围坐在徐少佳身旁要求他讲英雄连队的故事，最开始徐少佳还有些难为情，郭鹏带头鼓起了掌，徐少佳很快就恢复了新兵连本色，绘声绘色地介绍起管七营保管连的"刀光剑影"。

夜里的天剑哨所显得格外安静，"绿剑"的叫声和山上各种动物的叫声相互交响，形成了哨所独一无二的小夜曲。

哨所的院子里一束手电光下，徐少佳打开了李寒雨写来的信。徐少佳读完信的时候，一旁的郭鹏似乎早有准备，很及时地递上了纸巾。

"你还要跑，外边的人想进来还进不来呢，看李寒雨是怎么说的，山外的战友们只要一提到大山和大山里驻守的我们，会肃然起敬，我们这里的地位有多重要，可想而知。"

"郭鹏，什么叫责任牵着中南海，安全连着党中央？"

"我们守护的是国之重器，牵一发动全身，这个道理你还不懂啊？知道吗，我们还有一个别称。"

"什么别称？"

"沉默的雷霆。静时无声无息，动时山崩地裂。"

"我们驻守的阵地真如李寒雨所说？"

"有过之而无不及，这么和你说吧，就连敌特分子也对我们这个地方'青睐有加'，不知你有没有发现，凡是间谍越关注的地方，就是在战略上越重要的地方。难道你忘了吗，在新兵连的时候，孙超因为写错了邮寄的地址，就挨了处分。"

　　"当然记得，一封情书嘛，郭鹏，你说孙超对自己女朋友那么痴情，有意义吗？"

　　"废话，他不对自己的女友痴情，难道对别人的女友痴情？但恋爱是两个人的事，和单方面的痴情没有太大的关系，你小子管得还挺宽，自己的事还没整明白。"

　　"有个事我确实想不明白，都知道我们守着国宝，这都快一年了，可国宝什么样子我还没见过呢。"

　　"思想如此不稳定，组织上让你见那才怪，踏踏实实地训练，好好地学技术，相信你不但能见到，而且还能亲手触摸它。"

　　"兄弟谢了，我差点做了我们连有史以来的第一位逃兵，尽管我知道在你的心里我已经是个逃兵。"

　　"没有的事，我和副连长说清楚了，你就是来看我迷路了，回去和副连长再好好解释解释就行了。"

　　"郭鹏，你成长得真快。"

　　"我这不是当上领导了吗，大小也带了长。"

　　"我一定要赶超你。"

　　"我等你。"

　　郭鹏和徐少佳在彼此的胸膛上来了一拳。徐少佳被接走后，郭鹏突然觉得有些孤独，如果李寒雨在，三个人在一起肯定会好好地喝一顿，哪怕下酒菜是小卖部袋装的五香花生米，他来的那天怎么就偏偏赶上自己去巡逻了呢。

第十六章
大国重拳

大山外，李寒雨的确在喝酒，喝的还是红酒。

"这半年，你可是消失得真彻底。为了找你，送往宣传处的文件我几乎承包了，给我个解释。"

"你以为军报上那么多的专题怎么出来的。"

"干正事就行。"

"你以为我去干吗？"

"我以为你帮你的金班长去南极打水了。"

"别八卦啊。"

"你以为我不去打水，就不知道水房前的小情歌了吗？别忘了，本姑娘是通信团的兵，纤纤玉手握乾坤，银线千里牵。"

"我看你是喝多了，吹的是五彩神牛，吹出了天际，今天就到这儿吧。"

"本姑娘是借酒消愁。"

"你喝酒上脸，小心被纠察抓。"

"我就说我发烧了。"

"那酒味呢？"

"用酒精消毒散热来着。"

"神州行，你真行，那也不能喝了，明天我和王干事出差，得回去收拾行李，孙超的事你再好好考虑考虑。"

戴敏从手提包里拿出了一沓钱。

"单我买过了。"

"你就那么点津贴，哪来的钱？"

"血汗钱，好几个月的稿费就这样付之东流。"

出租车上，李寒雨显得小心翼翼，怕弄醒了靠在肩上的戴敏，但还是没能躲过司机的一脚急刹车。

"李寒雨，一顿饭你不至于吧，脸色这么难看。"

"我保证不哭行不？"

戴敏扑哧一下笑出了声，迅速地吻了李寒雨。李寒雨先是一愣，立刻推开了戴敏。

"注意形象。"

"土鳖，我们穿的是便装，你不说谁知道。"

戴敏下车后，开出租车的大叔回眸一笑。

"解放军同志，接下来我们去哪儿，是不是前面那个部队？"

"师傅，专心驾驶，安全第一，我不是前面那个部队的，咱拐个弯去不远处的武装部。"

李寒雨很惊叹自己的随机应变能力。这一招是和大山里的许家刚学的，近朱者赤还真不只是个成语。

李寒雨曾私下请教过许家刚，很多战友从来不避讳说单位的地址，为什么他总是如此遮遮掩掩，许工给出的回答是，"万花丛中做自己"。

在打出租车的时候，不管有什么急事，李寒雨总是把"安全第一"挂在嘴边，因为他知道出租车司机至少有三重以上的责任，首先他得对自己的生命负责；其次他还要对乘客的生命负责；最后，他还要对他的家庭负责，因为他既是家中孩子的父亲又或是父母的孩子。

回办公室收拾好摄影包后，李寒雨把王少飞的公文包也拎在了手里。

"王干事，到时候我该做点什么？"

"我们和首长一起乘指挥车，眼里有活儿，到时听招呼。"

很少见王少飞如此严肃，李寒雨知道此次演习非同小可。

指挥车穿行在崇山峻岭，演习进入了倒计时。

密林深处隐匿着一个个披了防护网像蘑菇一样的军用帐篷，雷达转个不停，看似平静的演习场充满了杀机，李寒雨被神秘的气氛包围，在到达指定位置的指挥室后，迅速按王少飞的要求开始拍摄。

指挥室里开始忙碌起来，"敌情"不断地出现，大屏上显示"敌军"的无人机对我军进行了临空侦察，电子对抗装备实施全频干扰，指挥室还不时传来小股"敌特"沿途袭扰的紧急报告。

戈壁的夜，寒风凛凛，面对突如其来的复杂敌情，一位两杠四星的军官看着数据材料，眉头紧锁，这个人李寒雨在军机关的大院里经常碰见，是基地的副司令员孔宏。

　　指挥室内键盘声噼里啪啦作响，一组组火力计划和各类分析迅速传送到了数据判读中心，参谋部给出精准研判，孔宏立即下达了攻击指令，命令立刻传送到各作战单元，但还是迟了一步，几个发射单元遭到了敌军的打击。在阵地接连遭到"敌军"重创后，孔宏不得不下令部队后撤，队伍接收到命令后迅速转移，消失在崇山峻岭中。

　　新的指挥中枢内，孔宏看着荧幕上导弹武器装备在隐蔽后参数、性能等变化没有异常，从目前获取的情报看，此时正是敌军休整期，防备最为薄弱，孔宏立即下令实施反击。

　　李寒雨在王少飞指挥下也化身为战地记者，追随作战单元直接来到了发射场，眼前数十辆特装运输车原地伪装隐蔽。

　　一颗颗朝天耸立的乳白弹体傲指苍穹，发射号手迅速进入号位。

　　突然，预警系统再次报警，荧幕上显示数架新型战机撕破夜幕，拖着长长的尾焰呼啸而至，并向"我军"投掷了导弹。

　　"发射！"孔宏果断地下达了命令。

　　发射架上，导弹腾空而起，巨大的气浪和五彩的射线让黑夜刹那间犹如白昼一样明亮。

　　"打中了！全打中了！"话一出口，李寒雨就意识到自己过于兴奋，但王少飞似乎并没有介意。

　　"王干事，现在某些敌对势力总喜欢给咱添乱，我看有时间也拉着咱部队到他们那里转转，什么航母、金刚舰、预警机，我们随便扔几颗，就让他们全部玩儿完。"

"这东西可不是随便扔的，至于扔不扔、怎么扔、扔多少，得党中央、中央军委说了算。"

"王干事，今天我是开眼了，能在这样一支部队当兵，值了。"

"那就好好地写你的报道，让大家都认识我们这支现代化的高科技部队。但也要注意，不该写的不写。"

"明白。"

"全军部队正按照建设信息化军队、打赢信息化战争的要求，以时不我待的紧迫感加快转变战斗力生成模式，扎实推进军事斗争准备，某部在这次演练中，全面锻炼提高了部队信息化条件下应急作战能力。英勇无畏的火箭军随时准备完成党和人民交给的各项任务，有效履行捍卫国家主权和领土完整的神圣使命……"在看完王少飞写的导语之后，李寒雨很是佩服，憧憬着自己有朝一日也能写出这样干净利落的新闻稿来。

任务结束后刚打开手机，秦丽的电话就打了进来，看得出来，在没有开机的时候，她也一定在不停地拨打。

"李寒雨，听说你调到了军机关，恭喜你。"

"听谁说的？"

"这你别管，我有我的渠道。"

"戴敏和你说的？"

"我和她又不是一路人。"

"那请问，你属于哪路人？"

"我属于纯情淑女派的，而且是此派的掌门人。"

"秦掌门找我有何贵干？"

"你总不接我电话，难道一点也不关心我。"

"你说是朋友之间的关心，还是同学之间的关心？"

"李寒雨，你说分手了，但本姑奶奶还没同意。"

"掌门人嘴下积德。"

"这都怨你，兔子急了还咬人呢。"

"丽丽，我们只是恋爱，还没有走进婚姻，至少在法律上，分手没必要双方都同意。"

"小雨，和丽丽好好说话。"

一听电话那边是母亲赵青云的声音，瞬间，李寒雨头都大了。

床上，李寒雨细数着与秦丽相爱的过往，他们的恋情曾经是校园爱情完美的阐释。可此时此刻自己又不知道如何去爱她，抛弃秦丽对自己的感情，李寒雨怕良心不安，但是如今接到秦丽的电话，自己内心就会不耐烦。明明对秦丽没什么感觉了，却要强颜欢笑对她重复着"我爱你"，把"我爱你"这句从古至今最浪漫的抒发爱意的表白，贬得一文不值，如同嚼蜡。

两人每天无止境的争吵往往只为了李寒雨少讲了一句"我很想你"，他每天看到手机上有秦丽的来电显示时的状态，就像电视剧中上演的犯人看到了110传唤时的桥段。李寒雨知道，当和一个人相爱到了闪躲的地步，那么这段感情基本上就已经结束了。

李寒雨有点沮丧，从曾经站在瓢泼大雨里深情拥吻，到如今的无可奈何的不忍，究竟是自己变了，还是她变了，抑或是距离让双方再也无法感受到彼此的温情？无止境地争吵、误解和猜疑让原本固若金汤的爱情，在短短的一年内就土崩瓦解了吗？也许校园爱情本就唯美却不完美？

内心充满困惑的李寒雨自嘲道，都说神仙能把肉体修成金身，但是爱情如何能修成金刚不坏之身呢？如果早知道是这样无法完满的结果，自己该不该和秦丽相识、相知、相爱呢？

李寒雨觉得今夜又睡不成了，在笔记本上写下了这样的一段话：

"我可以接受她的声音没有天籁般的优美，但是我不能接受她用天籁般的声音，把我们写给彼此的情书像演讲稿一样大肆宣传；我可以接受她不具有东方女性古典内敛的性格，但我很介意和任何异性都能谈天说地，不顾及我的感受；我可以接受她偶尔的谎言，但是我不能接受当她的谎言被我揭穿时，还强调这只是善意的欺骗……"

可能自己本质上就是个小心眼的人，还是新兵连除夕夜的那通电话，让自己的心凉透了。

"李寒雨，处长叫你。"

"报告。"

"进来。"

"处长好。"

"李寒雨，下基层这半年你表现得不错，各方面反响都很好，你写的书评也在全军获了奖，这是你的证书和奖金。"接过证书和奖金之后，李寒雨心里美滋滋的，这是 2007 年自己拿的最重的一个奖项。

"听王干事说你要回原单位了。"

"处长，马上就要考学了，我想试试。"

"这是一辈子的事，不但要试，而且要全力以赴。小李，你在处里学习工作这一年多，得到了大家的认可，也很辛苦，你看需要处里解决什么实际问题？"

李寒雨想，将来考完学之后，听王干事说自己还有可能要回处里来，现在就向组织提要求，未免有点坐地起价的嫌疑，人太现实了不好。

"谢谢处长，没有任何要求……"

得知李寒雨要走，王少飞推掉了所有的饭局，专程请李寒雨吃饭。李寒雨婉拒再三，只好答应，但他也做好了打算，大不了结账的时候自己掏钱，在宣传处学习，自己已经养成了买单的习惯。

"小李，你还是太年轻，处长找你谈话，你怎么不要个奖励呢？你的工作全处有目共睹，是应得的。"

"王干事，处里给了我很多，你教会了我写新闻稿，许干事教会了我摄影。"

"小李，我很惭愧，今天你要是不来吃这顿饭，我的良心会很不安。"王少飞是个直肠子，几杯白酒下肚，就把心里话说出来了，也赶上他确实想说。

"小李，你确实不错，看似你是来处里学习，事实上你已经成了处里的保姆，谁有点什么事都交给你。"

"王干事，能给处里做点事，是大家信任我。"

"你没来的时候，他们不得自己干，有些人啊都是惯出来的毛病，比如说许——"

"服务员，拿盒酸奶来。"

"小李，跟你说，我没喝多，我只想告诉你一些事情，你还年轻，要走的路还很长，为了你的成长进步，有些话我不得不说。刘武涛调走了，你知道吧？"

"知道，刘班长调到广州武警了，是我去机场送的。"

"你觉得你刘班长这个人怎么样？"

"很厚道，经常替我请假，带我出去玩。"

"有些话我是不该说的。"

"王干事，今天就我们两个人，您放心，我是不会乱讲的，何况我也学过保密条令。"

"你的刘班长可是经常找我汇报你的情况，说你从没把新闻报道看在眼里，这也是我一直没好好带你写报道的主要原因。"

听了王少飞的话，李寒雨感觉自己的头一阵眩晕。在机关不同于基层连队，在连队，战友们摸爬滚打都在一起，偶尔有个磕磕碰碰实属正常，实在不解气拉到器械场干一场也就没事了。在机关，兵就有数的那么几个，大家除了玩命地表现之外，也格外地亲切，向来谨小慎微却没什么城府的李寒雨，确实把刘武涛当成了挚友。

"当然，刘武涛这个人工作还是不错的，换了是别人也有可能会对我说这些。但路遥知马力，日久见人心，事实证明，你李寒雨是一匹好马。"王少飞在说这些话的时候，李寒雨明白他是喝了酸奶之后，酒醒了。

回去的路上，李寒雨非常地郁闷，回想在宣传处这一年多的工作经历，心里感到莫名其妙。上下班坐公交、打车没麻烦过任何人，帮处里跑腿都是自己花销，就想能交到真心朋友。可气的是真心沦为了恶心，在机场送刘武涛的时候，眼角竟然还一阵痉挛。

王少飞先热后冷，张兴刚电话里的点拨，还有直到刘武涛调离后都未曾洗出来的带自己旅游的照片，跟处长所讲的没有任何要求，换句话来讲，就是"我是个X"。借着酒劲，李寒雨伏在了路边的树林里，翻江倒海地吐了起来。

秦丽的电话总是能在李寒雨最落魄或百无聊赖时打进来。

"前几天我去了你家。"

"我们已经分手了。"

"你是怕耽误我才和我分手的，对吗？我会等你。"

"我是怕耽搁我们两个人，恋爱的双方都在投入。"

挂掉电话之后，铃声又响了起来，李寒雨直接按了关机键。宿舍里，李寒雨很快就进入了梦乡，梦见了新兵连、梦见了郭鹏，梦见郭鹏在他的哨所里的训练场上，一个接着一个地做仰卧起坐。

第十七章
年轻的心

大山里，通信员来到了郭鹏所在的宿舍。

"郭班长，连长喊你去会议室，一会儿你得小心点，连长的脸色不怎么好看。"

"好，谢谢你。"

"报告。"

"进来。"

哨所的会议室里坐着五位军官，团、营、连三级首长都到齐了，哨长杜海川站在了一旁。

在通信员和自己打招呼的时候，郭鹏就努力地回忆着最近究竟犯了什么错，看眼前这阵势，他意识到犯的错可能还很严重。

突然他发现一年前在 001 哨卡被挡在警戒线外的年轻军官，顿时明白了，来算账的。

"神剑营警卫四连天剑305哨所战斗班班长郭鹏报到，请首长指示。"

"小伙子，坐下。"说话的是那位年轻军官，看来这里他的级别最高。

"谢谢首长。"

"还认识我吗？"

"认识，在001哨卡执勤的时候，和首长有过一面之缘。"郭鹏在说这句话的时候明显有些尴尬。

"不仅如此啊，你可是把我们的车拦在了哨卡外。"

"首长，职责所在，请首长原谅。"

"你知道当时车上坐的是谁吗？"

"报告首长，知道。我检查了那位首长的证件，是我们的司令员。"

"知道，当时为什么不放行？"

"首长，不论是谁，没带通行证，一律禁止通行，今天我仍然会这么做。"

这时年轻的军官忍不住笑了，而四连长陆浩东和哨长杜海川的脸憋得通红。

"我是司令员的秘书王林，刚刚这句话，都是司令员让我代问的。司令员还让我转告你，有像你这样的国宝卫士在大山里守护着大门，他这个司令员在外面睡觉会很踏实。"

团参谋长王军亮当即宣读了001哨卡的嘉奖令和郭鹏个人三等

功奖励。

晚上，天剑哨所格外地热闹，庆功宴上，不胜酒力的王秘书也喝了很多，而且王秘书还向大家透露了一个秘密，说他在新兵连时也是这大山里的一员，每次回到这里他都会有一种天然的亲切感。经他这么一说，氛围更浓，杜海川借机又添了一箱啤酒。

在送走了各级首长之后，杜海川和郭鹏来到了院子里。

"穿大衣不？"

"我不穿，哨长。"

"祝贺，三等功。"

"我运气好。"

"胡说，参谋长不是说了吗，给你立三等功那是团党委会研究决定的，如果不是在基地的军事比武上拿了第一，你小子充其量也就是个优秀士兵。李鸿刚连长可是一个劲地要你，想过去吗？刚刚我听见参谋长和咱连长又提这事了，连长让我问问你是什么意见。"

"要去早去了。"

"你可想好了，李连长那个单位可是个先进连，好多人可是想进都没机会啊，再说了咱这是哨所，各种机会都少。"

"我还不是一样立了三等功，是金子在哪儿都发光。"

"好样的，不过你小子可不许骄傲。"杜海川摸了摸郭鹏的头。

"哨长，有个事我一直想问你。"

"说。"

"当初为什么没放弃我？"

杜海川燃起了一支烟缓缓地吸了两口。

"本来想过几天对你说的，但是你问了，就告诉你吧。你刚来那会儿，确实让大家很失望，很多同志建议我把你弄走，我也有过这种想法，直到有一天你晕倒后睡觉时候说的梦话，让我改变了主意。"

"说梦话，我说的什么？"

"你当时说，'哨长，我想家'。"听了你的梦话我特别难受，来这儿当兵不容易，我不能因为你一时的任性就把你做人的根基给打没了。

听了杜海川的话，郭鹏点了点头，眼睛有些湿润。

"哨长，你刚才说准备过几天再告诉我是啥意思？"

"马上轮换了，而且我今年要转业。"哨所有规定，每隔几个月就要调整骨干。

"什么？"

"嘘，别喊，走的时候我不想搞太大的动静。徐志摩不是说了吗，我轻轻地来正如我轻轻地走——"

郭鹏也点燃了一支烟，猛地吸了两口，以前从不吸烟的他，呛得直咳嗽。

"好好干，争取能提个干，不论你将来走到什么位置，记住一点，对你带的兵好点，人都是将心比心的，只有你设身处地为他们着想，他们才会紧紧地团结在你的周围。"

"哨长，我记住了。"郭鹏的眼泪和夜空的流星同频，再也止不住地滑了下来。

查完铺，郭鹏从抽屉里拿出了几页信纸，借着楼道里的灯光，伏在折叠板凳上开始写信。

"丽丽——今天是我最难过、也是我最高兴的一天，我高兴是因为我荣立了三等功，我难过是因为我知道了我的一位最亲密的战友即将转业离开我们的消息。"

水房前，等到金婷的李寒雨并没有往日的开心，脸上似乎还显现出些许的遗憾。

"金班长，今天是我最后一次帮你提水。"

"刚消失半年，这又准备走了，你这位活雷锋一点也不称职。"

"因为准备考学，明天我就回原单位了。"

"这可是一辈子的大事，在部队考学相对简单，比地方高考要容易得多。"

"但是班长，能在地方考上好大学的，一般都不会来部队考学。"

"胡说，那些名牌大学来部队的怎么解释？"

"我是说像我这样的——"

"得得得，说不过你，今天中午有时间吧，我请你吃个饭，不然我会非常遗憾。"

"好，你请我，我来买单。"

"'百合花'，不见不散。"李寒雨去过百合花酒店，大山里张干事的婚礼就是在那儿举行的。酒店环境优美，价格又相对合理，既有工薪阶层的家常菜，也常备生猛海鲜，下山后，每次得稿费时，都会到那里打牙祭。

金婷点了一桌子的菜，有几道李寒雨都叫不上来名字，本来摸着鼓鼓的钱包，李寒雨信心满满，结果越来越没底。

"服务员，再来一罐露露。"

"李寒雨，你喝那么多露露干吗？"

"班长，这是我家乡那边产的，必须顶起来。"

"给我倒一杯，我也友情客串一下，顺便告诉你个好消息，两个月前，我在我们的歌队当了副队长。"

"祝贺班长。"李寒雨举起了装满露露的酒杯。

"这不是重点，也就是说两个月前我就不用自己亲自打水了。"

"你官僚了？"

"放屁，是因为我有新的工作任务。"金婷一着急讲了脏话，脸憋得绯红。

李寒雨当然明白是什么意思，但是他却不敢接招儿，如果接招儿的话，自己完全可以告诉金婷，其实处里来了"货真价实"的通信员，自己早就可以"下岗"了，但是他却只能把这份小小的美好储存在心里，因为身边还有一个戴敏。

"班长，这清蒸多宝鱼味真正宗，和我做的基本在同一个水平线上。"

"你还会做鱼？"

"那是。"李寒雨露出了一个王婆式表情。

"我妈妈说了，找男朋友一定要找会做鱼的，因为我特喜欢吃鱼。"

金婷在说这话的时候，注视着李寒雨。李寒雨不敢对视，平静地盯着小票，内心却波澜起伏，李寒雨在一再坚持下付了款。结账的时候，他才意识到金婷点的都是些家常菜，钱包里竟然还剩下几百块钱。

　　"还剩下这么多菜，我们打包吧。"

　　其实李寒雨也想打包，怕被金婷看成小气鬼，对方如此一说正中下怀。

　　"对，打包，带回去给战友们吃。"

　　"李寒雨，到假还早，陪我去公园转转吧。"

　　"去人民公园还是滨河公园？"

　　"看来你对这些地方很熟，是不是经常和你那位女同学一起去？"

　　"班长，你别逗我了，她在通信团，每天训练忙得要死，我也是偶尔来，周末陪我们政治部领导散步来过。"

　　"我就随便问问，我们去人民公园吧，去那里拿士兵证可以免费。"

　　"班长，你是哪里人啊？"

　　"我是北京人。"

　　"大城市的人，比我们山里的孩子还节约，关键是还这么漂亮，谁要是能把你娶到可就太实惠了。"

　　一记重拳落在了李寒雨的宽大后背上，疼得李寒雨龇牙咧嘴。

　　"不要把爱情当买卖。"

　　金婷也意识到自己出手重了。

　　"没事吧，我把你当道具打了。"

"没事班长，你当我是道具就行，做你的道具也是一种幸福，我和道具的区别就在于我能表达，它只能暗爽。"

"你臭贫的功夫可不输我们胡同里的男孩。"

"应该喊你队长了，有个现实你必须接受，当下有很多人，认为爱情就是个买卖。"

"你怎么认为的？"

"我太差劲，不配拥有爱情。"

金婷在顺着李寒雨的脑回路准备作答的时候，被一个稚嫩的声音打断了。

"哥哥、姐姐，能给些钱吗，我和爷爷都三天没有吃东西了。"

一个脚上有些残疾的小女孩拉住了李寒雨，她的旁边还躺着一个衣衫褴褛的盲人老头。李寒雨蹲在了老人的面前，从钱包里取出了一百块钱交到了老人的手里，把原本打包带给战友的饭菜递给了小女孩。

"李寒雨，你傻不傻？"

"怎么了队长？"

"连三岁孩子都知道这是个骗局。"

"他们要真是骗子就好了。"

"为什么？"金婷满脸的疑惑。

"如果他们真是骗子的话，说明根本就没有这么苦命的一对祖孙俩的存在，所以无论怎么样，这钱我都要给，我想不仅我会这样做，每一个从大山里走出来的兵都会这样做。"

"对不起，我误会你了。"

"没关系，江湖中人，难免被人误会。"

"不许胡说，你是军人。"

李寒雨觉得金婷比自己还爱较真儿，没有答话。

"想什么呢？"

"我在想我们玩什么，到公园不能光爬山吧，我们老家那儿别的不多就山多，我从未成年爬到成年。"

"坐过山车吧。"

"刚吃完饭，不坐不坐。"

"我看你是恐高不敢坐吧。"

"坐就坐，谁怕谁。"

过山车下来后李寒雨确实蔫了，他怎么会知道，这过山车的旋转力度比新兵连做腹部绕杠还要猛。在转盘上疯狂旋转时，李寒雨基本上没有睁眼，更没有张嘴。但到了地上，李寒雨翻江倒海地吐了起来，惨状引起了过路人的围观。

金婷一边拍打着李寒雨的后背，一边偷笑。

"李寒雨，别吐了，多丢人啊。"

"你能不能有点同情心，知足吧，在空中没吐你身上就不错了。"

"谁让你喝那么多露露的。"

"我爱我的家乡。"

看金婷把眼泪都快笑出来了，李寒雨觉得很没面子，于是想找找平衡。

"前边不远有个鬼屋，真人版的，要不我们去试一下。"

"我不去。"

"我就知道你不敢去，平时连恐怖片都不敢看吧。"

"胡说，我看恐怖片都凌晨看。"

"吹牛，光说不练谁不会呀。"

鬼屋里一阵阵尖叫传来，是金婷的，而金婷的反应也证明了她刚刚的确是在吹牛，原本鬼屋没这么可怕，只是因为有李寒雨在捣鬼。

鬼屋里金婷一直拉着李寒雨的手，这让李寒雨平衡了许多，可到了鬼屋出口的一声鬼叫，把李寒雨也吓了一跳，这一次轮到金婷笑了，不过她是哭着笑的。李寒雨连忙从口袋里掏出了纸巾帮金婷擦眼泪，并往金婷的嘴里塞了一块餐后的柠檬糖，而金婷吻了李寒雨。李寒雨一愣，轻轻地推开了金婷。

"我刚才吐完了还没有漱口。"

"李寒雨，你个王八蛋。"

"队长，我有女朋友了。"

"是你那个打水的同学吗？"

李寒雨点了点头。李寒雨并没有和戴敏确定关系，但是他的目的很明确，让金婷死心。李寒雨知道，自己和金婷在一起不太现实，他很清楚自己和她之间的差距，尽管他也相信，这个时代什么事都有可能发生。

"我们老单位营长。"

李寒雨看迎面走来了营长夫妇，刚要拉着金婷躲开，却被喊住。

"李寒雨。"

"营长好，嫂子好。"

"女朋友这么漂亮，也不给我们介绍一下。"

"营长好，我是李寒雨的班长，带他来采风。"

"好，那你们继续采。"

营长走后，李寒雨不知道再对金婷说什么，气氛突然尴尬起来。

"我们回吧，副队长同志。"

"你马上就回原单位了，就不能陪我一起看个电影吗？"

当一个女孩子对一个男人提出一个并不过分的要求，一般情况下，男人是不易拒绝的，尤其是这个合理要求还是一个漂亮的女孩子提出来的。

"看什么电影？"

"《投名状》大咖云集，据说很不错。"

"好，我今天舍命陪公主。"

"我只是要占有你的时间，谁稀罕你的命。"

"难道你不知道，时间等于生命吗？"

"得得得，我说不过你。"

电影只看了一半，李寒雨被金婷连拉再拽地带了出来。

"啥情况？不好看？"

"不知道怎么了，今天有点晕影。"

"我第一次听说有晕影的。"

"这都怪你这个直男，陪女孩子看电影，连个爆米花都不买，现在我头晕你得补偿我。"

"怎么补偿？"

"我要吃哈根达斯，加夏威夷果仁。"

"这么晚了，哪儿有卖的？"

"人民公园旁边的商店就有。"

"我说你白天逛也就逛了，大晚上的非拉着小伙又去公园，几个意思？"

"李寒雨，看不出来你小子心挺野啊。想什么呢，本队长告诉你，此刻的哈根达斯可比你有魅力多了。"

李寒雨无奈地摇了摇头，随即一脸坏笑："不怕着凉？"

"你心里嘀咕什么呢？"

"没什么，我是在感叹队长好胃口。"

一向对甜食不感兴趣的李寒雨，在金婷不断地怂恿和投喂下，也顾不上绅士风度大快朵颐起来，在两个人合力干掉了六盒哈根达斯后，才想起来快晚点名了。

在公园门口等车的时候，一伙人拦在两个人面前。在李寒雨看来，军装是为自己的颜值加分的，而金婷的颜值即便是没有军装的加持，依旧倾国倾城，但惹祸的就是她出众的颜值。

"美女，时间还早，陪哥几个到夜色酒吧喝两杯。"

"让开，我们要回单位了。"

"哟，这妞还挺有性格，哥哥我喜欢。"

看对方要直接上手，李寒雨左手把金婷拉在了身后，右手朝路过的出租车招了招手。

"你们三位当我不存在啊？"

"怎么，请你女朋友喝酒，你有意见？"

李寒雨轻抚了两下金婷盛满冰激凌的肚子。

"不好意思，我女朋友已经两个月了，不能喝酒。"

金婷满脸疑惑地看向了李寒雨。

"她陪不了，就你来。"

李寒雨一个闪躲外加一个顶膝，三个人中的老大已经被放倒在地，另外两个人拿着匕首和板砖同时袭来，李寒雨硬接了板砖，一脚飞踹放倒了拿匕首的人，当板砖断成两截的刹那，三个人才意识到，他们在江湖里溺水了。

出租车师傅看三个流氓都躺在了地上，操着一口流利的方言上前询问李寒雨。

"好身手，小伙子用不用报警？"

李寒雨先把愣在原地的金婷拉上了车。

"不用，没十分钟他们爬不起来，咱们走吧。"

"你没受伤吧？"上车后，金婷连忙查看李寒雨挡砖的手臂，看到手臂除了有些红肿并无大碍之后，才放心，也恢复了平静。

"为什么要说我怀孕了？"

"这样说，他们才不会伤害你。"

听了李寒雨的话，金婷先是眼圈微红，随后就一脸花痴的表情看着他。

"没想到文学青年还是个武林高手，说说，你那招铁臂挡砖从哪里学的？"

"我新兵连班长郑天宇教的。"

"李寒雨，你刚刚说我怀孕了，你负责不，能不能一辈子都负责？"

"又不是我的，凭什么我负责？"

"你找死！"

"队长，疼、疼……"

在从宣传处回后勤仓库途中，李寒雨给戴敏发了一条告别短信。

戴敏的来电他却没有勇气去接。

后勤仓库教导员办公室内，张兴刚很满意。

"李寒雨，你去学习给仓库增了光，继续回连队当文书吧，干你的老本行。"

"不回去了，教导员，我学习这段时间，连队有了新文书，听说工作得特别好，我一回去就给人家顶了不合适。我想去营部，营部清闲的时间相对多一点儿，这样写新闻报道也方便。"

"要提高认识啊，在部队岗位没有清闲不清闲之分，只是职能不一样。"

"教导员，您说得对，我服从组织分配。"

第十八章
负重前行

后勤仓库的一个周末。二班长徐明的女朋友从老家赶来，晚上，李寒雨受邀到连队的家属院做客。

席间云雾缭绕，这让李寒雨非常地不习惯，但是碍于场合，也只能强忍着。偏偏在这个时候，现任的连队文书张小钰递过来一支烟。

"谢谢，我不吸烟。"

"李寒雨，我记着你以前吸烟来着。"人群中不知谁冒出来这样一句话。

"肯定是你记错了。"

"小张，你就多余。李寒雨现在是大机关领导，你那烟什么档次。"三班长苟冰还是保持以往的风格，放在以前李寒雨肯定就忍了，但这次他没有。

"苟冰，如果我这次能考上军校，还真有机会分配到机关，到时候好好地给你上一课，教你别用你'觉得'去衡量他人的世界。"

听李寒雨直呼苟冰其名，徐明意识到李寒雨已经较真儿了。

"苟冰、李寒雨，这是我和你嫂子亲手包的饺子，来，尝尝，葫芦馅的。"

在徐明的调动下，聚餐的气氛又活跃了起来。

"小雨，你太不成熟，这些话怎么能公开说呢，等你考上学了再说也不迟啊。"孙超说道。

"我不是你，做不到一晚上拉了三次紧急集合都不拆背包。"

"苟冰以前给营长当过通信员，现在又是战斗班的班长、代理排长，你惹他干吗？"

"我就是看不惯他那媚上欺下，背后说三道四的毛病，如果不是徐班长的女朋友在，我干死他。"

"部队就是一个小社会，形形色色的人都有，该忍的就得忍，心里知道就行。"

李寒雨本来要和孙超讲一些关于戴敏的事，一生气全忘在了脑后。

几天后，到军官预选班学习的通知下到了仓库。李寒雨找过孙超两次，一次孙超在站哨，另一次在菜地种地，只好留下了一封信。

向营长告别的时候，李寒雨果然听到了一些弦外之音。

"李寒雨，好好干，争取将来到宣传处当个处长，回头来咱单位抓一下思想教育工作。"

听了仓库营长的话，李寒雨很佩服苟冰传递消息的速度，营长竟然像传话筒一般把话原封不动地扔了回来。走出营长的办公室，李寒雨很快释然了，生活中你不可能让每个人都朝你微笑。

在去军官预选班的大巴车上，孙超把信扔给了李寒雨，原来孙超今年也去考学，但是他没有对任何人提过。

"我见到戴敏了。"

"我知道。"

"你怎么知道？"

"丽丽跟我说的。"

"我跟她没有什么。"

"这我也知道，但戴敏喜欢你。"

"孙超，我们从小玩到大，我不会——"

"也许戴敏和你在一起更合适，前几天她给我打了电话，听得出来她是真心地爱你。我对我之前的行为表示道歉，我也知道你这次去机关学习收获不是太大，如果你留在大山里的话，相信你今年一定能考上军校，但现在你心里并没有十足的把握对吧？放心吧，我会尽全力帮你。"

孙超的话让李寒雨心情舒畅许多，心里更感激戴敏帮自己澄清了事实。

军官预选班，也俗称苗子班，在部队是个备受关注的地方，因为这是共和国军官的摇篮，甚至是将军的初级入场券。

苗子班聚集了部队各个领域的精英，基层士兵为主，其中也不乏干部子弟，首长的公务员、机关的通信员。

李寒雨同时具备了关系兵、通信员、基层士兵三重身份。在苗子班，盲目攀比的比比皆是，而思维活跃的李寒雨占了上风，俨然成为这届苗子班另类的主心骨。他之所以能表现得如此抢眼，因为苗子班的模式和校园类似。除此之外，还因为戴敏也来了苗子班，他不想丢脸。

部队里，别说是同一个镇，就算是同一个省都能论老乡。在众多河北老乡的力捧下，李寒雨算是站稳了脚跟。

熄灯后，十几个干部子弟聚在一起叫了一桌吃的，有烤鸭、烤肉，还有啤酒。在美食和美酒的裹挟下，李寒雨似乎忘记了来苗子班的初衷。

"李建，你叔是团长，那没什么了不起的。"

"俺舅还是基地的副参谋长呢。"山东籍战士王哲操着一口浓重的山东话驳斥。

"那在咱预选团，还是我叔最大吧，没听说过县官不如现管吗？"

"俺给你打个比方，比如一个机关的中校衔处长到你们的单位去检查，你们的上校衔团长和政委是不是得陪着，代表的层次不一样，档次能一样吗？"

"行，这杯酒我敬你。"

"我们基本上一只脚已经迈进了军校的大门。"

"说得对。"

"为了我们的将军之路，干干干！"

第一次模拟考试过后，包括李寒雨在内的"关系兵"们彻底傻了。

三百多名学员，排在后三十名的全都是关系兵，李寒雨还算是争气，排在了前三十名，因为他的身旁坐着孙超，而孙超稳居排行榜第一。

苗子班的榜眼戴敏，李寒雨也认识。她都不屑于考，因为她觉得这些题太简单了。孙超之所以能和戴敏谈恋爱，是因为都熟练掌握高端业务，有共同语言。

这次熄灯后聚餐的话题内容稍显沉重，美酒也变成了苦酒。

"我叔说了，考学要凭本事，谁也别想投机取巧，他不会管我。"

"俺舅也说了，如果他帮了俺，对别的考生来说是一种不公平，即使今天他帮了俺一把，但总有一天俺也将会被军队淘汰，因为他毕竟不能帮俺一辈子。"

"这是我们在苗子班最后一次聚餐，我们不能再沉迷下去了，父辈的成就是他们靠自己的付出获得，或许他们为我们搭建了很好的平台，但是成才还是要靠我们自己，从今天起，好好学习，天天向上。"李寒雨进行了总结性发言。

"干！"

门外已经站了很久的军官预选团的团长对着身边的参谋说："退回原单位的报告先不要打了，这些战士还有救。"

"关系兵"们的悬崖勒马，让苗子班学习的氛围空前浓厚。晚饭过后，李寒雨正在宿舍背诵思想政治"矛盾的特殊性和普遍性"这一章节，突然通信员喊自己听电话。电话是李凤武打来的。

接完电话之后，通信员看李寒雨脸色煞白。

"李班长，你怎么了？"

"晚上帮我请个假，我不去自习了。"

"用不用去医院？"

李寒雨没有回答，大脑一片空白地晃悠到了宿舍。宿舍里一群人正在讲笑话，几个人怂恿李寒雨也来一段，大家知道，平日里李寒雨是一个讲段子的高手。

李寒雨一头扎在床上，拉开了被子，轻轻的抽泣声，让宿舍变得格外安静。

"爷爷李占奎去世了。"李寒雨得到这个消息是在爷爷已经安葬之后，一瞬间爷爷所有的好，都涌上了心头。必须要考上军校，为了爷爷，为了家人们的一片良苦用心。从那以后，李寒雨开始挑灯夜读，他的表现让以前对他挠头的几个教员也惊叹不已。

很快，统考开始，李寒雨很清楚，这一天是决定自己命运的一天。

语文和文综考得非常顺利，在考数学和理综的时候，李寒雨没有那么从容了，左顾右盼，受到了监考教官的一次又一次的警告。

在临交卷的时候，李寒雨收到了两个小纸条，一个是孙超的，另一个是戴敏的。

李寒雨先是写了孙超递来的答案，结果权衡了一下，用涂改液涂抹掉之后，还是写上了戴敏递来的答案。

而就是这一个举动，断送了李寒雨人生当中一次至关重要的机会。

分数很快就公布下来了，分数线 413，李寒雨 384 分。当看到成绩之后，李寒雨不肯相信眼前的事实，到干部处查分的时候，李寒雨赫然发现，理综和数学加起来还不到 100 分。事后李寒雨收到了两条短信，一条是孙超的，另一条是戴敏的。

"李寒雨，你没有写我传给你的答案，这说明你不信任我，以后哥儿们没得做了。"

"小雨，当你收到我这条短信时我已经决定退伍了，我来部队两年，就是为了等你，我给你的是错误答案，就是希望我们能一起退伍，然后结婚，你会娶我吗？戴敏。"

看到了两条短信之后，李寒雨没有回复任何一条，而是把手机卡拔了下来直接扔到了水里。

第十九章
传承"红色基因"

半个月来，李寒雨过着三点一线的生活，没有和任何人联系。整个人清瘦了许多，单位领导做的思想工作李寒雨听来更像是嘲讽，一直在机关生活的李寒雨在基层连队也没有几个知心的朋友可以诉说。这个时候，孙超苗子班第一的成绩下发到了单位，提前锁定了军校的席位。

别把自己看太重，这样就会很轻松；别把自己当宝贝，这样活着就不累，李寒雨一直记着姥爷赵东方教给自己的解压秘诀。还有就是和赵东方做的"到了部队好好表现，成为一名共和国军官，为国防事业贡献更多的力量"的约定。

接到了赵青云的电话，让李寒雨很意外，因为自己并没有把单位的电话和家里人说过。

"小雨，不管成功与失败，爸妈都会和你站在一起，坚强点，你要记住，你幸福爸妈就快乐，你不幸福爸妈就不快乐。"

一个农村妇女能够说出这样感性的话，一定是源于最原始的母爱。李寒雨忍着不让自己的眼泪掉下来。

"妈，我没事，这阵子不用手机是因为部队保密检查，你和我爸注意身体，没什么事我先挂了。"

"先别挂，你二舅和你说话。"

这是李寒雨到部队后第一次和赵青林通话。

"接下来有什么打算？"

听了赵青林的话，李寒雨心里五味杂陈，原本以为二舅很不负责任，把自己扔在部队便从不过问。

"二舅，我之前可能过得太舒服了，我的性格也很张扬，所以我觉得自己不像是个军人，经不起一点儿的挫败，我想补课。"

"补哪一课？"

"补我漏掉的那一课，我想到最基层最艰苦的地方去。"李寒雨在经历失败后明白了一件事情，基层是一名军人成长的最肥沃的土壤，也是自己涅槃重生的最佳选择。如果自己靠得住，考试的时候又何必靠他人，至于戴敏，自己的君子之心原谅了她，自己的小人之心已经在记忆里杀死了她。

"把你往舒服的单位调动，我没这个本事，但是调你去基层部队，我来想想办法。"

进入部队第三年，李寒雨凭借新闻报道的特长和机关工作的经历，很顺利地转了士官。但和全军优秀连长陈风贵谈话，即便是有过机关工作经验，李寒雨也略显紧张，毕竟这是军队里边最艰苦、战斗力最强的连队青山连。

"连长，你是四川人。"

"是嘛。"

"我有好多新兵连战友都是四川人，四川的火锅杠杠的，你在这儿工作多好，离家近。"李寒雨能在很短的时间内找到谈话的主题，这也是和王少飞学习的时候锻炼出来的一项技能。

"说出来你都不信，咱连有的四川籍老同志五六年都没回过家了，我也是年前休的婚假，在家住了没几天。"

"结婚，可是大事，为什么不多住些日子？"

"我也想啊，可是演习太多顾不上。对喽，我还没问你小子呢，听说你是从机关调过来的，咱这可是军里边最艰苦的单位，你吃得消吗？"

"连长，我就是农村长大的孩子，不怕苦，再说现在我们部队条件这么好，再苦都是甜的。"

"连队还差个文书。"

"连长，我想到战斗班。"

"班里的训练你也参加，文书算是兼职。"

李寒雨很庆幸自己能来到青山连，在这里战友们只会关注你工作是否积极，没有人在意你是兵还是官。来到青山连不到两个月的时间，李寒雨已经可以单独在大山深处的哨所执勤，也可以在搜山的时候熟练地使用指北针，这些都是之前不敢想象的。

"哨兵李寒雨报告。"

"报告位置和情况。"

"连长，我在9号哨楼，遭遇猴群袭击，请求援助。"

"关好门窗，坚守哨位，援兵马上到位。"

满山遍野的猴子手持石块、土块、木棍疯狂地向岗楼投掷，幸好猴子的准度差了些，除了些许的小石块砸到了哨楼的钢化玻璃，其余的全都落在了哨楼前面的悬崖底下，但是从交手的双方人员来看，李寒雨明显处于劣势。

这种场景让李寒雨相当惊讶，以前别说是和猴子对垒了，就是真的猴子也没见过几次，而眼前的景象让自己何其震撼，简直就是一个现实版的花果山，惊奇之余，李寒雨还冲着猴子喊话。

"猴子猴孙，你们都给我听好了，你们的头儿——孙悟空，是我的偶像，我是从小看《西游记》长大的，你们赶快住手，别自己人伤了自己人。"

听了李寒雨的喊话，猴子们砸得就更凶了，它们似乎把李寒雨的喊话当成了叫嚣。

一会儿工夫，陈风贵带着两个排的人员赶到了哨位现场，立刻扭转了整个战局。

"同志们，给我瞄准望月石上那只老猴，开火。"

战士们手中的小土块像雨点一样纷纷向那只老猴抛去，果然排列有序的猴阵乱了套。猴子们吱吱唧唧摇头摆尾地蹿走了。待猴群散了之后，李寒雨打开了岗楼的门。

"人没受伤吧？"

"没，连长，不过这场面也太惊人了。"

"这些猴子本事不大，就会虚张声势，你知道我刚才那招叫什么吗？"

"不知道。"

"叫擒贼先擒王，这就好比在一次战役中，你把敌方的指挥中心先摧毁了，战争基本上也就结束了。"其实李寒雨早就看出来了陈风贵用的招数，只不过他没想到陈风贵能把这招应用得如此具体。

"连长，你上次在点名的时候说遇到野猪袭击哨位可以开枪射击。"

"那当然喽，哨位神圣不能侵犯，人都不行，别说是牲畜喽，这都是经过上级批准的，因为这里的野兽很嚣张，上次我们的一辆勇士车，就被猪群给掀翻喽，如果遇到野兽侵袭，第一要义就是要保证自身安全，毫不犹豫地射击，这样我们还可以改善伙食，当然喽，你小子也不能为了解嘴馋，满山遍野地追野猪射杀，那样违法。"陈风贵的话惹得周围的战友哈哈大笑，李寒雨也在这种氛围内轻松起来。考学失败后，李寒雨在这里第一次找回了生活里遗失的欢乐。

晚上，整个青山连营区灯火通明，一群人蹲在灯光下吃面条。

"连长，为什么给李寒雨放了两个鸡蛋，我们只有一个。"一期士官武大壮一脸的不服气。

"李寒雨是半脑力、半体力劳动，而你和我一样，大老粗一个。"

"连长偏心喽。"周围一群人在起哄。

李寒雨也感觉有点不好意思。

"大壮，给你一个，两个我也吃不完。"

"逗你呢，文书同志，况且我壮士不食嗟来之食。"

大家又是一阵哄堂大笑。

青山连今晚又加了班，以前的青山连，一片荒山，在战士们动手建设下俨然成为大山中的别墅群，楼前有花，花旁有树，树边有喷泉，喷泉下面还有假山——营院里的几座小山硬是让战士们肩扛手挖给夷平了，活脱脱的一个现代版的愚公移山。李寒雨戏称战友们为新时代的愚公，而李寒雨也被誉为勤劳的智叟，刚开始的时候李寒雨确实嘀咕过，好不容易摆脱了种地，跟处长申请一下，到机关舒舒服服地做个新闻报道员不是很好，怎么又来到了这万径人踪灭的深山老林呢？超负荷的军事训练也就罢了，还要搞什么连队"自助"建设，连个踏实觉都睡不好，抱着铁锹都能睡着，自己是不是犯贱呢？

有些路是自己选择的，你有后悔的权利，但你没有后悔的余地，想到这儿，李寒雨似乎平静了许多，直到有一天和陈风贵去花园里种树。

"李寒雨，来到这里是不是很不适应？"

无精打采的李寒雨硬是从牙缝里挤出一丝笑容来。

"连长，我感觉咱这儿挺好，有山有水，还有野果吃，比神仙都舒服。"

这时一阵小风吹了过来，把李寒雨头上的迷彩帽吹到了地上。

"你看，连风都知道你在说假话，何况我嘞。"

"连长，在这里的确很累，但是我过得很充实，每天干一点儿，日积月累，我发现，我收获很大。"

"你终于说到点子上了，什么地方最让人难忘——付出最多的地方最让人难忘。一百多号人，入伍前有大学生、富二代，还有许多像你这样 80 后 90 边缘的高中生，为什么每年退伍的时候，选择退伍的山外官兵会占大部分，而我们大山里的官兵想走的却很少呢？"

"我们山里工资高。"李寒雨一脸的坏笑。

"当然喽，我不否认你说的这是一方面，但说到根子上，还是这些战士舍不得这里难忘的经历和在这里真实的付出。"

听了陈风贵的话，李寒雨陷入了沉思，这和自己在告别老山沟许家刚时思考的一样，难道这就是自己苦苦找寻的信仰真谛？

"连长，你说得都对，但一直像我们这样，每天训练执勤，反反复复地搞营区建设，工作是不是过于平凡？"

"人无论何时何地，把平凡的工作干好了，那就不平凡。"

"连长，是不是你上学的时候政治学得好。"

"我现在也不差，这句话不是我在学校学的，是我的老团长对我说的。"

"你的老团长，现在还在部队吗？"

"不在喽，他老人家在这大山里奋斗了四十几年，最后得了胃癌永远地离开了我们，看见我们种的树了吗？"

"我正想问你呢，这是什么树，我看许多老班长都对这'树'情有独钟。"

"咱老团长也最喜欢这种树，每个驻守在咱这大山里的战士都喜欢这种树，它是咱的'镇团之宝'，它象征着一种精神。"

"这个我知道，我们新兵连也在大山里，是祖国的另一座大山，那里的'镇团之宝'是一尊女神雕塑。"

"你说的那座山我知道，在全军都赫赫有名，你小子运气不错，不过告诉你，咱这大山也不赖。"

"看来我是大赢家，而且是双赢。"

"这种树叫黄果树，它很特别，生命力十分顽强，就算是没了根，剩下一根棍子依旧能生长。黄果树四季常青，交替轮换落叶，独木也能成林，它不张扬，但是遇到狂风暴雨永远也不会屈服，我们的青山连就像它一样，不屈不挠，在风雨中昂扬。"

听了陈风贵的话，李寒雨心中又涌起一阵自信，觉得自己梦游的魂回归了。

"李寒雨，怎么还不起床，该你接哨了。"凌晨两点，武大壮从深山的哨位赶回来叫李寒雨接哨。

"我有点晕。"听了李寒雨的话，武大壮上前摸了摸他的头。

"你发高烧啦，你等着我去给你熬姜汤去，肯定是不适应这边的湿气，受了凉。"

"那哨怎么办？"

"没事，你别管，我去和班长说一下，我和魏东坡把今晚上的哨给包了。"

没一会儿工夫，一碗热气腾腾的姜汤端了上来。

"大壮，怎么还有鸡蛋？"

"这是炊事班的老班长特意给你放的，他怕汤太辣，你喝不下去。"

姜汤的确很辣，李寒雨边喝边擦脸上的汗水，大壮只能闻到汤的香味却看不见李寒雨在擦什么。

燥热的李寒雨见连部的灯还亮着，便溜了进来，发现陈风贵正伏在连部的桌子上写着什么，走近了一看才知道他在写信。

"连长，给嫂子写信呢。"

"这是我和你嫂子联系感情的唯一方式，我的上一个女朋友就是因为觉得我太神秘，不关心她，最后分手了，还好你嫂子是个善良的人，收留了我。"

"你上一个女朋友是干啥的？"

"北大人力资源管理，我们系的原系花。"

"可惜了，连长，咱这里有那么神秘吗？"李寒雨显露了一脸的遗憾与狐疑。

"我给你举个例子，你就明白了。有一次我去营部给她打了个电话。她问我在哪里，我说我在四川，她说我是个骗子然后就挂了电话，到了月底我才知道，为了保密，我们明明是四川的电话对方显示的是广州或者山西，这种东西是解释不清的。"

"连长，你和现嫂子是怎么认识的？"

"你嫂子和我是高中时的恋人，后来我考上了北大，她考上了四川音乐学院，就分开了，后来她得知我当兵之后就主动联系到了我，年前我们结的婚，现在你嫂子怀孕了，过段时间我的下一代就诞生喽。"

"连长，厉害呀，百发百中。"

"你这个臭小子，我还以为你要恭喜我快当爹了呢。"

"如果是男孩的话，就认我做干爹，你看行不？"

"那要是女儿呢？"

"等我有儿子了，我就让我儿子把你女儿娶了。"

"那我闺女不成姐弟恋了。"

"多时髦啊，况且真正的爱情不会被年龄锁死。"

"好，算你狠，我答应了。等你休假了，去我们老家，到时候，我和你嫂子做杠杠的火锅招待你。"

"好嘞，连长你老家什么地方？"

"汶川映秀。"

第二十章
大爱无声

　　郭鹏，一直没有给你写信，对不起，不是我没有提笔的力气，而是我没有提笔的勇气。孙超应该和你都说了，我没有考上军校。

　　我和戴敏分手了，刚开始的时候，我觉得她城府太深毁了我的前途，可现在我想明白了，有些事是不可以弄虚作假的，打铁还需自身硬，假如我学得和孙超一样好，怎么会有这样的事发生呢？

　　你信中说你入了党，恭喜你，我也向组织递交了入党申请书，我是我们这个连队唯一的一个是士官但没有入党的人，已经被列入了入党积极分子的人选。

　　现在的我和你共频了，你说你有条爱犬叫"绿剑"，我的爱犬叫"虎子"。前天虎子得了风湿病，我们连队的卫生员还给它打了一针。如果有机会我会带着虎子去你的山头踢馆，让它们较量一下谁是真正的犬中之王。

在我通往哨所的路上，有一种叫作漆树的植物。这种植物有毒，有一次战斗班的二班长皮肤被漆树叶划破了，全身浮肿，可把我们吓坏了，后来是抬到山外的老中医家治好的。但是它再毒还是毒不过我们这儿一种叫作竹叶青的蛇，每次上山巡逻的时候，我们都要穿上特制的防护靴，可是这家伙太狡猾了，经常隐藏在树叶里，和我们捉迷藏。

我们这里风景特别美，小桥、竹海，还有孔雀湖。湖中的鱼五颜六色，品种能比肩咱潘家口水库，怎么样，你听着是不是像在听神话，其实这里就是仙境。

这里最美的当属云海和蒙蒙的细雨，但是长期的朦胧就不美了，因为我们常常洗一件迷彩服一个星期都晾不干，后来我们的连长带我们盖了一个晾衣场，可以吸光的那种，彻底解决了这个问题。我们连长的学历很硬，北大的，比咱新兵连副连长还牛。对了，副连长怎么样，听徐少佳说他调总部去了，以后我们去北京吃烤鸭，可就有人买单了。

好了，我就不和你多聊了，好不容易赶上一个周末，我得去亲手编的竹床上打个盹，晚上还有哨呢。

你在那儿好好干，到时候我们一起休假，王辉电话里说，到时他开车去北京接我们，那孙子都开上宝马了。

"李寒雨，去阵地，连长找你有事。"李寒雨放下了手中的信，以百米冲刺的速度朝阵地跑去。

"你小子，就算是知道有好消息也用不着跑这么快啊。"

"好消息，连长啥子好消息，你快讲一下哟。"李寒雨故意以陈风贵的老家口音讲话。

"你个瓜娃子，一共有两个好消息，一个大好消息，一个小好消息，你想先听哪一个？"

"我先来个大的，你不是经常教育我男人要有大胸怀、大气魄吗？"

"大的就是组织批准你入党了。"听了陈风贵的话，李寒雨激动得半天没说出话来。

"连长，你放心，我向你保证，以后我一定好好干，干什么都冲在前面。"

"你不用向我保证，一会儿在阵地党支部开会，向组织保证吧，不是冲在前面就是好好表现，要我看，打饭的时候就不能总冲到前面。现在想不想知道第二个好消息？"

"连长，您还是一会儿开完会再告诉我吧，我得先把这个大喜讯消化消化。"

党支部会议上，李寒雨郑重地向党旗宣誓，庄严的入党誓词，让整个宣誓过程神圣郑重，尤其这次支部会议是在空旷的阵地上进行的。

指导员徐平扶了扶镜框："来，给李寒雨呱唧呱唧。"李寒雨面向大家行了一个标准的军礼。

"连长，第二个好消息明天再说吧，我去研究地图去了，我怕下次演习的时候掉队。"

"我还必须现在就告诉你，上级下达了命令，军政治部要培养一名基层的新闻报道员，团里把你报上去了，明天有车来接你。"

"连长，是不是我平时在这儿表现得不好，给大家拉后腿，你不要我了。"听到这个消息后，李寒雨突然吼了出来。

陈风贵先是一愣："你这个傻小子，表现不好能给你入党？这是多好的事情呀，多少人想去都去不成啊，团委扩大会上我和指导员拼了老命才帮你争取来的名额，你小子可别狗咬吕洞宾。"

"连长，对我来讲，这算不上好消息。"

"别啰唆，赶紧回去准备，晚上食堂会餐，全连给你践行。"

晚饭时，李寒雨并没有喝多少酒，都说酒是感情升华的补血口服液，其实真正的血浓于水的情感并不需要酒的辅助，况且陈风贵也不允许李寒雨喝多，理由只有一个，明天去军机关报到要精神饱满。

晚饭后，李寒雨来到了青山连的连部，在连史馆的士兵墙上找到了自己的名字。在大部分的连队连史馆里，只记录了历任主官的名字，而在青山连，每一名在这里服役的士兵都会找到他的痕迹，并且会一代一代地传承下去。

第二天清晨，团里的车来接李寒雨，陈风贵带着全连的战士列队送行。李寒雨朝队伍敬了一个标准的军礼之后，头也不回地钻上了车。的确，他不敢回头，就在刚刚，倒车镜里，他看见了战友们强健的身躯在队列里前后抖动。

一路上，车两旁的黄果树叶被风吹得呼呼作响，恍然间李寒雨感觉自己变成了一棵黄果树，迎着凛冽的风尽情地摇摆。

"小李，你先去王少飞副处长那儿报到吧，一会儿再给你安排住处。"

"好，谢谢杨干事。"

"不用，听说，你新兵的时候就来处里学习，按资历我还得喊你班长呢。"

李寒雨心想，这个军官说话倒是很中听，但是有了刘武涛的例子，李寒雨再也不敢轻易地套近乎了。

"杨干事，你太谦虚了，以后有什么事你吩咐。"

再回到宣传处的时候，老处长已经转业。李寒雨觉得自己很不走运，处长一转业，也就意味着自己之前在处里所干的一切几乎都化作了零，先前熟悉的大部分干事也调离了，唯一值得庆幸的是，王少飞已经晋升为宣传处的副处长。

闹钟一响，李寒雨弹身起床，提前半个小时起床是他的习惯，打扫完办公室的卫生，李寒雨并没有把水壶交给处里的通信员，一来如果自己这样做和刘武涛就成了一丘之貉，二来好久没去锅炉房了，想去看看熟悉的一切。来到了锅炉房，李寒雨打完水之后并没有走，而是把水壶放在了一边，欣赏着锅炉房繁华的盛况，也偶尔向熟悉的战友打个招呼。

李寒雨看了看手表，还有五分钟就上班了，自己不能再等了，一年时间没有联系，也许她早就退伍或者调走了。

"小李，你去把我这个月的稿费取一下。"

王少飞这个月的稿费是两千，而自己只有两百。在邮局签字的时候，李寒雨忍不住地自言自语，这就是差距。刚出邮局门口，下起了蒙蒙细雨。

还好雨不大，虽然没带伞，不过帽子可以遮雨，但是衣服肯定要淋湿了，因为邮局和机关大楼还有一段的距离。

在李寒雨快步奔向机关大楼的时候，迎面走来的两个年轻军官让李寒雨大吃一惊，因为其中的女军官李寒雨认识，是金婷，原来金婷提干了。

李寒雨原想加速跑过去装作没看见，但还是被金婷叫住。

"李寒雨！"

"班长好——队长好。"看金婷的肩上换了肩章，李寒雨改了口。

"什么队长啊，就叫班长吧，这位是我们文工团舞蹈队队长孙梓耳。"

"队长你好，我叫李寒雨，在处里学习，以后有机会聊，这会儿雨大了。"李寒雨指了指天。

"小李说得对，我们走吧，小婷。"

"再见，金队长！"李寒雨飞速地穿过了马路。

回到水房，李寒雨洗了把脸，镜子里呈现出自己被雨淋过的狼狈样子。小婷，在向我预警吗？真的没有必要，我李寒雨有自知之明，再说了小李是你喊的？就算士官的级别低，按资历我也应该是老李。

李寒雨把稿费交给王少飞之后，刚要转身离开，就被王少飞叫住了。

"小李，今年考学你想不想去？"本来李寒雨想说不去，因为这一年自己在青山连除了看了几本莫泊桑的小说外，就没再学习过，去了也没把握。但想到自己刚刚遇见金婷时的尴尬，李寒雨咬了咬牙。

"处长，我想去。"

"那你最近就多看看复习资料，别的事都交给通信员吧。"

因为要考学，李寒雨把闹钟又提前了半个小时。

背了会儿英语单词，李寒雨看时间还早，准备去跑会儿步，但被许贺祥叫到了办公室。

"小李，过几天就要全军保密大检查，这里有些涉密文件需要销毁，我这会儿还要赶紧弄个影集出来，总部工作组等着要，别人我又不放心，趁时间还早，你去锅炉房后面的垃圾场帮忙烧掉吧。"

"好，许干事。"接过材料之后，李寒雨很是郁闷，自从上次碰到了金婷之后，自己已经把锅炉房列为禁区。

销毁完文件之后，刚好赶上打水的时间，这次金婷打水只提了一个水壶。

"队长，这么早，打水啊。"

"不，我来等你。"

"等我，有事吗队长？"

"你明知故问，我知道你和戴敏分手了。"

"你监听我。"

"刘晓刚说的。"

"这个叛徒。"

"你别怪刘晓刚，是我逼问的。"

"你对他用刑了。"

"美人计。"李寒雨看到金婷妩媚地一笑，心扑通扑通地乱跳，但是当他抬头看到金婷肩膀上的银光闪闪的星星的时候，马上又恢复了理智。

"队长，我俩不合适，我觉得孙梓耳队长就不错。"

"李寒雨，这是你第二次拒绝我，别后悔！"其实李寒雨在转身的一刹那已经后悔了，因为李寒雨知道金婷的追求者有很多，特别是地方上的粉丝，把花束都送到了营区的纠察室，但有一点李寒雨很明白，爱情有的时候就是买卖，不是相爱就可以，像杜海川哨长的那种两情相悦，自己还没有足够的自信。

再次踏入苗子班的大门，李寒雨暗想，别的事还有再三、再四，而部队考学只有两次机会。他很清楚这次的考学对自己来说意味着什么，掉层皮也得考上，不为别的，就为能一直穿着这身笔挺的军装和戴着那个胸前展示自己姓名的姓名牌。

在苗子班，李寒雨可谓是元老级人物了，这次预选团的相关领导还专门找李寒雨谈了话。

"李寒雨，今年有没有把握？"

"团长，没把握，但我会尽力。"

"谦虚了。"

"首长，以前不懂事净放空炮。"

"等你考上军校，我请你吃饭。"

走出团长办公室的时候，李寒雨的心中很不是滋味。还记得第一次预选团团长找自己谈话的时候，自己的回答是，团长，我要是考不上，你就把我拉出去毙了。

第二十一章
虎口逃生

五月十二号中午，李寒雨抽空给王辉打了个电话，今天是他的生日，李寒雨有个习惯，把在乎的人的生日都提前记在记事本里。

下午一上课，李寒雨便早早地来到了教室。第一节课是物理课，授课的教员是团里从驻地名校聘请过来的。李寒雨的理综一塌糊涂，所以不敢有丝毫的怠慢，而他的同桌孙大林依旧和往常一样呼呼大睡。

"李寒雨，你摇我干什么啊？"孙大林揉了揉睡得惺忪的眼睛。

"孙子摇你了。"

孙大林听李寒雨如此一说，继续埋头大睡，与此同时，李寒雨突然感觉整栋楼房晃动了一下。

"大林，别睡了，楼好像在晃。"

孙大林拉开窗子，看了一眼。

"没事，其他的楼也在晃。"

这个时候，李寒雨面前的课桌连续地抖动了几下。

"地震，快跑。"

李寒雨噭的一嗓子，整个教室炸开了锅，大家迅速朝安全通道和门口跑去。这时候，百余人的阶梯教室开始剧烈地晃动起来，屋顶的天花板开始往下掉，吓得最后排的一个通信团的女战士直往桌子底下钻。李寒雨一脚踹开了窗子，跳了出去。

"快跳啊，再不跳，你会死的。"

"太高，我不敢。"一听到会死，女孩吓得哇哇直哭。

"没事，我在下面接着你，快跳啊！"

女孩一闭眼，咬了咬牙终于跳了下来。

李寒雨抱着女孩顺势滚到了院子里的草坪上。密密麻麻的人蹲在草坪里惊恐地看着颤抖的大地，一阵阵的地震波从大地底下冒了出来，一向敦厚坚实的大地变得如此脆弱和无情，不再庇护它的孩子们。晃动变得更强烈，又持续了几秒后，教室开始慢慢地下沉，又引起了大家的阵阵惊呼。

终于，大地停止了晃动，李寒雨感觉自己的后背都湿透了，手心也全是汗，不过他怀里的人显然比他更紧张，因为对方的脸上还挂着泪珠，当四目对视的时候，李寒雨一下子松开了手，跳了起来。

"对、对、对不、不起。"

"李寒雨，怎么着，你说话的节奏怎么和地震似的。"被震醒的孙大林看到了这一幕后，开始调侃李寒雨。

"你真龌龊，刚刚李寒雨在救我，不像你只顾着自己跑，懦夫。"

女兵的一番话，不但让孙大林憋了半天说不出话来，李寒雨也是十分地惊讶，女人的善变出乎了自己的意料。

"我，我，我，我——"孙大林也开始有节奏地震了起来。

"你都承认他是救你了，要是在古代，像这种情况得以身相许。"孙大林终于恢复了镇定。

"不用——不用。"李寒雨竟然还谦虚起来。

"不用什么呀，就是在古代我也不会嫁给你，刚才抱我抱得那么紧，都弄疼我了。"

"我，我，我，我——"当李寒雨开始"地震"的时候，地震真的又来了。

"大家赶快蹲下，余震。"训练一营营长张福海这一喊，女兵一下子又扎到了李寒雨的怀里。

待余震停止之后，孙大林仰天长叹。

"人家这命，地震震出个女朋友。"

听到孙大林的话，女兵的脸更红了。

"我得走了，李寒雨，谢谢你的救命之恩，有机会我会报答你。"

"除了以身相许，其余的我不稀罕。"说这句话的时候，李寒雨很诧异自己何时变得和孙大林一样流氓。

"滚。"女兵骂了李寒雨一句便直奔停在操场上的一辆军车。

看着鲜红闪闪的车牌号，孙大林摇了摇头。

"你没戏，这坐骑是正师级别以上的。"

"我知道，我连正班级别都不是，有自知之明。"

"赶快上网查查，震源在哪儿。"

"信号都没有，怎么上网。"

李寒雨抬头一看，发现周围的人都在拿着手机疯狂地拨号。

顿时，李寒雨意识到，原来人类在自然的面前是如此的渺小，面对自然的发难，就像一群迷失的羔羊，而此时，大自然手里捏着一把血淋淋的屠刀。

"四川汶川、北川发生里氏 7.6 级地震，震源深度 10 公里，这次地震释放出来的能量，相当于 400 颗原子弹同时爆炸的能量。"信号恢复后有人抛出了一条重磅新闻。

当能打通电话的时候，李寒雨和所有人一样，几近疯狂地把电话打给了家人和朋友。当得知他们无恙的时候，他又把电话打给了大山深处青山连的战友。接电话的是一位值班人员，他并不认识李寒雨，尽管李寒雨做了自我介绍，但还是没能联系到连长陈风贵，只知道他带队去执行任务了，什么任务对方没说。

"李寒雨，快看新闻，地震级数是 8.0 级，新闻直播的主持人都哭了。"李寒雨没有接孙大林的话，电视前没有口令却统一哭声成片。

"大林，我要去灾区。"

"没这任务啊。"

"请愿我也要去，不行我就写血书。"

"你说的是真的？"

"这还能有假？"

李寒雨一口下去，满嘴的血，不知情的人还以为他在地震中受了伤。

孙大林把手指放在了嘴边，又放下了。

李寒雨的请战血书写完还没来得及上交，团部通信员通知李寒雨跑步到预选团抗震指挥部接电话。

"副处长，我正想打给你呢，家里都好吧。"

"家里很好，小李，首长已经把命令下达到军部，不惜一切代价，抢救灾区人民群众生命，晚上你和我随救援队一起去灾区。"

知道自己也要马上去灾区，李寒雨此刻的心情是紧张的、激动的。如果说刚来部队时遇到这种情况，自己肯定是慌张的、失措的。因为当时的自己来部队的目的很单纯，当个军官，光宗耀祖，实现自己的人生价值。如今去了灾区，就意味着把生命一半交给了死亡……

操场上哨音不断，大地余震不断，全团组织撤离演练，一顶顶军用帐篷和临时帐篷布满了军官预选团的所有空旷地带，教员不再给大家补习专业知识，讲的是地震紧急避险和自我救护的基本常识。这个时候大家听得全神贯注，包括一些曾在课堂上不注意听讲的学生。

坐在草坪上的李寒雨翻看手机屏幕，阅读着铺天盖地的震区新闻，时间在不断地流逝，死亡的人数在不断地上升……

此时电话响了，李寒雨按了接通键。

"处长。"

"我是你妈。"

"妈，怎么是你。"

"我给你打个电话就不行了，告诉你一个事。"

"什么事？"

"我跟你爸商量了，这次地震咱村要是组织捐款，咱家捐3000块，村里要是不组织的话，我和你爸就到镇上，到县上去捐。"

"捐这么多啊！"李寒雨知道3000块钱对于一向勤俭持家的父母意味着什么。

"一方有难八方支援，更何况我儿子还是军人，我们怎么能落后呢。"听了赵青云的话，李寒雨激动了好一会儿。

"小雨，妈没别的要说的，和部队去灾区的话，注意安全。"虽然电话里只有赵青云一个人的声音，但李寒雨知道，父亲李凤武肯定也在电话旁。

这个电话使李寒雨更加坚定了，刚才他还在为去灾区后可能再没有机会给含辛茹苦的父母尽任何的义务而纠结，现在终于放下了，因为父母知道他们的儿子是一个军人……

"处长，什么时候出发？"

"一会儿救灾防疫大队会来人接，你回去准备一下。"

在李寒雨打背包的时候，一阵嘹亮雄壮的军歌在操场上响起。

"准备好了吗，姐妹兄弟——"

李寒雨推开窗子一看，预选团的警卫营全体战士已经在操场上集结待命。

看到这种场面，李寒雨的底气又添了几分，在没有战争的和平年代，大灾难就是一场大的战争。突然，放在床上的矿泉水瓶又晃动起来，李寒雨把打好的背包从二楼的窗子扔到了楼下的草坪，自己也跟着背包跳了下去——

预选团的军属们都来了，有的还抱来了孩子，也许他们一直都在为自己是军人家属而感到自豪，而此刻是他们最自豪的时刻。

大家苦苦等待的救灾车来了，只有李寒雨一个人获准上了车。

等待的队伍躁动起来，指挥员拿着扩音器在喊。

"大家不要着急，还会有第二批，我们接着等。"

上了车之后，李寒雨心里很不好受，多可爱的战友啊，他们即将面对的也许是死亡。让李寒雨更难受的是听同车的战友说，灾区的死亡人数还在上升，李寒雨明白，每一例伤亡背后都是一个支离破碎的家庭。

离灾区越来越近，车无法再继续前行，公路已经被方圆数里的泥石流、滑坡掩盖上了。李寒雨和同车的人下车没几分钟，车子就被余震引发的又一个滑坡毁掉了。李寒雨心里暗惊，原来死亡如此之近。

队伍就地集结，一位身材高大的大校站在了队伍的前面，作了动员："同志们，前方泥石流堵路，车辆无法通行，改为徒步前进，大家要严密观注山体滑坡和余震，安全第一。同志们，灾区的人民正在死亡线上挣扎，等着我们营救，养兵千日，用兵一时，这个时候才是实现我们军人价值的时候，我们务必要在14日之前赶到灾区，大家有没有信心？"

"有！有！"

救灾前线指挥部第四责任区指挥员孔宏做了简单的动员。

党员突击队冲在了梯队的最前面，突击队员的身上都系着一条粗粗的备用绳子，而绳子的另一端拴在了相对安全的地方，第二梯队的人是救灾的主干力量和防疫人员，李寒雨和一些勤务人员走在了第三梯队的后面。

在行进的过程中，李寒雨突然感觉绳子一紧，再向前看，第三梯队的五个人，只剩下半个身子露在了外面。

"大家快撤，泥石流！"当一米八几的突击队员王阳操着河南话发出预警时，其他的四个队员已经被汹涌的泥石流吞没，最后消失在大家视线里的是王阳。

"快救人，救人啊。"李寒雨和所有人一样急得直跳，但是他的心里清楚，面对恶魔一样的泥石流，自己只能眼睁睁地看着战友牺牲，却无能为力。队伍集体脱帽，向已经和山融为一体的烈士默哀。

李寒雨和作训处参谋张啸天、陆海军迅速补上了第三梯队的突击队，余震还在不断地发生，不时看到有灾区的老乡抱着头往外冲，有一些人看到了解放军就停了下来。

一位穿着藏族服装的女人跪在了地上，抱住了走在最前面的陆海军。

"解放军同志，救救我儿子吧，他才七岁半，我给你们带路，求求你啦，我给你磕头了。"

陆海军扶起了女人。

"孩子在哪儿？"

"刚刚那会儿他还喊我娘嘞，再晚就来不及了。"

陆海军焦急地看了看分队长何红刚，何红刚点了点头，派出了一组人跟着陆海军走了。

终于到了灾区的震中汶川映秀。王少飞把李寒雨叫到了队伍外，"现在我们可以自由活动了，记住两点：第一点，确保自身安全；第二点，不准拍死者的特写。"

和王少飞分开之后，李寒雨调好了相机，进入了现场，一个还未完工的工地废墟上，战友们正在用钢钳等工具切钢筋……李寒雨疯狂地跑了过去，因为他赫然发现正使用钢筋钳施救的是青山连的战友——武大壮。

"大壮，连长呢？"

"去救嫂子了。"

听了武大壮的话，李寒雨脑袋嗡嗡作响。

"你为什么不去帮连长？"

"连长不让，这废墟下面还有很多人。"

在和李寒雨对话的同时，武大壮和其他几个战友也没有停止手中的抢救。

顺着武大壮手指的方向，李寒雨发现了一处废墟上，一个脸颊布满泥垢的汉子正在用手拼命地刨挖，而他的整双手鲜血淋漓，李寒雨把相机放到了一旁，也拼命地挖了起来。

二十多分钟后，武大壮等人也都赶了过来，地下突然传来了一阵婴孩的哭声，陈风贵用嘶哑的嗓音喊了一句："孩子，我的孩子！"

大家加快了挖掘的速度。

眼前的这一幕，让在场的所有人惊呆，一个婴孩在一个毛毯和棉被组成的包裹里调皮地自顾自地戏耍着，孩子的母亲在一个狭小的三角空间里，蜷缩着身体，用两只纤细的胳膊做了支架，保证了孩子的存活空间，她的后背被水泥块和破碎的衣柜砸烂，她的手里还紧紧地攥着手机。

陈风贵把女儿交给了亲人，脱下衣服盖在了妻子的身上，抱着她离开了废墟。李寒雨能够感觉到陈风贵走的每一步都那么的沉重。他知道，陈连长一定有许多话要对妻子说……到处都是施救现场，废墟中不时传来呼救声，从救援的战友口中得知，前面不远处就是一所倒塌的学校，李寒雨快速地跑了过去。

学校的主教学楼坍塌了大半，有四五十个孩子被压在了下面。战士们已经在废墟中抢救出了二十几个孩子，并挖出了十多具尸体。看着一个个排列整齐的幼小生命就这样消失了，周围的所有人再也忍不住了，泪水泉涌而出。

李寒雨擦干了眼泪，从军用帐篷里取出白布盖住了孩子的身体，加入了其他正在施救的队伍。

在这组施救队伍中，李寒雨赫然发现了郭鹏和徐少佳，本来应该朝天对饮三百杯的相逢，在这个场合下只是彼此点了点头。

抢救到了最关键的时候，余震突然发生，教学楼的废墟和机吊操作台发生了移动，混凝土块不断地坍塌，前线指挥员孔宏下了死命令，让钻入废墟的徐少佳马上撤出来，而此刻徐少佳的手里正托着两个孩子。

"郭鹏你接住。"徐少佳拼命地把孩子推了上来，废墟的抖动越来越厉害了，郭鹏眼看有几块较大的混凝土落在了徐少佳的后背上，他的后背上立刻呈现殷红的一片。

"少佳，快上来。"

"下面还有四个。"

"快上来，你已经受伤了。"郭鹏吼了起来。

"叔叔，救我。"废墟下面的呼救声更加急切，徐少佳转头又钻了进去，废墟不断地坍塌，那块巨大的混凝土块眼看在往下陷，站在上面的郭鹏和张晓亮几个人一听里边还有学生，顾不上那么多了，顺势就要往里钻，但是被安全组的执勤战士死死拖住，两帮人在反复拉扯。

郭鹏扑通一下跪在了地上。

"让我们再去救一个！废墟下面还有人！"安全组的人也哭着放开了手，这一瞬间，大地停止了颤抖。

郭鹏像发了疯般地扎进了入口更加窄小的废墟，已经听不见徐少佳刨土的声音，也看不到他的人，原来的洞口被黄土死死地盖住。

"快挖，徐少佳还在下面。"

鲜绿的迷彩带着血红，在阳光的折射下显得格外地刺眼。

"快，快，是徐少佳。"徐少佳的后背像一块横躺着的门板，挡住了余震震碎的石块和黄土。

很快，徐少佳被抬到了帐篷里，他的身边围着四个躲在他身下毫发无损的小学生。

"叔叔，叔叔，你没事吧，你的后背还在流血。"

"叔叔没事，以后你们一定要好好生活，忘掉今天的一切，做个快乐的人。"

"嗯，知道了。"四个孩子用力地点了点头。

"你们先出去，我有话对这个叔叔说。"

"少佳，别说话了，医生说了，马上手术，你会没事的。"郭鹏一手攥着徐少佳的手，另一只手不停地擦拭徐少佳口角溢出的血水。

"没用了，后背被砸成了几段，在废墟里的时候我就知道自己活不成了，有空儿代我去看看我家人。"

"少佳，没事的，医生马上就来了。"

"谢谢你当初那一巴掌把我打醒，今天我终于赎罪了，我不是逃兵了吧？"

"不是，你是咱山里的骄傲。"郭鹏再也说不出话来。

"李寒雨，哥儿们对不住你，没能生个儿子，二十年后的比武，你赢了。"

"少佳，别说了，你会没事的。"

手术完，主刀医生摘下眼镜朝一直等在门外的战士们摇了摇头，李寒雨和郭鹏两个人抱在了一起号啕大哭。

被徐少佳救上来的十余个小学生全都自发地跪在了帐篷外。看到这个情形所有人都哭了。

还没有从徐少佳牺牲的阴影中走出来的李寒雨，突然被一声特别的呼救惊醒！

"当兵的，救救我。"

"快来，这儿还有人。"

呼救的是一个三四十岁的中年男人。他被埋在了两块水泥板支起的三角区内。

"大哥，你别着急，我去喊人。"

"快点，一定要快，再来一次余震，我非死不可。"

战士们挖土的时候，中年男子又开始喊了起来。

"当兵的，你们快点啊，你们要是把我救上来，我给你们五十万，一百万也行。"

听了中年男子的话，李寒雨一股无名的怒火从心底燃烧，竟然还有这种货，都这个时候了还把钱看得这么重？从银行里挖出上千万我们都不眨眼，谁会在乎你的几个臭钱。李寒雨转念一想，也许这是他的本能反应吧，不要看他的人格，就看在他是一条生命，救吧，当把这个中年男子送上救护车时，他还在喊："你们留下我的电话，回头我把钱转给你们……"

"连长，你睡了吗？这是老乡给的两个煮鸡蛋，你来一个。"

"我不吃了，你吃吧。"

"连长，你的嗓子怎么了？"

"没事，过两天就好了。"

"连长，大壮说你两天没睡了，休息会儿吧。"

"我睡不着。"陈风贵嘶哑的声音让李寒雨特别心疼。

"知道你嫂子为什么紧紧地攥着手机吗？手机上有两条短信，一条是留给女儿的，一条是留给我的。她对女儿说，孩子一定要听爸爸的话，妈妈爱你；她对我说，风贵，你怎么还不来救我和女儿啊？"

其实我早就到灾区了，当时奉命去一所学校救援了，如果早点来救你嫂子，说不定她……唉！

李寒雨没有作声，悄悄地转过了身，眼泪再也忍不住地流了下来，而另一边是陈风贵的鼾声和不时喊一句"这里还有一个"的梦话。

中午，红肿着眼睛的李寒雨放弃了拍摄，就地加入了救援组。

"叔叔，救救我，我还小，还不想死。"

"别怕，叔叔一定救你，但你答应叔叔，不能睡，等你上来了叔叔给你买冰西瓜。"

李寒雨这么一说，小女孩努力地睁开了眼睛。

"叔叔，冰西瓜好吃吗？我只吃过冰激凌，西瓜吃多了容易肚子疼。"小女孩似乎想起什么。

"叔叔，我爸爸妈妈还好吧，他们没事吧？"

"没事，就有点皮外伤，已经涂了药。"李寒雨在微笑的时候心却在泣血，小女孩爸妈的尸体就是自己从不远处的废墟里挖出来的。

"叔叔，我听话，一定不睡，这次我一定要多吃点冰西瓜，里边太闷啦。"听了小女孩的话，李寒雨和身边的战友顾不上还在滴血的双手，又加快了速度。终于，小女孩被抬了出来。

李寒雨取了毛巾盖在了小女孩的眼睛上，紧紧地攥住了她的手。

"叔叔，谢谢你救了我的命，你看你的手都出汗了。"

"好好养伤，到时候叔叔去看你。"

"叔叔，别忘了！冰西瓜……我去医院找妈妈。"望着远去的担架，李寒雨蹲在地上抱头痛哭。

在李寒雨抬头的时候，一辆摩托车缓慢驶过，一个蓬头垢面的青年在崎岖的山路上艰难地前行，车后座上捆绑着一张结婚照和一件被血染红的白色婚纱，婚纱里包裹着新娘的尸体。突然摩托车一个打滑，向一旁的堰塞湖扎去。

李寒雨一个箭步冲了过去，和青年一起拽住了失去平衡的摩托车，当摩托车稳定后，青年却一把推开了李寒雨。他蹲在原地，抱着新娘的尸体痛哭。

李寒雨悄悄地离开，来到坍塌的居民楼施救。

每天百余次的余震，让李寒雨感到麻木，不断外涌的人群和前来救援的解放军，形成了一组组鲜明的画面，只有在吃饭的时候李寒雨才感觉自己还活着。炊事班的野战保障伙食很到位，但没人吃得下。水和压缩饼干成了战友们的战备口粮。

也会有当地的灾民送来煮鸡蛋和凉茶，李寒雨知道这是乡亲们的爱，但是这份爱太沉重，吃不消。特别是夜里，这是李寒雨最难熬的时候，地面上的人在哭，地面下的人也在哭。即便是工程部队赶来，也没有人敢贸然机械挖掘，李寒雨只有不停地镐刨手挖，直到精疲力尽才晕晕乎乎地睡去。

一声哨响，新一天的营救又开始了。而今天的重灾区是一座中小学附近的堰塞湖。

堰塞湖里，一辆大巴车半浮出水面，就在周围的人群组织打捞时，一个身穿武警迷彩服的军官，拿着长枪短炮，近距离一顿狂拍。

"不许对逝者近距离特写。"李寒雨这一嗓子，让这个武警军官瞬间成为焦点。

当四目相对的时候，李寒雨更加气愤，原来这个人竟然是刘武涛，不知道这小子用了什么手段竟然提了干。

发现阻止的人是李寒雨，刘武涛放松下来。

"小李，没想到我们兄弟俩能在这儿见面，不瞒你说，我是主动打报告来灾区的，这照片、这场面，绝对的头条。你傻啊，还不抓紧拍，今年你们单位新闻这一块立功受奖的一定是你。我听王处长说了，你到了灾区一直在救人。是兄弟我才提醒你，生命只有一次，别忘了你的身份是战地记者，不救人也不会有人说你。"

"我是军人。"

李寒雨一拳上去，将刘武涛放倒，他胸前的相机也滚落在地上。

正在这时，人群喧哗起来，又有一辆校车掉进了堰塞湖。

"谁会游泳？快救人！"会游泳的战士和余震滚落的碎石一样纷纷地跳进湖中，李寒雨扯下迷彩服也扑通一声扎进了湖里。

从救人的数量上来看，李寒雨的水性是最好的，当最后一个孩子被李寒雨从校车里托举上岸的时候，一块滚落的巨石砸中了李寒雨的后背。

第二十二章
噩梦重重

军医院的病床上，李寒雨注视着吊瓶，吊瓶像是注了水的天灯，晶莹剔透。门被推开，他连忙擦去了眼角的泪水。

"兄弟，这两天感觉怎么样，能睡了吗？"

穿着白大褂的王二宝，还真像那么回事儿，现在他是军医院心理科主任医师的助手。

"好多了二宝，但总做噩梦，一闭上眼睛就是尸体，醒的时候身上全是汗。"

"你这算是好的，有两个从灾区回来的新战士已经转到了精神科。"

"郭鹏怎么样？他没事吧？"

他已经回大山了，临走之前还来医院看了你。那时你刚睡着，我没让他吵你，床边的牛奶和香蕉是他给你买的。

"二宝，这些天照顾我，辛苦你了。"

"说啥呢，本来你不在这个病房，我给主任申请了两次才把你调过来的，我的新兵连战友是抗震英雄，医院的同事们都羡慕我。"

"我不算。"

"郭鹏说你们救援之前，手机都上交，有的战友为了多救一个人写血书请愿，还听说地震那会儿，灾区的野兽都疯了，他亲眼看到一只野狗把一个小姑娘的嘴唇咬了一口，那野狗还是他打死的。"

"除了这个呢？"

"单位给你俩每人记了一个三等功，徐少佳二等功。"

"如果徐少佳能回来，灾区能少死几个人，我宁愿什么功都不要。"

"你别激动，先歇着，我出去给你打壶热水去。"王二宝红着眼眶去了水房。

用了两个星期的时间，李寒雨把《红楼梦》又读了三遍，感觉还是如此难懂。拿到文化站的牛林临走时留给他的那幅字"天道酬勤"，不禁自问，付出与收获真的成正比吗？

"牛林提前退伍了？"

"他说他家有事，就提前退了伍，所以他把字放我这儿，让我转交给你。"

"为什么放你这里？"

"你是明知故问，文化站是我们宣传处的直属队，之前你让我帮忙给他带过几次东西，我想他把我当你女朋友了。"

"我的两次考学机会都没有了。"

"嗯，我听说了。"

"所以我们更不可能了。"

"谁规定的军官和士官不可以恋爱。"

"金干事，我说的不是这个。"

"那是哪个？"

"你们女孩子不会明白的。"

"你个小屁孩在想什么，我能不知道？"

"谁是小屁孩？"

"你呀，死要面子活受罪。"

"我是历经生死的人。"李寒雨指了指胳膊上留下的疤。

"这说明不了什么，只能代表你点儿背。"

"我，我，我——"

…………

"又地震了，李寒雨？"出现在面前的是一束鲜花和花一样动人的女人。

"你怎么来了？"

"听说我的救命恩人住院了，我自然要来看看。"

"这个孙大林的嘴还真欠。"

"他考上了军校。"

听了这个消息，李寒雨有点意外，孙大林的学习水平自己很清楚，不过作为同桌，他能考上军校，李寒雨还是感到高兴。

"李寒雨，你朋友来了也不给我介绍一下。"

李寒雨心想，我倒是想，但是我连人家的名字都不知道。

"姐姐，我叫杜雨萌，你叫我萌萌就行，平时李寒雨就这么叫我。"

李寒雨心中抗议，撒谎如此地自然，一看就是个惯犯，但是见金婷在场也只好昧着良心帮她演戏。

"萌萌，这位叫金婷，是共和国的女军官，你也可以叫她婷婷姐。"

"李寒雨，你和萌萌先聊，我单位还有点儿事。"

"那我就不送了，我现在的身份是病号，所以谈不上失礼吧。"

听了李寒雨的话，两个女生都笑了，只是金婷笑得有些牵强。

"今天穿便装，很漂亮嘛。"

"穿军装时，我就不漂亮吗？"

"我严重口误，应该是更漂亮了。"

"这还差不多。"

"可是，漂亮的女孩都爱撒谎吗？"

"你不是也撒谎了吗？我撒谎只是对陌生人撒谎，不像你，在朋友面前也说谎话。"

"你，你，你，你！"

"怎么了，又地震了？"

"我，我，我，我——"

"不过你以后真的可以叫我萌萌。"

"不胜感激。"

"除了我的亲人，你是第一个得到我默许这样称呼的。"

"荣幸之至。"

"这是实话。"

"我信了，不过下次来别买花了，我没那么高雅，你买几串葡萄也好啊，多实在。"

"你喜欢吃葡萄呀，好，你等着。"

"我，我，我，我——你回来。"

当杜雨萌回来的时候，手里已经多了一整箱的葡萄。

"这箱葡萄就算是你报答我对你的救命之恩了，以后这事不许再提。"

"滴水之恩涌泉相报，何况是救命之恩。"

"没那么邪乎，那天我不接着你，也没事，不都说了吗，狗急了还跳墙呢，最后你肯定能逃脱的。"

"你找死，说谁是狗呢？"

女孩拿起枕头砸了李寒雨一下。

"你考上了吗？"

"当然考上了，今年咱单位就考上5个，其中就有我。"

"恭喜你。"

"刚刚那女军官很漂亮哦。"

"她只是我朋友。"

"哦，那本姑娘就放心了。"说这句话时，杜雨萌的脸红彤彤的。

杜雨萌走后，李寒雨陷入了沉思，别人考个军官如此地容易，为什么对自己来说比登天还难，但是李寒雨转念一想，不对，现在登天比较容易，买张机票就可以做到。其实能活着就是一种幸福，不幸的人早已离我们远去，就像灾区远去的乡亲们。

军机关没有兵的编制，加上李寒雨这次并没有考上军校，大家似乎更看重的是结果，没有人在意他经历了什么。王少飞转业了，走的时候冷冷清清，前来送别的李寒雨深刻地感受到了人走茶凉的冷意，王少飞的爱徒、现在已经被任命为某团宣传科长的刘武涛，甚至连个招呼都没打，不知道一段时间以来他们之间发生了什么。

晚上，办公室的灯依旧亮着，已经是中士的李寒雨不停地敲打着键盘，想想这些年走过的路程，觉得自己有些失败，在机关工作听起来很风光，说到底就是一个能写几篇文章的通信员，打打热水、扫扫地，对标古代的话，就是大户人家的小总管。

也许是自己时运不佳，没能遇到一个慧眼识英雄的领导，帮自己规划一条路，但是自己的路凭什么需要别人的规划，难道自己就是一摊烂泥吗？想到这里，李寒雨把手中给杜雨萌写好的回信攒成了一团扔进了纸篓里。

如果留在大山里，就算做了锅炉房老班长那样的人也会很愉快，但到了山外，人生坐标也在不知不觉中变了。

再回到青山连的时候，连长已经换成了刚刚提干的苟冰。

"李寒雨，没想到你小子会转到我的手里吧。"

"连长，回到青山连，我会好好干。"虽然嘴上这么说，李寒雨心里在骂娘。这种货色也能提，真是运气来了，母鸡也可以当观赏鸟。

"你在政治部待了有几年了吧？"

"对，连长。"

"政治部有个叫金婷的女干部，你认识吗？"

"认识，金干事从文工队调到了宣传处，现在是宣传处管后勤的干事。"

"我们是老同学，将来她可能成为你的嫂子。"

李寒雨的心像是被针扎了一下。

"连长，我以后的任务是什么？"

"李寒雨，你有新闻报道的基础，本来营里打算让你在营部做文书，后来我考虑到，作为一个男人，老拿着根笔写来画去的也不是回事，就把你要了过来。"

"多谢连长关照。"

"关照谈不上，毕竟我们之前是一个单位的，这样，你先下战斗班吧，干好了，我给你提班长。"

听了苟冰的话，李寒雨犹如吃了一记闷棍，这孙子明知道自己几年没有在全训单位了，一下子就把自己放到战斗班——

大山的冷风让李寒雨清醒了许多，新兵连都过来了，还怕什么，大不了就当重新入伍。

虽然有一个良好的态度，但是在训练和执勤的过程中，李寒雨仍有些吃力，而吃力刚好成为苟冰借机发难的理由。

很快，在苟冰的特殊"关照"下，李寒雨在连里成为大家眼中的后进生，更别说提什么班长了，幸好排长武大壮和班长李云东是李寒雨调离前的老战友。

"李寒雨，知道你需要提干，要不我把班长让给你吧。"晚点名后李云东找到了李寒雨。

"我以前干过文书，以后在苟冰面前不需要提这事，否则会连累你。"

"我不怕，你马上25岁了，再不提就没机会了。"

"只要我有能力，就是不提干也能实现我的价值；若是没能力，就是把我放到那个位置上，也一样不被人尊重。"

"那倒也是，就比如说咱们的苟连长，现在有的战友在背后冰字都懒得加了，直接喊他个姓。"

"别乱给起绰号，他毕竟是领导。"

"瞎领，再领就把我们导沟里去了。知道咱们班的那个富二代瞿少白，为什么新兵就能探家吗？就是受到了这位领导的特殊关照。"

"也许瞿少白家有急事呢。"

"瞿少白对我讲，是他要过19岁生日，你说急不急？"

李寒雨想到了自己爷爷去世都没能回家一趟，只能无奈地摇了摇头。

"听武排长说，在连务会上，他把你贬得一无是处，本来班长的位子有人推荐你的。"

"他背后说我的坏话，是他没有涵养，我们在这儿讲他的话，那就说明我们和他一样没有涵养。"

"到底是机关里待过的，不过李寒雨，他把你折腾得整天黑着眼圈也不是回事，想想办法。听说你有个舅舅在北京总部，你来青山连就是他的意思，我估计这也是苟冰不对你动粗的真正原因，我劝你还是趁早离开这是非之地。"

"动粗我还真不怕他，我有底子，我的确有个舅在部队上，但这次回连队和他没关系，是我主动要求的。"

"得空儿你跟咱舅说把你调走时顺便把我也带上。"

"得了吧，部队也不是他家的，到现在我都不知道他是个啥官。"

李寒雨的休假报告单很快就批下来了，尽管苟冰十分不情愿，但是李寒雨几年没回家了这是事实，何况批假的还是李寒雨的老连长现任营长陈风贵。

第二十三章
男儿有泪也常弹

　　火车站内，军人优先的窗口被堵得死死的。李寒雨这个货真价实的军人只能排到了其他窗口，两个小时之后，有丰富站哨经验的李寒雨不禁自言自语，世界上最遥远的距离不是天涯海角，而是你在我的下一站我却买不到火车票。

　　热闹的车厢内，李寒雨把被无名人士踩了若干下的脚，变换了几个方位还是感觉不舒服，李寒雨的本意并不是硬座而是硬卧，好好地睡上一觉，让乡亲们看看自己的飒爽英姿，现在看来能坐着就应该知足。

　　夜的黑暗笼罩着疾驰而过的列车，火车上的李寒雨焦急地期盼着天明，他恨不得火车能凭空长出一双翅膀，瞬间飞回家乡。

　　列车行驶了半个小时，到达了下一站。车上的人瞬时增多起来，不但过道中间站满了人，就连吸烟区、卫生间都没有空隙，有的人随便铺张报纸席地而坐，还有几个工友坐在行李上三五成群地打扑克，更夸张的是有几个人靠着卫生间的门站着打起了呼噜。和这些人相比，李寒雨再次体验到了硬座的幸福。

火车只停留两分钟，在火车刚要启动的时候，上来了一对母子，两人格外引人注目，母亲背了一个蛇皮麻袋，孩子背了一个小麻袋，显然麻袋里的东西很重，从这位母亲腰弯的弧度，大家都能看得出来。旁边的孩子心有余而力不足地望着自己的妈妈，眼中充满了心疼，然而这一幕，并没能打动他们身旁吃着零食打牌的青年男女。

李寒雨看到这一幕，回想起小的时候和妈妈第一次上县城，坐长途汽车发生的一件事。那时自己只有9岁，为了给自己交学费，妈妈背着一袋子山枣去城里卖，班车上去县城的人太多，没有座，而山枣又怕挤压，妈妈只能背着。当时看到妈妈那弯曲的脊背，李寒雨很难过。这时一个穿着军装的军人，不但把座位让给了妈妈，而且还帮忙背起了山枣。

李寒雨突然觉得，背着小麻袋的孩子似乎长着一双火眼金睛，看穿了自己的真实身份，自己像针扎了一样再也坐不住了，即使穿着便装自己也仍是个军人。

把座让给母子之后，李寒雨怕他们有心理负担，干脆拉着行李箱去了过道。这时一个穿着笔挺军装的军人很友好地向李寒雨打了招呼。

"班长，也没买到票？"看对方的兵龄比自己长，又是在火车上，李寒雨感觉很亲切。

"和你一样让给别人了，我这穿着军装必须让，不然说不过去，你穿着便装，可以不让。"

"穿不穿军装，我们的身份都是军人。"

"没毛病。"

"班长，你是从哪里看出来我是当兵的？"

"我不仅知道你是当兵的，而且我们还在同一个单位当兵，我看过你在报纸上发表的文章，这是我的证件。"

李寒雨顺势看了一眼他的证件，用手挡了回去。

"班长，你这身制服我已经信了，新式军装不允许外流。"如果不是看了证件，李寒雨也不会轻易相信对方。

"王班长，要不我们去餐车对付一宿？"

"刚好我还没吃饭，包里还有驴肉火烧。"

"班长，还是我请你吧。"

"这次按兵龄来，下次你再请我。"

当得知李寒雨是初次探家之后，王涛硬是从行李箱里拿出了两瓶地方酒塞给了他，让他带给家人。

车快到石家庄站的时候，突然紧挨着餐车的 10 号车厢传来一阵喧哗。他们两个人快速跑到了车厢后，发现有个人提着行李箱在跑，后边有好几个人在追。

原来是抢行李的，李寒雨和王涛迅速截在了此人前面。

两个人合伙制服了犯罪分子，在警务车厢做完笔录之后，王涛到站了。

"李寒雨，欢迎来石家庄做客。"

"一定会，班长。"

望着王涛的背影，李寒雨显得有些落寞，如果徐少佳还在的话，今天在这里下车的可能还有他。

北京西客站，一座古典却不失现代气息的建筑，在站前广场几个年轻人紧紧地抱在了一起。

"牛林的座驾是奥迪，而曾经的穷小子王辉是宝马。"

晚上的聚会让李寒雨略显尴尬，在部队的几年时间里，自己仿佛是被社会抛弃了一样。

"小雨，我们喝拉菲还是 XO？"

"不要太复杂，随便点就行。"

"王总说，今天设宴要最高规格，你是王总的发小。"秘书很合时宜地在一旁搭腔。

李寒雨听了秘书的话，迎合着笑了笑。

有些菜，李寒雨的确是没见过，更没吃过，他谨慎地应对着，除了喝酒的时候略显大方，生怕闹出笑话。

"小雨，听牛林说，你在部队发展得不是很如意，回来干吧，我公司差个副总，你要是不嫌弃的话就来做，公司是咱俩的，谁说了算都行。"

李寒雨惊诧于王辉的老成，但很快就举起了酒杯。

"就我这水平做个员工行，副总抬举了。"

"别谦虚了，谁不知道你笔杆子和人脉圈都能独当一面。"

"你就别抬举我了，在部队干部都没提成。"

"李哥，你说得对，在部队啊还得提干，不然你干到八级士官都没用。听王总的，你回公司当了副总，兄弟我给你鞍前马后。"

"王辉，这位兄弟是你的秘书？人很不错。你很有眼光。"

"李哥，过奖了。这都是王总带得好。"

"既然你叫我一声李哥，那么兄弟有个事我得给你讲明白。没错，我现在的确只是一个士官，但是我并不觉得比别人活得卑微。军人在部队分工可能有不同，职业可能有高低，但人格都是一样的，不论贵贱。"

王辉看到李寒雨开始较真儿，立即举起了酒杯。

"小雨，举个杯吧，我们都几年没有见了。"

"王辉，酒是一定要喝的，不过我还有两句话没说完。"王辉和牛林都明白，秘书的话已经碰触到了李寒雨的"红线"。

"兄弟，你看过甄子丹演的《叶问2：宗师传奇》吗？"

"看过，叶问，咏春，甄子丹的戏。"

"是，你记性真好，那我觉得你一定也记得，甄子丹在最后获胜总结的时候，说过的话吧。"

秘书不知道李寒雨葫芦里卖的什么药，没有回答。

"那句台词的意思和我刚刚表达的差不多，我再强调一下，人的职业可能有高低之分，但是人格没有贵贱之别，就像我们，无论是在地方还是在部队，只要在所属的领域或岗位实现了自己的价值，我认为就是有意义的。无论你是普通员工还是老总，也无论你是士官还是军官，当官的、当老总的，可能会有很好的待遇，受到别人的尊重，但你也要明白，或许他们只是尊重这个人所处的地位和财富而已。"

听到这儿，秘书才知道自己被针对了。

"徐秘书，你去外边安排一下小王的餐。"

小王是王辉的侄子，也是司机，找个本家开车，心里踏实，来的时候，王辉就做了介绍。

饭店的卫生间里，从来都是人来人往。

"一个穷当兵的装什么清高，我一个月赚的比他一年都要多。"

"快别这么说，毕竟是王总的朋友，听说人家还是抗震救灾的英雄呢。"

"啥时代了，能赚钱的才是英雄。"

如果放以前，李寒雨早就直接冲进去让他见血了，何况如今当了兵，胜算比以前更大。

李寒雨转身回到了包间，用了包间里边的卫生间。

接下来的几顿饭，这个秘书再也没有出现过。

第二十四章
家国抉择

还没进家门，李寒雨声音先到。

"妈，我回来啦！"

孩子都这样，回家一般都不先喊爸，但要是被人欺负了，肯定是："爸，我让人给打了。"

可能是大门的隔音效果太好，喊了一会儿，依然不见有人开门。推开大门之后，李寒雨发现赵青云在烧火，袅袅的炊烟随着清风冲上了云霄。

"妈。"

看到李寒雨回来，鬓发已经略见苍白的赵青云先是一愣，接着就把手中舀水的勺子扔在了锅台上。

"小雨。"

抱着多年未见的老妈，李寒雨放声哭起来。赵青云也是用一只满是皱纹和划痕的手擦拭着温暖的老泪，儿子长高了，也长大了，这让她很欣慰。

"快进屋，今天包的是你最爱吃的三鲜馅水饺。"

"我爸呢？"

"船上有几袋鱼饲料还没卸完，知道你今天回来，卸完料肯定还会去网箱给你捞鱼。"

"妈，我先去河边帮忙卸料，等我们回来后饺子再下锅。"

"你这刚到家，歇着吧。"

"都歇了好多天了，我瞧瞧去。"

这次李寒雨终于没有撞自家的门槛，不是自己长了记性，而是自家的门变高了。

看到李凤武后，李寒雨刚刚止住的泪水又泉涌而出……

虽然当兵这些年，李寒雨保持每个星期给家打一次电话，但是电话里的世界总是美好的，现实却如此让人心酸，这一刻他非常地后悔，为什么在外边疯了好几天，不早点赶回来帮父亲多干点活。

李凤武的身躯依旧厚实，但是背驼了，一百多斤的鱼饲料放在他的背上已经不再健步如飞。李凤武喘着粗气，呼出的气像被清风打歪的炊烟，他慢慢地挪向料垛，每挪动一步，李寒雨的心都会颤抖一下。他明白，父亲的绰号虽然是"铁人"，但他毕竟不是真的铁人。

李寒雨甩下了外套，露出了迷彩背心，他快速地冲到了船上，扛起鱼饲料健步如飞。

"兔崽子，你慢着点，别压着。"李凤武嘴上虽然这么骂，但心里痛快，这小子，兵没白当，以前扛袋料累得龇牙咧嘴的。

听到李凤武骂自己，李寒雨心里无比地幸福。

回去的路上，李寒雨还和小时候一样跟在父亲的身后，只不过他现在比父亲高出了一头。

"爸，不是说让您雇几个人吗？跟我妈一样，一点儿钱也舍不得花。"

"你这么大了，媳妇也没娶，房子也没买，还雇人，你说得倒轻巧。"不知道什么时候，赵青云也来到了河边。

"你们先上去，我去拿鱼。"

"爸别捞了，还得赶网箱多麻烦。"

"知道你回来，你爸早就把鱼捞出来了，养在了船舱里。"

在等李凤武的时候，李寒雨突然想起什么事来。

"妈，我回家的时候，喊了那么多声你怎么没听见。"

"我烧火，没注意。"

"那也不至于啊，以前我在河边喊，您都能听见，是您的耳朵有问题了吧？"

"几个月前，你妈刚做的手术。"

听了李凤武的话，李寒雨的神经立刻绷了起来。

"妈，您怎么了？"

赵青云瞪了李凤武一眼。

"和孩子说这个干啥。"

"妈，到底怎么了？"

"化脓性中耳炎导致耳穿孔，右耳失去了听力。"

"怎么会这样？"

"还不是因为你姥爷去世，上火上的。"

听了李凤武的话，李寒雨已经无法形容自己是什么感觉。

一瞬间他得知了两个无法接受的事实，母亲的右耳失去了听力，姥爷去世，而自己当时却毫不知情。

李凤武看到儿子的表情后，很后悔把这些都说了出来，而李寒雨似乎察觉到了他的自责，很快就整理好了情绪。

"妈，今天晚上的鱼我来炖。"

"这都好几年了，你还炖得好吗？"

"没问题，我炖的鱼可是滦河第一鲜啊，这还是您认可过的。"

"都这么大了，还是一点儿正形都没有。"

"当这几年兵攒了多少钱？别花钱大手大脚的，老大不小的了，该找个对象了。"赵青云不断地在向儿子传授生活的经验，放在以前，李寒雨早就走开了，可现在李寒雨每句话都会听得格外的认真，甚至凑到赵青云的嘴皮子底下去听，而李凤武还是像以往一样深沉，关键时刻进行一个阶段性的小结。

晚饭后，李寒雨认真地洗了碗筷，这个本领可是在部队帮厨时学来的。之后吃了一些父母特意炒好的板栗，和父母聊到了半夜，才回到自己的房间。

到了房间之后，李寒雨把房门反锁，打开了抽屉，取出姥爷赵东方的遗像，抱在怀里痛哭起来。

赵东方是名老党员，小时候当过儿童团的团长，帮八路军送过鸡毛信，十几岁的时候给毛主席送过水，成年后又当了村里的生产队队长、公社的主任、八县三区的代表，后来组织调任他到区委工作，他硬是把机会让给了同事。从岗位上退下来以后，赵东方主动要求回到农村老家务农。李寒雨一直记着姥爷说过的那句话，人得接地气，土地和人最亲，人无论走多远都不能忘本。

小时候，李寒雨不明白这些话的意义，他只知道在过年的时候，姥爷会把吊在窗钩笼子里的丸子一个个地拿出来给自己吃，前提是要摸一下他那飘逸的胡须。在晚上，姥姥抱怨老鼠又偷吃丸子的时候，李寒雨就会躲在被窝里偷笑，哪有带翅膀的老鼠啊。

随着年龄的增长，李寒雨体会到了姥爷的伟大，因为有的人正直只是一时的，而赵东方正直是一辈子的。

按时交党费，每天看新闻，定期学理论，谁家闹矛盾时姥爷是金牌调解员，有好处的时候他总是排在最后，吃点亏他只是哈哈一笑，有人说他傻，他也毫不介意，还对李寒雨说傻人有傻福。

参军前，李寒雨问赵东方：

"姥爷，您经历了那么多的事，受过那么多伤，吃了那么多次亏，为什么总能神采奕奕的，而我，年纪轻轻却有这么多的苦恼，教给我点秘诀吧。"

"小雨啊，记住两句话，别把自己看太重，这样就会很轻松，别把自己当宝贝，这样活着就不累。"

这两句话是赵东方留给李寒雨无法估价的精神财富。

想到这些，李寒雨把怀里的照片抱得更紧了，最让自己难以释怀的是几年前的那次通信。

一次，李寒雨满怀欣喜地收到了姥爷的来信，信中除了嘱咐自己听部队领导的话，好好工作以外，还拜托了李寒雨一件事，他从新闻中得知更换了新党章，要李寒雨从部队多申请一本来。李寒雨知道，这不仅是长辈的要求，还饱含着一名老党员对党的无限忠诚。

收到赵东方的来信后，李寒雨从书店里买了新的党章，放在了床头柜的抽屉里，打算休假的时候带给姥爷，没想到这一拖竟是永别。

李寒雨放下了照片，从行李箱中取出了新党章，开始逐字逐行地抄了起来，当院子里的公鸡打鸣的时候，李寒雨也抄完了新党章的最后一节。

天蒙蒙亮，李寒雨来到了姥爷赵东方的坟前。

"姥爷，这是新党章，我给您送来了，我不会忘记和您之间的约定，我会努力，决不放弃。"

睡了一天一夜，李寒雨被隔壁的鞭炮声惊醒了，一开始李寒雨还以为是部队吹的起床号。

"妈，谁结婚了？一大早，这么吵。"

"郭鹏。"

"谁？"李寒雨噌的一下从床上跳了起来，因为这个消息太意外了。他知道郭鹏回来休假了，信中郭鹏说的是去徐少佳的老家，但是没想到他还顺道结了个婚，更没想到的是，结婚这么大事，郭鹏竟然没有通知自己。

"和谁？"

"丽丽。"

"谁？"

"秦丽。多懂事的姑娘，看，不知道珍惜吧，请帖在东屋呢，郭鹏两口子一早送来的。"

赵青云走后，李寒雨低下了头。秦丽结婚自己倒不诧异，诧异的是娶她的竟然是自己的好兄弟。直到现在，李寒雨才明白，为什么在下新兵连的时候，郭鹏一次又一次地求证自己和秦丽到底有没有分手，自己还傻乎乎地教了人家许多追求的手法。如此看来，郭鹏在学校的时候就开始暗恋秦丽了。

如果不去，显得自己太小气；如果去了，到时难免尴尬，大门外汽车的鸣笛打断了李寒雨的思绪。

原来是牛林和王辉几个人。

"知道你肯定会为难。"

"谁说的，我正准备去。"

"脸都还没洗，解放军同志可不兴说假话啊。"

"你们等会儿，我先回去洗个脸。"

"行，你洗个澡我们都等你，哥几个就专门为你保驾护航来的。"

李寒雨加快了洗脸的速度，洗完之后，把水泼到了院子里。

赵青云看了一眼李凤武。

"这败家子，又在浪费水。"

李寒雨嘿嘿一笑，这盆水的确价值连城，都说男儿有泪不轻弹，这盆水里的十分之一是他的眼泪。

婚礼回来的路上，王辉的秘书忍不住开始赞叹：

"郭大哥穿着军装的样子真精神啊，李大哥你什么时候提干？"

李寒雨尴尬地笑了笑没有回答，因为这个事自己定不了。

"小雨，知道郭鹏为什么没在县城结婚，而是回老家了吗？"

"我正想问你呢。"

"郭鹏他爸被'双规'了，正在接受组织调查呢，没感觉今天的婚礼有些冷清吗？"

李寒雨若有所思地点了点头。

大门外，李寒雨见家里有客人，转身就要走，但还是被在院子里洗水果的赵青云叫了回来。

"还想躲，我耳朵不好使，可眼睛好使，快回来，有客人。"

这些天李寒雨一直在忙着见亲戚和客人，已经有些疲惫，倒不是李寒雨妄自尊大，关键是几年没回家，有些人他根本认不出。

但碍于父母，即便是很遥远的亲戚，李寒雨也要装作非常热情地寒暄，他转念一想，要是一直在家，亲戚也没时间常来，亲戚就得走动，就算有些不是亲戚的朋友，走动走动也就亲了。

但当李寒雨看到炕上坐着的是金婷和一对中年夫妇之后，他彻底傻了。

"金干事，怎么是你？"

"不欢迎啊？"

"欢迎，当然欢迎，你这是来家访还是来慰问？这两位首长是？"

"什么首长，这是我的爸爸、妈妈。"

"叔叔、阿姨好。"李寒雨似乎明白过来到底是怎么一回事儿，幸亏今天自己去参加婚礼穿得还算正式，要搁在平时，自己说不定会穿个短裤。

"李寒雨，听阿姨说，你号称滦河第一鲜，不准备露一手？"

"没问题，我去捞鱼。"李寒雨拔腿就跑。

"你慢点，我也去。"金婷追了出来。

"你在岸上等着，船划不到网箱跟前，得走冰。"

"会有危险吗？那我们还是不要吃了。"

"没事，我们经常走冰的，从小走到大。"

"那你游泳一定很厉害喽。"

"厉害谈不上，但是游个十里八里的还没问题。"

"难怪你敢跳湖救人。"

"你不知道的本领还多着呢，行了，在岸上等着吧。"

"就不，我要和你在一起。"

"别闹了领导，这个真不行。"

"我不怕，有你在，我就不怕。之前，你说过，你要对我负责一辈子。"

听了金婷的话，李寒雨特别地感动，轻轻地把她揽在了怀里狠狠地吻了起来。

"李寒雨，你真的要对我负责一辈子了。"

"好，在公园的时候，我没有回答你，这次算是补偿，连本带利。"

金婷的小拳头砸在李寒雨的胸膛上，眼泪也夺眶而出。

"你这个大坏蛋，知不知道这一刻我等了多久？"

李寒雨瞬间吻干了金婷的眼泪，一滴也没落下。

"你身边追求的人太多，又是队长、又是连长的，苟冰都说让我管你叫嫂子了，能怪我吗？"

"如果你是女人，你愿意嫁他吗？"

金婷仰起头反问李寒雨，李寒雨愣了一下随即一笑。

"那说不定。"

"那你就是猪。"

"不许人身攻击。"

李寒雨从河边的快艇里取出了救生衣，硬是套在了金婷的身上，又把风衣上的帽子摘了下来给她戴上。

"你小子对女孩还挺细心的。"

李寒雨轻轻点了点金婷的鼻子。

"我只对我喜欢的女生细心。"

回来的路上，两个人的手一直牵着。

"领导——"看金婷扬起了拳头，李寒雨连忙改了口，"我很好奇，你怎么知道我家住址的？"

"你以为我在机关这么多年是白混的。"

"我说你们两个行不行啊。"帮忙提鱼的王辉上气不接下气地叫苦。

晚上，金婷的父亲金雁南和母亲李湘婷在李寒雨的房间里和他进行了单独谈话。

"叔叔、阿姨，当不上军官我绝对不会考虑成家，爱情固然需要互相吸引，但更需要物质和地位的支撑，女人应该不仅因拥有一个喜欢的男人而骄傲，还应该为她喜欢的这个男人拥有一个稳定的身份或成功的事业而骄傲，你们可以认为我现实，但这就是我个人的理性，我喜欢你们的女儿，但娶她决不是现在，也请你们给我时间。"

"小雨啊，我和你阿姨并没觉得你现实，反而觉得你是一个有上进心、敢于担当的孩子，是啊，年轻人如果没有了理想，那么就和折断了双翼的雄鹰有什么区别呢，我们相信你一定能够成功，我们一家人等着你的好消息，但叔叔还是要多说一句，任何事情都不是绝对的，顺其自然就好。去取酒，我跟你喝点。"

"别教孩子学坏。"李湘婷在一旁拽了拽金雁南的胳膊。

"部队出来的有不会喝酒的吗？小雨在高中的时候就背着老李下酒店了。"

听了金雁南的话，李寒雨的脸唰的一下就红透了。这位未来老丈人的范儿可真正，水平也高，瞬间形象就伟岸起来，但是和父亲李凤武比起来还要矮很多，父亲在自己的心里是座山，一座永恒且最高的山。

金婷一家人离开后，李寒雨被父母批准自由活动，因为再过几天家里就要卖鱼，卖鱼可是个体力活。

第二十五章
亮王者之剑

　　一大早，李寒雨几个人约定，先垂钓再冬泳，完了滑冰比赛，谁输谁请客。

　　"小雨，一到冬天，咱水库就成了名副其实的一面宝镜，镶嵌在塞北燕赵大地上。"

　　"没错，这面宝镜一望无际，可能就是传说中王母娘娘遗落的那一面。"

　　"别吹了，人家王母娘娘遗落的那面在青海湖。"

　　"谁敢说王母娘娘就遗落了一面呢？"

　　"那倒也是，毕竟我们有无数个传说。"

　　两尺多厚的冰面上，穿梭着各种车辆，包括前来拉鱼的大吨位汽车。尽管冰层很厚，车上的人还是穿着救生衣，因为这毕竟是在近百米深的水库上行驶，何况冰面上布满了千丝万缕的裂痕，还不停地发出惊心动魄的奇怪响声。

在水边生活的人都知道，宁走青冰三寸，不走白冰一尺，当然也有特殊情况，那就是清沟，掉进冰里的人如果在原地不乱折腾，运气好赶上刚好有人发现的话，获救的概率还是蛮大的，但是一旦离开原地，这人基本上就可以说彻底没戏了。在水库还流传着一种说法，掉进冰里就如同掉进了糊棚屋，九死无生。

上午的收获颇丰，李寒雨、牛林、王辉和他带的司机都钓到了大鱼。冬季里的天还真是短，转眼间就到了下午。

"小雨，不是咱哥儿们不陪你，冬游你可得想好了，是不是我们先找人在岸边笼上一盆火，感冒了咋整，再说了，要游也得穿救生衣。"

牛林和李寒雨也嘿嘿对视一笑。

"你王老板现在亿万身家，当然不能冒这个险了。"

"有难同当，你们游我就游，谁怕谁是孙子。"

"较什么真，我们倒是想游，就这几个冰窟窿也搁不下我们，逗你的，王老板。"

"原来你们几个唬我，不过说实话，你们真游了，我也不一定游，我还得把你们的衣服全部拿走，以报十几年前的裸奔之仇。"

几个老友正在互相揭短的时候，冰面传来一声巨响，紧接着就听见了人群的喧闹声，原来湖中央有车落水了。

李寒雨最先跳了下去，接着是牛林，四面八方的居民也纷纷赶了过来，有的递竹竿，有的扔救生衣，居然还有看热闹的人在一旁拍照录像，发朋友圈，做直播。

真正下水营救的只有李寒雨和牛林。

在救上一个没有穿救生衣的小孩之后，牛林也爬上了岸。李寒雨一边救人一边脱掉身上的衣服，这时车有节奏地开始下沉。

还有一个人在车里。

在李寒雨正要往下扎的时候，扑通一声，又有人加入了战斗。

双手伏在竹竿上的李寒雨怎么也不会想到，闻讯赶来救人的，是结婚没几天的新郎官郭鹏，他西服都没来得及脱。

当所有的人都被救上岸的时候，伏在竹竿上的李寒雨再也支撑不住了，双手撒开了竹竿。

冰面上，被郭鹏拖上来的李寒雨休克了。

醒来的时候，赵青云早已经把准备好的姜汤端了过来。

"妈，没人出事吧？"

"没有，有几个送医院的，都抢救过来了，刚才乡里乡亲的都来看你了，说你这兵没白当，你救的几个外地游客昨天刚走。"

"这么说我昏迷好几天了？"

"可不是，你可吓死妈了，你要真是有个三长两短，我和你爸这日子可咋过。"

听了赵青云的话，李寒雨的鼻子也是一酸。

"妈，你看你，我这不是好好的吗？"

"这次你能没事，多亏了郭鹏，把你救上来后，就给你做了人工呼吸，医生说啊幸亏处理得当，否则啊……"

李寒雨抬头看了一眼郭鹏，而郭鹏夫妇也正关切地看着他。

"你小子刷牙了没有？"

听了李寒雨的话，赵青云很不高兴。

"也不怕小郭两口子笑话。"

"婶，没事，小雨一直这个德行，我们早就习惯了。"

回部队的前几天，李寒雨专程到姥爷赵东方和爷爷李占奎的坟前拜别。火车上李寒雨内心并不平静，走的时候，鱼还没卖完，又刮起了大风，刮散的冰把网箱划了好多口子，鱼跑了不少，遇到这种天灾人祸本来就是件让人既无奈又痛苦的事，再加上网箱之间的相互碰撞，邻里之间也发生了各种摩擦，此刻，李寒雨还在思考，当兵在外，既不能为父母解难，又不能为家庭排忧，能做到的只是在电话里听父母牵强地微笑，在心里想着他们微笑背后的辛酸，但是父母却一直把自己当成骄傲，他们知道自己的儿子在为国奉献，做的是为祖宗添彩的事。

动车快到石家庄的时候，李寒雨拨通了王涛的电话，在回来时二人已经约定，一起去看望烈士徐少佳的家人。

"下面请李寒雨和瞿少白同志先回避一下，请各支委发表意见，会议由指导员孙大林主持。"苟冰抢先发了言。

"作为党支部副书记、连队的军事主官，我不同意李寒雨同志作为战士保送入学预选对象，因为李寒雨同志长期在机关工作，尽管具备了提干的条件，但是他缺少在基层工作的经验，群众基础薄弱，所以这一票我投给瞿少白。"

"连长，你的意见我不同意，尽管李寒雨在机关工作的时间较长，但是他同样是在为部队服务，说李寒雨同志没有基层经验，我也不同意，他立的三等功都是实实在在的，抗震救灾、文学创作，再加上李寒雨同志是一名老党员，有很高的政治觉悟，于情于理都应该——"

"行了，武大壮，你说谁的三等功来得不实在了，把话说清楚。"

"连长，我只是在行使我的权利，发表我的意见。"

"你的意见作废。"

"凭什么？"

"就凭我是连长。"

"连长也得遵守部队的法规制度。"李云东也听不下去了。

"今天的支部会先开到这里。"作为党支部书记的指导员孙大林看到场面有些失控，及时终止了会议。

支部会议刚刚结束，苟冰就立刻召开了军人大会，在会上组织全连的人学习士兵职责，重点强调了军人当以服从命令为天职。

会议一结束，武大壮、李云东敲开了指导员孙大林的门。

"一排长、代理二排长，我知道你们为了什么来，你们放心，我们的连队不是军阀，我也不是阿斗，组织也不会对某些人的行为视而不见，上报名额的事，我心里有数，集团军军事演习就要开始了，这次演习可以说是我们这支部队组建以来最重要的演习之一。我们青山连作为集团军的先锋连，责任重大，你们和李寒雨同志都是我们连队的骨干成员，千万不要因为这事影响了全局。"

"知道了指导员，保证完成任务！"

两个人刚走，苟冰推门而入。

"必须报瞿少白，有什么责任我来扛。"

"苟连长，这事不再考虑考虑了？举报箱里战士们可提了不少意见。"

"背后还有人议论皇上，管不了那么多。"

"好，明天，机关考核小组来调研，我们把意见分别上报吧。"

"我的意见也是上边的意思，你看着办吧。"苟冰摔门而出。

被选派的参加演习的运载车停在了青山连的操场，武大壮、李云东、李寒雨等青山连十几名骨干上了车。

演习前，副司令员孔宏作了战前动员：

"同志们，战争马上开始了，作为大国底牌，考验我们的时候到了。中国领土、领海不容分割，神圣不可侵犯。我们的脚下是山河，我们的身后是父母妻儿，为了祖国安宁，维护统一，我部奉命对敌重点军事目标实行摧毁性打击，协助陆海空及各兵种部队迅速登陆，各战斗单元按预定方案立即实施。"

战斗命令通过卫星传送下达之后，举世瞩目的战争打响了。李寒雨、武大壮等人在车上振奋地讨论了起来。

"组长，我们就是天盾，管它邪魔鬼怪，首战用我，用我必胜。"

"我们就是党中央手中的一把利剑，召之即来，来之能战，战之必胜。"

"组长，听说某国的航空母舰有很多艘，都能组成一个航母群，而且它的'友邦国'也不容小觑，表面上他们没有航空母舰，实际上他们明修栈道，暗度陈仓，导弹护卫舰和航母战斗力差不了多少。"

"你别长他人志气，灭自己威风。兵不在多，在精，打仗打得不仅仅是航母。"

"苹果从树上掉下来，要什么依据，但你不能否认万有引力它就客观存在，上了战场就是以不变应万变。"

"那倒也是。"

"如今的中国，已经不是清朝末年的中国。更何况，真正的撒手锏在我们的手里。"

"怎么讲？"

"我用几首现代诗给你说说。"

《亮相》

敌我双方都明白，

杀器底牌互不公开。

一旦战场上见真章，

各显神通八仙过海。

你我双方都明白，

伤人一千自损八百。

自扫梁前瓦上霜，

他人的家门你莫胡来。

《起竖》
在风雨中起竖，
起竖大国态度。
纵使有人丑态百出，
你依然心无旁骛。

在风雨中起竖，
起竖大国风骨。
卵对石的频频挑衅，
无异于自断后路。

你站在云端全程解读，
将卑鄙伎俩看得清清楚楚。
只待祖国一声令下，
定会摧枯拉朽决不含糊。

你穿过硝烟继续阔步，
心中有数已知赢输。
它的背后是无耻干涉，
你的背后是大义民族。

"组长,早就听说你的文采斐然,果然在线,有没有关于祖国统一的诗,熏陶熏陶我们。"

《同脉》
看青花鱼正游回渤海,
报春草打着欢迎节拍。
浪花激吻亲爱的港湾,
庆祝这份久盼的归来。

泪水融进海共同澎湃,
多年的释怀如此痛快。
仙鹤绕岛飞自由自在,
神龙出云端华夏一脉。

《回归》
滴滴离人雨,
化作心头泪。
胸扉已敞开,
盼游子速回。

多少婆娑夜,
夜夜不能寐。

明月依然在，

彩云何时归。

《春回》

这是我听过的最美童话，

蝴蝶终于飞过了海。

但愿海那边，

有它盼的春暖花开。

这是我遇见的最好安排，

春天和阳光相爱。

它的明媚融化了忧伤，

许下一个光明的未来。

这是我见证的最深情等待，

血液即将回归血脉。

根和叶的情谊，

乡愁在唇齿相依间释怀。

《靠岸》

你就像一艘出海的船，

这一走就是许多年。

我知道你迟早都会靠岸，

回家的灯塔一直为你点燃。

《归》

货郎收了摊，

孩子放学回。

大雁衔春来，

岸边渔火微。

黄叶落进土，

海浪朝西北。

慈母打开门，

轻声唤儿归。

每个中秋都为你摆好杯，

半杯盛月光半杯相思泪。

月光为你照亮回家的路，

你举起桌上杯我才安心睡……

《源头》

你看向我，

我是你的乡愁。

我在这头，

你在那头。

你看向我，

我是你的扁舟。

我在船尾，

你在船头。

我看向你，

你是我的血肉。

你在心间，

我在心头。

我看向你，

你是我的温柔。

你在潮头，

我在源头。

突然，警报响起。

"组长——"

"目标出现。"

复杂的电磁干扰下，李寒雨面前的荧屏上显示的几组电磁波频率在不停地起伏，刺耳的杂音让整个地下控制室顿时紧张起来。

"组长，这是什么情况？"

"什么情况我不敢确定，但是我知道这是敌人的一种新型的干扰手段，听我命令，马上开始屏蔽，关掉热源，释放干扰信号，武器向806号方阵转移，立即锁定敌目标。"

发射小组听了组长李寒雨的命令果断进行转移，迅速锁定目标。

"组长，我组发射单元再次被敌方干扰，已经失去了和指挥部的一切联系，现在我们该怎么办？"

荧屏上的信号跳跃得更加激烈了，原来敌人进行的是定位干扰。

青山连的会议室内同样不平静。

"李寒雨因救落水游客立了一等功也不能说明什么，他救落水的人是因为他水性好，只不过他刚好休假赶上罢了，今年提干的名额就给瞿少白，我是连长，我说了算。"

"你太放肆了，你收受战士贿赂，打骂体罚战士的情况上级早已经掌握了，你知道全连一百多名战士，有百分之八十的人写了你的检举信。纪检处和保卫处的同志把你的情况已经完全掌握，你等着接受处理吧。"孙大林说完了这句话，整个会场顿时鸦雀无声。

"立即对敌方实施覆盖式干扰，除发射指挥系统外，关闭一切信号源。"

"组长，关掉信号源，就意味着我们与总部失去了联系。"

"既然都失去了信号，我想敌人那边肯定也乱了套，这个时候，谁主动谁就占据了决胜权，发射单元，锁定敌方的指挥中心范围，听我口令准备发射！"

"李寒雨，没有命令你这么做，不怕挨处分吗？这要是实战，不听命令会被枪毙的。"副组长李云东挡在了号手前。

"演习就是实战，关键时刻的一次选择，就决定战争的胜负，我是组长，枪毙也毙我，执行命令吧！"

"组长，我们信你。"

荧屏上一道弧线直冲云霄，5分钟后，干扰信号消失，通信设备恢复正常。

10分钟之后，我方指挥中心传达指令，演习结束，敌方撤出演习阵地。

发射组一片沸腾，全组人簇拥着李寒雨欢呼起来。

阵地外，一阵汽笛声让大家安静下来，几位纠察径直走了过来。

"李寒雨，跟我们去一趟总部指挥部。"

"为什么要带走我们组长，发射键是我按的。"

"发射是我们大家的主意，要去一起去。"

"对不起，我们得到的命令是，只带李寒雨同志一个人。"

"都别吵了，我们走吧，纠察同志。"

"报告！"

"请进！"

指挥部，一位正在地图前标记坐标、肩章上闪烁着金星的首长转过了头。

"二舅……"

"大家这是丢钱了还是怎么着，怎么都愁眉苦脸的啊？"

"组长，你没事？我们都以为你摊上事了，大家正写联名血书呢。"发射组的人簇拥过来。

"我的确摊上事了，不过是摊上大好事了，还有别动不动就写血书，贫血了咋整？知道吗同志们，我们发射组在这次演习中，审时度势，在敌我双方均出现指挥混乱的情况下，临危不乱，先发制人，摧毁了对方的指挥系统，为我方取胜发挥了重要作用。"

"组长，重要作用，为什么不是绝对作用？"

"战局的变幻莫测，岂是我们就能轻易揣测的，这次的取胜和敌方的一支部队的临场起义也有着很大的关系。"

"组长，对方为什么起义投诚？"

"一奶同胞，血浓于水，严格来讲叫悬崖勒马，及时醒悟！赶快准备准备，半个小时后，阵地操场集合，新上任的司令员说要举行阵地庆功会，每个作战单元都得有节目。"

"组长，电话，指导员找你。"

"李寒雨，我是孙大林。"

"指导员好。"

"听说我们的青山连在这次演习中立了大功，你更是功不可没，恭喜你们。"

"谢谢指导员的肯定。"

"还有两个好消息，你想先听哪一个？"

"既然都是好消息，就别分先后了，指导员。"

"第一，上级已经批准了你的提干报审。第二，苟冰因为收受贿赂，打骂体罚士兵，滥用私权，已被停职，正在接受组织调查。"

"指导员，对我来说，第二个消息算不上好消息，我深感痛心，他是我们的战友。"

"是，你说得没错，但是他的行为是无法被原谅的。作为军人，就不能太任性，更不能触犯党纪国法。"

"指导员，您的政治素养又提高了。"

"在强军梦的引领下，我的正能量增长了。"

挂了电话之后，李寒雨摸了摸陪伴自己近十年的士官肩章，疾步来到了阵地临时搭建的舞台。

第二十六章
梦圆

"哦，等了好久终于等到今天，梦了好久终于把梦实现……"接过司令员赵青林亲手递过来的麦克风，李寒雨显得很笃定。

不安分的机器终于停止了它的喧嚣，熟悉动感的旋律从整齐的绿色方阵中间传了出来。这首刘德华的经典曲目《今天》，在此刻终于可以酣畅淋漓地唱出来了。

演唱刚一结束，演习现场爆发出雷鸣般的掌声，作为演唱者的李寒雨借着舞台灯光变换的间隙，悄悄地擦去了不小心溢出来的隐藏在自己心底多年的期盼。

这是李寒雨从军历程中第三次发自内心地流泪，无数次与死亡擦肩而过，都不曾轻易掉眼泪的他，为何会把热泪挥洒在他所钟爱的阵地上？

只有李寒雨自己明白,久违的泪水足足让自己等了七年零三十个日夜,这一秒,心情是欣喜、激动还是沸腾,连他本人也无法形容。他只知道此刻的泪流得如此地幸福。

喝彩声消逝了很久,但振奋人心的歌声依旧在阵地的上空悠扬地回荡:"等了好久终于等到今天,梦了好久终于把梦实现……"

梦圆了,而李寒雨的军官之路才刚刚开始,他从床头柜里取出了手机,拨通了金婷的电话。

"咱们结婚吧!"

尾声

2023 年 5 月 12 日，李寒雨办公室外传来一声报告。

副师长同志，我是石家庄籍军校毕业生徐佳，前来报到，请您指示。

李寒雨打量着徐佳欣慰地一笑。

"走，小伙子，带你去个地方。"

一辆军用轿车徐徐地驶向了茫茫的大山。

"首长，今天我长了见识，从来没有见过这样的'山海'。"

"小徐，你是想问我们去哪儿吧？"

"报告首长，不该问的不问，我的确是因为内心激动而感慨。"

"我理解你，毕竟是第一次来，我来了很多次，还是和你一样激动。"

车在大山深处的招待所前停下了，站在门口迎接他们的是一位气质出众的女大校和一个穿着校服的学生。

"小徐，给你介绍一下，这是你金婷阿姨我爱人，这个是我的儿子李东风。"

徐佳分别敬礼、握手。

"爸，这儿是啥地方？"李东风问道。

李寒雨微笑着摸了摸李东风的头。

"是你爸梦想启航的地方。"李寒雨说道。

"人到齐了，我们走吧。"李寒雨说。

烈士陵园里，一行人在烈士徐少佳的墓碑前停下了。徐佳扑通一声跪倒在地，痛哭起来。

"老徐，汶川地震的第15个年头了，我带着你的侄子和我的家人以及咱们那些老战友的怀念来看你了……"

李寒雨一行人拔完了墓碑前的杂草，他将徐佳和李东风叫到了跟前。

"孩子们，和15年前比，这支部队变了很多，但只有两个地方没有变，一处是这烈士陵园，另一处是女神的雕塑，它们一个是根，一个是魂，我要你们永远记住它。"

一阵风徐徐吹来，把徐佳和李东风的军礼和注目礼衬托得更加坚定。

这时值班参谋疾步而来。

"副师长同志，集团军紧急通知，请您明天上午准时参加'某海登陆演习的军事准备会议'。"

拜别女神雕塑后，李寒雨一行匆匆踏上返程，空旷的阵地上只留下不断吹来的东风。

后记

这本书原本只是一部可以公开的日记，有幸于 2016 年被总政评为了全军重点扶持作品，后又入选了"文学创业板计划"首批成果。这才有了和大家分享的机会。此小说属文学创作，不指向任何具体单位和个人。

在这里，我要感谢我的军旅文学创作领路人、中国报告文学学会会长徐剑老师，军委政治工作部李亚平大校，为本书作序的首长程宝山中将，原国家旅游局副局长、党组副书记王志发老师，当代作家周大新老师，中国当代文学研究会副会长、山东大学荣聘教授张志忠老师，中国作协主席团委员、河北省作协荣誉主席关仁山老师。同时感谢河北省作协及宽城满族自治县的领导、同事和部队战友、社会各界的朋友们对此书的支持和关注。

特别感谢北京联合出版公司的责任编辑王玉婷，为本书的顺利出版所做的编辑工作。

我挑挑拣拣，整理出几段可以放进人生节点的故事，既是日记又是回忆。

打开这本日记，恍然间穿上了脱掉许久的军装。

当过兵，站过岗，参加过演习，也获过奖。

流过血，掉过泪，体验过荣耀，也受过罪。

也许你也当过兵，也许你和当兵的谈过恋爱，也许你是军人的亲属……在这里，我想表达的不是军人这个职业的伟大与特殊，而是想告诉你，亲爱的朋友，军人离我们并不遥远，就在我们的身边……

当兵的不富裕，但精神充实；当兵的朋友少，但人民就是军人的知己，所以我们才叫人民的子弟兵。

在部队，一个省的都能论上老乡。在地方，只要有过当兵的经历，一股天然亲切感就会油然而生。同样的属性让我们亲切，共同的经历让我们放下戒心。在战场，军人可以相互托付后背；回归社会，军人同样靠谱，值得信任。

军装更迭换代，不会改变革命军人代代承继的精神火种。

部队职业化进程加快，不会更移全心全意为人民服务的宗旨。

大公无私不是傻，舍己为人是选择。

每个人的职业不同，但生命都只有一次，在有限的生命里经历着不同的阶段，《东风吹来》就是无数个战友的青春，身披戎装的样子，是生命里很珍贵的部分。

我努力地用最朴实的语言，最直白地勾勒、创作不同战友的性格和生活战斗瞬间，组合成书中一个个有血、有肉、有感情的人物，以更加接近我们那个时代，刻画还原军人和军营的真实群像。

扶我起来，我要死在冲锋的路上。这是抗战时期，军人的舍生取义。

放我下来，我还能再救一个。这是抗震救灾时刻，军人的大爱。

让我来，替我照顾好爹娘。这是当下，军人时刻准备战斗的慷慨宣言。

军人赴死，荡气回肠；东风吹来，国泰民康。

斯以为记，期待共频。

周宝宏

2024 年 8 月 1 日于河北宽城

图书在版编目（CIP）数据

东风吹来 / 周宝宏著. -- 北京：北京联合出版公司, 2024.12. -- ISBN 978-7-5596-7894-2

Ⅰ. I247.5

中国国家版本馆CIP数据核字第2024JM9135号

东风吹来

作　　者：周宝宏
出 品 人：赵红仕
责任编辑：王玉婷
封面设计：柒拾叁号

北京联合出版公司出版
（北京市西城区德外大街83号楼9层　100088）
北京联合天畅文化传播有限公司发行
北京飞达印刷有限责任公司印刷　新华书店经销
字数247千字　880毫米×1230毫米　1/32　11.75印张
2024年12月第1版　2024年12月第1次印刷
ISBN 978-7-5596-7894-2

定价：56.80元